9시에서 9시 사이

9시에서 9시 사이

레오 페루츠 장편소설 신동화 옮김

ZWISCHEN NEUN UND NEUN(1918)
by LEO PERUTZ

이 책은 실로 꿰매어 제본하는 정통적인 사철 방식으로 만들어졌습니다.
사철 방식으로 제본된 책은 오랫동안 보관해도 손상되지 않습니다.

1

비저 골목의 식료품 가게 주인인 요한나 퓌홀 씨는 이날 아침 7시 30분께 가게에서 길거리로 나왔다. 날씨가 좋지 않았다. 공기는 습하고 쌀쌀했으며 구름이 하늘을 덮고 있었다. 화주 한잔하기 좋은 날씨였다. 하지만 찬장에 든 슬리보비츠[1] 병이 거의 비었기에 퓌홀 부인은 잔 하나도 채우지 못할 만큼 남은 술을 〈오전 간식〉으로 남겨 두기로 했다. 그녀는 혹시 몰라 술병이 든 찬장을 잠가 두었다. 왜냐하면 안뜰에서 망가진 손수레를 고치고 있는 남편 또한 그녀처럼 좋은 화주를 알아볼 줄 알았기 때문이다.

8시 전까지는 몇몇 단골만이 가게를 찾았다. 그녀가 매일 아침 식사로 골파를 넣은 버터빵 한 덩이와 작은

---

1 술 이름. 자두를 증류해 만든다.

무 한 단을 준비해 주는 미용사 보조가 그중 하나였다. 학교 다니는 아이 둘도 와서 새콤한 사탕을 12헬러[2]어치 사 갔다. 엘퍼하우스 2층의 감독관 부인네 여자 요리사는 샐러드용 채소와 감자 2킬로그램을 가져갔다. 그리고 노동부에서 일하는 신사도 왔다. 그는 수년 전부터 매일 두 번째 아침 식사로 〈얇게 썬 햄〉 한 조각을 퓌흘 부인 가게에서 사곤 했다.

8시가 지나자 비로소 가게는 활기를 띠었고 8시 30분쯤 되자 퓌흘 부인은 눈코 뜰 새 없이 바빴다. 9시가 지나고 얼마 안 되어 카를뎅크 골목 모퉁이에서 담배 가게를 하는 늙은 쉬메크 부인이 나타나 오래도록 수다를 떨었다. 헝가리에서 배송받은 양젖 치즈와 관련해 퓌흘 부인에게 닥친 불상사가 대화 주제였다. 그때 슈타니슬라우스 뎀바가 나타나는 바람에 대화가 끊겼는데 두 부인은 그 후 몇 주간 그의 이상한 행동거지를 두고 심심하면 입방아를 찧어 댔다.

뎀바는 들어가려고 마음먹기까지 가게 문을 세 번 지나쳐 갔고 그때마다 가게 안을 불안한 눈길로 들여다보았다. 마치 누군가를 찾는 듯했다. 들어오는 품도 눈에

2 과거 독일어권에서 사용하던 동전 이름.

띄었다. 그는 문손잡이를 손이 아니라 왼쪽 팔꿈치로 누른 뒤 오른쪽 무릎으로 문을 밀치려 했고 몇 번 만에야 문을 열 수 있었다.

곧이어 그가 가게 안으로 몸을 들이밀었다. 키가 크고 어깨가 떡 벌어졌으며 짧고 불그스름한 콧수염만 빼고 매끄럽게 면도한 얼굴이었다. 담갈색 외투를 불룩하게 두르고 머프[3]에 손을 넣듯 외투 안에 양손을 쑤셔 넣은 채였다. 그는 먼 길을 걸어온 듯했다. 장화가 지저분했고 바지 무릎께까지 오물이 튀어 있었다.

「버터빵 하나 주세요!」그가 주문했다.

퓌흘 부인은 칼로 손을 뻗으면서도 담배 가게 주인과 나누던 대화를 이어 갔다.

「글쎄, 애초에 맘에 안 들더라니까. 물건이 와서 보니까 상자가 74킬로그램이지 뭐야. 주문한 건 75킬로그램인데 말예요. 원, 게다가 뚜껑을 열어 보니까, 글쎄 말이야, 치즈가 맛이 간 게 바로 휴양이라도 보내야 쓰겠더라고. 죄다 물러 터지고, 녹아 버렸더라니까. 뭘 드릴까, 신사 양반?」

슈타니슬라우스 뎀바가 참지 못하고 발로 카운터를

---

3 방한용 토시.

몇 번 찼다. 「버터빵. 빨리요. 바쁘다고요.」

　그런데도 퓌흘 부인은 중요한 대화 주제를 바로 단념하지 않았다. 〈죄송, 이분이 먼저 오셔서〉라고 뎀바에게 말했다. 「그러니까 이분 좀 먼저 봐드리고요.」〈먼저 봐드리고요〉라는 말은 일단은 양젖 치즈 이야기를 끝까지 계속하겠다는 뜻이었다.

　「그래서 당연히 바로 환불해 달라 했지. 그랬더니 그 인간이 뭐라는지 알아요? 글쎄.」그녀는 앞치마 주머니에서 여기저기 기름 얼룩이 진 구겨진 편지를 꺼내 그 대목을 찾기 시작했다. 「아, 여깄네, 여깄어. 〈치즈를 규정대로 포장했습니다. 배송 중에 물건 무게가 미미하게 줄었다고 해서 책임을 질 수는 없습니다.〉〈무게가 미미하게 줄었다〉라니! 이걸 읽는데 머리를 한 대 얻어맞는 것 같더라니까요.」

　「그 사람들은 정말 으레 그런 식이라니까.」담배 가게 주인이 말했다.

　「원, 그럼 임자 잘못 만난 거지. 내가 가만있을 것 같아요? 내가 무슨 등신도 아니고!」

　「정말 못 배운 사람들이라니까!」

　「무슨 도둑놈이나 할 소리를 하니 말이에요!」퓌흘

부인이 머리끝까지 화가 난 투로 소리쳤다.

이때 슈타니슬라우스 뎀바가 세 번째로 끼어들었다. 뎀바는 버터빵을 더 오래 기다릴 생각이 없는 듯했다.

「저기 혹시.」초조해하면서도 냉소 어린 투로 겨우 화를 누르며 그가 말했다.「그렇게 성내시는 건 당연한데요, 마음이 좀 가라앉으셨다면 버터빵 좀 주실 수 있을까요?」

「그러려던 참이에요.」퓌흘 부인이 말했다.「조금만 기다려요. 참, 바쁘다고 하셨지!」

「그래요.」슈타니슬라우스 뎀바가 짧게 말했다.

「더 계시지 않고요, 쉬메크 부인?」퓌흘 부인이 그만 돌아가려는 담배 가게 주인에게 외쳤다.

「가게 좀 들여다봐야지. 나중에 또 들를게요.」

「어디 사무실이나 관청에서 고정으로 일하시나 봐?」퓌흘 부인이 뎀바에게 물었다.「엄청 바쁘다고 하시니까 그냥 그런 것 같아서.」

「아무튼 시간 낭비할 여유 없어요.」뎀바가 대충 대답했다.

「다 됐어요.」퓌흘 부인이 카운터 너머로 버터빵을 밀어 주었다.「24헬러예요.」

뎀바는 버터빵 쪽으로 재빨리 몸을 움직였다. 하지만 빵을 집지는 않았다. 그는 혀로 입술을 몇 차례 천천히 핥더니 이마를 찌푸렸다. 버터빵을 먹으려니 갑자기 심각한 걱정거리가 떠오른 듯 보였다.

「썰어 드릴까?」 퓌홀 부인이 물었다.

「네, 그럼요. 썰어 주셔야죠. 두말할 것 없죠. 그럼 그 빵을 한입에 먹겠어요?」

부인은 빵을 얇게 썰어 뎀바 앞에 놓았다.

하지만 뎀바는 빵을 보고만 있었다. 발끝으로 바닥을 톡톡 치고 입맛을 다셨다. 흡사 좀처럼 실현되지 않는 일이 일어나기를 초조하게 기다리는 사람 같았다. 눈은 뿔테 코안경 뒤에서 간절히 가게를 두리번거렸다.

「더 필요한 거라도?」 퓌홀 부인이 물었다.

「네? 네. 혹시 크라카우어 소시지 있나요?」

「크라카우어 소시지는 없어요. 엑스트라부어스트[4]는 있을 거예요. 프레스부어스트하고 뒤레[5]하고 살라미도.」

「그럼 엑스트라부어스트요.」

4 소고기, 돼지고기, 베이컨 기름 등을 잘 섞어 만든 오스트리아 소시지.
5 순대 모양의 소시지.

「얼마나 드릴까?」

「80그램. 아님 백 그램요.」

「백 그램으로 드릴게.」 부인은 소시지를 종이에 싸서 버터빵 옆에 놓았다. 「둘 합쳐서 64헬러예요.」

템바는 빵도 소시지도 집지 않았다. 갑자기 시간이 엄청 남아도는 듯 식료품 가게 안의 온갖 자질구레한 물건에 놀랄 만한 관심을 보였다. 그는 식초병 상표를 읽어 내려 씨름하다가는 벽과 카운터 위에 걸린 여러 양철 광고판을 꼼꼼히 읽는 일에 열중했다. 〈인기 만점 하젠마이어 호밀빵 판매처〉〈츠보이카 가루비누가 손을 청결하게 해줍니다.〉 그는 광고 문구를 무척 주의 깊게 눈으로 읽으며 소리 없이 입술로도 따라 읽었다.

「이게 저 인기 만점 하젠마이어 호밀빵인가요?」 템바가 묻고는 조사하듯 버터빵 위로 몸을 숙였다. 그사이 빵에는 파리 두 마리가 앉아 있었다.

「아니, 〈유레카〉 공장에서 만든 빵이에요.」

「그렇군요. 사실 하젠마이어 호밀빵을 사고 싶었는데.」

「이거나 그거나 맛은 거기서 거기인걸요. 그게 더 싼 것도 아니고.」 부인이 대답했다.

「그럼 됐어요.」뎀바의 태도는 점점 더 알쏭달쏭해졌다. 이제는 찡그린 얼굴로 가게 천장을 올려다보고 격하게 입술을 깨물었다.

「혹시 물건을 집으로 배달해 주실 수 있나요?」그가 갑작스레 물었다. 그동안 조그만 땀방울이 그의 이마에서 흘러내렸다.「슈타니슬라우스 뎀바 앞으로요.」

「물건을 집으로 배달해 달라고요? 무슨 물건을?」

「여기 있는 것요.」뎀바가 버터빵과 포장된 소시지를 눈짓으로 가리켰다.

「엑스트라부어스트를요?」부인이 의아해하며 뎀바를 쳐다보았다. 그런 얼토당토않은 요구를 한 손님은 지금껏 아무도 없었기 때문이다.

「안 되나요? 그냥 집에 가기 전에 더 들를 데도 있고 들고 다니기도 뭐해서요. 가게가 크니까 될 줄 알았죠. 안 되나요? 알았어요. 괜찮아요.」

그는 나지막이 휘파람을 불었고, 버터빵 위에서 분주히 돌아다니는 파리를 한동안 쳐다보았다. 그러고는 마른 자두가 든 조그만 나무 상자를 유심히 바라보았다.

「올해 체리 작황이 어떨까요?」그가 물었다.

「뭐, 날씨가 어땠는지에 따라 잘되는 데도 있고 나빠

지는 데도 있겠죠.」 퓌흘 부인이 말하고는 뜨개질하던 양말로 손을 뻗었다.

뎀바는 여전히 떠날 생각이 없어 보였다.

「작년보다 싸질까요?」

「그러진 않을걸요.」

또 대화가 끊겼다. 퓌흘 부인이 다시 양말을 뜨는 동안 뎀바는 올리브유에 절인 정어리가 든 깡통에 완전히 정신이 팔려 있었다.

손님 둘이 새로 왔다. 조그만 여자아이는 절인 오이를 달라고 했고, 마부는 크나크부어스트를 샀다. 두 사람이 가게를 나간 뒤에도 뎀바는 여전히 그대로 서 있었다.

「우유 한 잔 주시겠어요?」 이제 그가 물었다.

「우유는 취급 안 해요.」

「그럼 화주는요?」

「화주도요. 어디가 좀 불편하신가 봐?」

슈타니슬라우스 뎀바가 눈을 들었다. 「맞아요. 네. 그래요. 좀 불편해요. 위통이 있어요. 계속 그러네요. 딱 봐도 그렇지 않던가요?」

「저기 우리 집에 슬리보비츠 남은 게 좀 있을 텐데.

그걸 좀 마시면 나아질지도.」부인이 말했다.

뎀바의 얼굴이 단숨에 환해졌다. 「네, 부탁드려요. 부인, 슬리보비츠 좀 갖다주세요! 치통에 그만이라고 하더라고요.」

퓌흘 부인의 맏딸인 카테를이 거실에서 줄넘기를 하고 있었다. 뚱뚱하고 둔한 아이였다. 카테를은 노래 박자에 맞춰 줄을 넘었는데 가사를 틀리지 않고 끝까지 외는 경우가 드물었다. 카테를은 막 다시 줄넘기를 시작한 터였다.

「곰 아저씨가

나를 보냈지.

커피가 다 됐는지…….」

「카티.」부인이 말했다. 「가게에 가서 손님 좀 봐라. 너 혹시 엄마가 열쇠를 어디다 뒀나 기억나니?」

「저번에 보니까 서랍 속에 있던데요.」카테를이 말하고 다시 줄넘기를 시작했다.

「아침 8시에

커피를 만들어요.

내일 9시에

들러 보세요…….」

　퓌흘 부인은 찬장을 열었다. 그런데 잔에 술을 따르는 동안 걱정스러운 생각이 떠올랐다. 남자의 행동이 아무래도 수상쩍었다. 처음에는 그토록 서두르더니, 이제는 도통 가게에서 나가려 들지 않았다. 이상하게도 주변을 꼼꼼히 살피고 정탐하지 않나, 게다가 마지막에는 현금 보관함을 유심히 보지 않았던가. 그 안에는 14크로네[6]가 들었고 그 밖에 산호 목걸이와 터키옥 반지 두 개, 카테를의 저금통장, 마리아첼산 성화 두 점도 있는데!

　퓌흘 부인은 슬리보비츠 잔을 들고 사색이 되어 부리나케 가게로 달려갔다.

　그럼 그렇지! 가게에는 아무도 없었다! 멀끔하게 생긴 남자는 자취를 감춘 뒤였다. 이를 어째! 14크로네! 금쪽같은 돈! 퓌흘 부인은 거친 숨을 몰아쉬며 의자에

　6　오스트리아 헝가리 제국에서 쓰던 화폐 단위. 1크로네는 1백 헬러에 해당한다.

주저앉아 미친 듯이 현금 보관함을 열었다.

그런데, 전부 제자리에 멀쩡히 있지 않은가! 은화가 든 쟁반도 있고 그 옆에 반지 두 개와 산호 목걸이, 저금 통장, 성화 두 점도 있었다.

천만다행이야! 없어진 물건은 하나도 없었다. 남자는 버터빵과 소시지만 가지고 사라져 버렸다. 그 덕에 부인은 〈오전 간식〉으로 마실 슬리보비츠를 지킬 수 있었다. 그녀는 마음이 누그러졌다. 불쌍한 놈! 남자에게는 빵과 소시지를 살 돈이 없었던 것이 분명했다. 남자가 부탁했더라면 그녀는 빵과 소시지를 그냥 줄 수도 있었을 텐데. 어차피 다 같은 인간이고 인정이라는 게 있으니까.

퓌흘 부인은 마음이 진정되자 급히 슬리보비츠 잔을 비웠다. 그러고는 도망간 남자를 찾아 거리로 나섰다.

하지만 슈타니슬라우스 뎀바의 모습은 보이지 않았다.

가게로 돌아왔을 때 카운터 위에 있는 니켈 동전과 구리 동전 몇 개가 비로소 부인 눈에 띄었다. 20헬러짜리 동전 세 개와 크로이처[7] 두 개. 모두 다 해서 64헬러

7   옛날 동전 이름.

였다.

　슈타니슬라우스 뎀바는 양심적으로 카운터에 돈을 두고는 버터빵을 들고 슬그머니 나가 버린 것이다. 마치 도둑질이라도 하듯.

2

궁정 고문관 클레멘티는 친구인 트룩사 폰 리터 교수
와 개 〈키루스〉와 함께 평소처럼 리히텐슈타인 공원으
로 아침 산책을 갔다. 미술사 박물관 고대 동양 특별 컬
렉션의 책임자이자 현재 임시로 민족지인류학부 부장
을 맡고 있는 클레멘티 고문관은 독자 여러분에게도 낯
설지 않을 것이다. 그는 과학 아카데미의 후원을 받아
쓴 〈고대 아시리아 고유 명사의 형성〉에 관한 중요한 저
작으로 학계 내 명성을 확고히 했으며, 그의 이름은 〈인
도식 타일 모티프와 그것이 페르시아 양탄자 장식에 미
친 영향〉에 관한 통찰력 있는 연구 덕분에 미술가와 미
술 애호가, 수집가 사이에서도 널리 알려져 있었다.

과학 아카데미 정회원이자(철학 및 역사 분과) 외교
아카데미 강사인 트룩사 폰 리터 교수는 그만큼 유명하

지는 않다.

트룩사 폰 리터 교수의 무수한 언어학 저술 중 첫손에 꼽을 만한 것은 탁월한 칼미크어-독일어 사전이다. 그 외에 웨일스 방언의 반모음 r과 l의 축적에 관한 연구와 방대한 저서 『소말리족의 민족지와 언어』는 외국으로도 널리 알려져 학계의 인정을 받았다.

하지만 두 신사의 연구 활동은 이 이야기에서는 그다지 중요하지 않다. 따라서 트룩사 폰 리터 교수가 하우란[8] 지역에서 몇 달간 답사 여행을 마치고 돌아와 이제 여행의 전리품을, 다시 말해 다소 잘 보존된 히타이트와 페니키아의 언어 자료 몇 가지를 클레멘티 고문관과 함께 정리해 발표할 준비를 하느라 바빴다는 점 정도만 알아 두자.

고문관의 개 키루스로 말하자면 품종이 무엇이다 확실히 콕 집어 말할 수는 없다. 하지만 넓게 보아 스피츠종에 속한다고 해도 사실과 동떨어지지는 않을 것이다. 키루스는 사냥총에 맞은 짐승을 물고 올 줄 알았고 앞발을 내밀고 〈부탁할〉 줄도 알았다. 흰색 털에 갈색 얼룩무늬가 있고 성격이 거침없었다.

8 시리아와 요르단에 걸쳐 있는 화산 고원.

클레멘티 고문관은 느릿느릿 걸었을 뿐 아니라 대화 도중 하필 북적이는 거리에서 자주 멈춰 서는 버릇이 있었다. 마치 길을 막고 방해물처럼 서 있어야만 편안함과 안락함을 느끼는 듯했다. 평소 늙은 고문관에게 무자비한 폭군 행세를 하며 자기 의지를 관철하고야 마는 키루스가 불만을 표시하며 아무리 줄을 세게 당겨봐도 고문관의 이러한 약점을 어찌할 수는 없었다. 그래서 트룩사 교수는 포르첼란 골목을 건널 때 친구가 시가전차가 다니는 위험 구역에 서 있지 못하게 하느라 골머리를 앓았다.

이 시각에 — 오전 9시 30분쯤 되었을 것이다 — 리히텐슈타인 공원에는 사람이 꽤 많았다. 조그만 아이들이 굴렁쇠와 고무공을 가지고 자갈길을 달렸고, 보모와 유모 들은 수다를 떨며 유모차를 앞으로 밀었고, 김나지움 학생들은 진지한 얼굴로 서로서로 배운 내용을 외웠다. 두 학자는 공원의 후미진 곳으로 향했다. 오래된 아카시아 나무 그늘이 드리워 있고 빽빽한 덤불 덕분에 다른 이들의 시선이 닿지 않는 벤치가 두 사람을 기다리고 있었다. 그들은 아침마다 그곳에서 어수선한 주변 분위기로부터 거의 단절되어 한두 시간 동안 조용히 원고와 교정지를 검토하곤 했다.

하지만 우선 두 신사는 대마초 복용이 어느 지역까지 퍼졌는지를 두고 대화에 열중했다. 트룩사 교수는 이 환각제가 계속 동양에서만 쓰였다는 의견을 지지했고 고문관은 이를 열띠게 반박했다.

「필시 아시겠지만.」 고문관이 말했다. 「남프랑스의 선사 시대 무덤에서 카나비스 사티바 엘[9] 찌꺼기가 든 작은 점토 파이프가 토출됐잖습니까. 우리 조상들은 분명 대마를 피웠습니다. 고대 그리스인도 대마를 알았고요. 네펜테스[10] 음료가 나오는 『오디세이』 구절 생각 안 나십니까? 〈근심과 모든 고통스러운 기억을 없애 주는〉음료 말입니다. 그리고 플리니우스가 말한 〈겔로토필리스〉, 고대 스키타이인의 〈웃음의 약초〉도 있고요!」

「좀 확실한 학문적 근거를 가지고 이야기했으면 싶군요.」 트룩사 교수가 이의를 제기했다. 「뮌헨의 비르트는 그보다 훨씬 더한 주장을 했습니다. 그것도 자기 이론에 관해 제대로 된 증거라곤 하나도 제시하지 않고요. 그의 주장대로라면 과거에 나타난 대규모 군중의 정신

9 Cannabis sativa L. 대마초의 학명.
10 『오디세이』에 나오는 영약.

22

이상, 그러니까 스스로를 매질하는 고행이나 전염병이 퍼진 듯 춤을 춰대는 괴이한 행위는 대마초나 그와 비슷한 효능이 있는 마취제를 과도하게 복용한 결과로 볼 수 있을 테죠.」

「물론 나는 비르트 교수의 엇나간 주장에 동의할 수는 없습니다. 자기 분야에서 훌륭한 성과를 낸 사람이긴 해도요. 내 주장은 다만 대마초 복용의 개별적 사례를 유럽에서도 어느 시대든 분명 목격할 수 있었고 오늘날에도 볼 수 있으리라는 겁니다. 명심하십시오. 개별적 사례입니다! 가령 나폴리에서 본 부두 인부가 떠오르는군요. 그건 그렇고, 교수님 생각엔 대마초를 복용하면 어떤 증상이 나타납니까?」

「성향이나 기분이 급격히 변하는 사람이 있다면 대마초를 복용했다는 걸 바로 알 수 있습니다. 알레포에서 환각 상태에 빠진 레모네이드 장수를 관찰한 적이 있는데 그는 자신을 대천사 가브리엘이라고 생각했습니다. 마란에서 본 아랍인 우편배달부는 자기가 메뚜기라며 성곽 위에서 자꾸 날아오르려다 결국 다리가 부러지고 말았죠. 평소에는 아주 조용하고 온화한 사람이 느닷없이 잔인한 만행을 저지르는 일도 가끔 있습니다. 다마스쿠스에서는 야경꾼이 산책하던 죄 없는 사람 배를 아무 이유도 없이 발로 차 그 불쌍한 사람이 그 자리에서 병원으로 실려 간 적이 있습니다.」

「그런데 환각 작용이 인종마다 다양한 방식으로 나타나지는 않던가요, 어떻습니까?」고문관이 물었다.

「그뿐이겠습니까. 늘 나타나는 몇몇 증상을 논외로 한다면, 대마초를 피운 사람 각자가 나름의 반응을 보이는지도 모릅니다.」

두 신사는 논쟁에 열중하느라 멈춰 섰다. 하지만 두 사람이 대화 주제에 너무 몰두한 나머지 북적거리는 주변에서 무슨 일이 일어나도 몰랐다고 한다면 이는 잘못이리라. 사실은 그렇지 않았다. 조그만 남자애가 친구 손을 쳐서 떨어뜨린 고무공이 고문관 발치까지 굴러왔다. 고문관은 공을 집어 들어 유심히 관찰하다가 그것을 재킷 주머니에 넣으려 했다. 방금 자기 손에서 공이 떨어졌다고 생각하는 게 분명했다. 트룩사 교수는 너그럽게 미소 짓고는 고문관의 생각을 방해하지 않으려고 그의 손에서 조심스레 공을 집었다. 하지만 바로 다음 순간 트룩사 교수 역시 어째서 자기한테 공이 있는지 잊어버리고 말았다. 그래서 당황스럽게 공을 든 채로 어찌할 줄을 몰랐다. 공 주인인 불쌍한 아이가 몇 발짝 앞까지 다가와 언제든 달아날 태세로 미심쩍이 상황을 지켜보았다.

「대마초의 효력을 몸에 직접 시험해 본 적 있습니까?」고문관이 물었다.

「네. 딱 한 번. 관능적인 아라베스크가 보이고 위장이 불편하더군요.」트룩사 교수는 고무공을 어찌할지 결정을 내렸다. 공에 묻은 진흙과 모래를 재킷 소매로 세심하게 닦아 내고 먼지를 후 불어 낸 뒤 공을 조심스레 자갈길에 내려놓았다. 그러자 꼬마가 곧장 달려들어 공을 들고는 승리감에 소리를 지르며 달아나 버렸다.

두 학자는 계속 길을 갔다. 그들은 이제 공원에서 덜 북적이는 곳에 이르렀다. 자갈길을 계속 가다 보면 길가 덤불이 빽빽해져 길이 좁아지고 그들이 좋아하는 장소가 나타났다. 사암 석상(새끼 노루와 노는 아이들)과 관목 뒤에 벤치 하나가 숨어 있었고 아카시아 나무 두 그루가 그 위로 그늘을 드리웠다.

그 벤치에 슈타니슬라우스 뎀바가 앉아 있었다.

뎀바는 아침 식사 중이었다. 몸을 앞으로 숙여 양손으로 머리를 받치고 음식을 씹고 있었다. 옆에는 남은 버터빵과 얇게 썬 소시지 몇 조각이 놓여 있었다. 담갈색 외투는 이제 냅킨 역할을 하는 듯했다. 그는 외투를 극장의 막처럼 목에 둘러 걸치고 주름 안으로 가슴과 손, 팔다리를 숨겼다. 텅 빈 긴 소매가 바람에 펄럭였다.

고문관과 교수는 여느 때처럼 작업 준비를 하기 시작했다. 벤치는 축축했으며 그다지 깨끗하지 않았다. 큰일이든 작은 일이든 빠르게 결정하곤 하는 트룩사 교수는 주머니에서 깔고 앉을 걸 찾다가 적당한 것을 바로 찾지 못하자 평소처럼 급하게 결정을 내리고 이날 오전에 검토할 교정지와 원고를 깔고 앉으려 했다. 고문관이 정신을 놓지 않고 마지막 찰나에 소중한 서류들을 낚아챘기에 망정이지 하마터면 돌이킬 수 없는 일이 일어날 뻔했다.

키루스는 벤치 팔걸이에 줄로 묶어 놓는 대신 입마개를 빼주었다. 그런 후 두 신사는 벤치에 앉았다.

슈타니슬라우스 뎀바는 두 사람이 오자 성가셔하는 것 같았다. 식사를 멈추고 고개를 들어 짜증스레 입술을 깨물었다. 그들이 오래 머무르려 준비하는 것을 보자 그는 실망하는 듯했고 자리에서 일어나 몸을 돌려 가려고 했다. 이때 버터빵이 그의 눈에 들어왔다. 그는 머뭇머뭇 한동안 그대로 서 있다가 체념한 듯 다시 벤치에 털썩 주저앉았다.

클레멘티 고문관과 트룩사 교수는 원고를 정돈해 놓고 메모를 했으며 나지막한 목소리로 의견을 교환했다. 몇 분이 흘렀을 때 뎀바의 목소리가 두 사람을 방해했다.

「부탁인데 개 좀 그쪽으로 불러 주시겠습니까?」거북한 미소를 띤 뎀바가 바로 옆에 앉은 교수에게 청했다.

트룩사 교수가 고개를 들었다. 키루스가 뎀바의 소시지 두 조각을 먹어 치우는 참이었다.

「성가신 녀석이네요. 저는 개라면 질색이에요.」뎀바의 목소리가 분노로 떨렸다.

「고문관님, 당신 개가 한 짓을 좀 보십시오!」교수가 당황하여 소리쳤다.

「거듭 사과드립니다!」고문관이 용서를 구했다. 그는 개의 행동 때문에 부끄러워 어쩔 줄을 몰라 했다. 「정말 죄송합니다. 키루스! 이리 와!」

클레멘티 고문관이 평소 자기 개와 어느 나라 말로 의사소통하는지는 알 수 없다. 어쩌면 키루스는 주인과 오래 함께 살다 보니 아람어나 통속 아랍어를 몇 마디

배웠을지도 모른다. 하지만 독일어는 전혀 알아듣지 못하는 모양이었다. 키루스는 계속해서 소시지를 공략했고 고문관이 귀를 잡아끌려 하자 오히려 사나워져 으르렁대고 손을 물려고 덤볐다.

템바는 개가 움직일 때마다 초조하고 걱정스럽게 바라보기만 할 뿐 손을 움직여 개를 쫓아낸다거나 소시지를 보호하지는 않았다.

「음식을 벤치 반대쪽으로 옮겨 주실 수 있습니까? 거기 두면 분명 못 건드릴 겝니다.」고문관이 부탁했다.

「반대쪽으로요?」템바로서는 반대쪽으로 음식을 옮길 이유가 없었다. 그는 자기에게 그럴 의무는 없다고 말했다. 게다가 반대쪽에는 해가 비치므로 소시지가 상할 게 뻔하다고, 보면 아시지 않느냐고 했다.

고문관도 물론 이해했다. 구름이 하늘을 덮고 있어 햇빛이라고는 보이지 않았지만 말이다.

「더군다나.」템바가 이어서 말했다. 「소시지는 벌써 못 먹게 돼버렸고요. 이제 새것이 아니니 마음 편히 개한테 줘버려도 됩니다. 개가 빵을 먹지는 않겠죠? 그래도 빵은 제가 먹고 싶거든요. 최상급 덴마크 버터를 바른 인기 만점 하젠마이어 호밀빵이죠.」

「그래도 빵을 치우는 게 어떻겠습니까?」고문관이 부탁했다. 키루스는 소시지를 먹어 치우고는 거침없이 버터빵으로 달려들었다. 슈타니슬라우스 뎀바는 마른침을 몇 번 삼키고 눈으로는 게걸스럽게 버터빵을 탐했지만 실제로 빵을 지키려는 행동은 전혀 하지 않았다.

「안 돼!」성난 뎀바가 위협하는 소리를 냈다.「정말로 걸신들렸나 봐요. 한 조각도 안 남겼어요. 단 한 조각도.」

「그러게 말입니다. 그런데 대체 왜 빵을 치우지 않으셨습니까?」트룩사 교수가 물었다.

「뭐, 만든 지 오래됐거든요. 게다가 저는 따뜻한 날에는 버터라면 아주 질색이고요. 어차피 손도 안 댔을 거예요.」

두 학자는 다시 몸을 돌려 작업을 시작했다. 하지만 뎀바가 보기에는 아직 끝난 일이 아니었다. 뎀바는 자기가 그들 개에게 버터빵을 주는 데에 뭐 문제라도 있느냐고 따지듯 말했다. 이상하게도 개가 뭐 좀 먹는 거 가지고 박하게 구는 주인들이 많다고, 자기들 돈은 한 푼도 들지 않는데도 그런다고 말했다.

트룩사 교수는 다른 벤치로 가는 편이 낫지 않겠냐고

친구에게 물었다. 그는 젊은이가 시비를 걸려는 것 같다고 했다. 트룩사 교수는 뎀바가 알아듣지 못하도록 북부 투아레그족 방언으로, 그것도 — 더욱 만전을 기해 — 이미 오래전에 사라진 부족의 방언으로 말했다.

슈타니슬라우스 뎀바는 정말로 두 학자의 작업을 방해할 셈인 듯했다. 자기가 먹을 아침 식사를 남의 개한테 내주는 걸 뭘 이상하다고 생각하느냐고, 뎀바가 격앙된 어조로 교수에게 따졌다. 그게 별거냐고 했다. 소시지와 빵 조금인데. 어느 식료품점에서든 64헬러 정도면 살 수 있는데. 아니면 혹여 무슨 속임수나 책략이나 계책을 써야만 소시지와 빵을 얻을 수 있다고 생각하는 건 아니냐고 물었다.

「아뇨. 물론 아닙니다.」놀란 교수가 정중하게 대답했다. 그러고 덧붙이길, 뎀바가 동물을 무척 좋아하는 것 같다고 했다.

「너 참 귀엽다!」슈타니슬라우스 뎀바가 느닷없이 열을 올리며 외쳤다. 「예쁜 녀석이야.」그는 혹시 개를 팔 생각이 없느냐고 물었다. 「안 된다고요? 아쉽군요!」그는 개가 자기와 살면 행복할 거라고 했다. 소개를 하자면, 자기는 슈타니슬라우스 뎀바라고 했다. 철학 박사

수료생 뎀바……. 그는 오래전부터 이런 개를 찾아 왔다고 했다. 「이 녀석 예쁜 빨간색 리본을 도대체 누구한테 받은 거죠? 귀여운 녀석! 자, 이리 와! 사탕 먹고 싶니?!」

「가봐, 키루스!」 고문관이 말했다. 「저분한테 앞발을 내밀어 드리렴.」

키루스는 천진난만하게 슈타니슬라우스 뎀바에게 다가가 앞발을 들었다.

뎀바는 바로 이 순간을 기다린 듯했다. 불쌍한 개는 사탕 대신 힘찬 발길질을 받고 울부짖으며 발라당 자빠졌다.

곧이어 슈타니슬라우스 뎀바는 벌떡 일어나 인사도 없이 부리나케 달려 나갔다. 그러다 팔 위로 걸친 외투 밑자락을 밟고 비틀거렸다. 돌연 금속이 찰각이는 소리가 작게 들렸다. 열쇠 꾸러미가 짤그랑거리는 소리 같았다. 하지만 뎀바는 중심을 잃지 않고 외투를 다잡은 후 길이 굽은 곳을 지나 사라졌다.

트룩사 교수는 겨우 서서히 정신을 차렸다. 「막돼먹은 놈 같으니!」 그가 격분하여 고문관에게 소리쳤다.

고문관은 이상하게도 평온했다. 「교수님!」 그는 낑낑

대는 키루스는 아랑곳하지 않고 나지막이 말했다. 「보셨습니까?」

「그럼요! 무슨 저런 막돼먹은 놈이 있나!」

「그 사람한테서 또 뭐 눈에 띄는 점이 없던가요?」 클레멘티 고문관이 은밀하게 속삭였다. 「전 그 사람을 내내 관찰했습니다. 생각해 보십시오. 감정 기복이 얼마나 심했는지! 처음에는 식욕이 넘치더니, 갑자기 먹을 거라면 질색했잖습니까. 아무 죄 없는 짐승한테 난데없이 거칠게 굴고 잔인한 행동을 하지를 않나. 조금 전까지만 해도 죽고 못 살겠다는 듯 먹을 걸 줬으면서 말입니다. 교수님! 모르시겠습니까?」

「혹시……?」 트룩사 교수가 물었다.

「대마초!」 고문관이 외쳤다. 「대마초를 피우는 사람이 이 나라에 있는 겁니다! 유럽에 말입니다!」

트룩사 교수가 천천히 일어나 고문관의 얼굴을 빤히 쳐다봤다.

「당신 말이 맞을지도 모릅니다, 고문관님.」 교수가 말했다. 「맙소사! 대마초에 취한 사람이라니! 유럽에서는 처음 보는 것 같습니다!」

「확실합니다!」 고문관이 환호했다.

「외투 입은 모양이 눈에 들어오더라고요.」교수가 생각에 잠겨 말했다. 「마치 외투 속에 뭔가 귀중한 물건을 사람들 눈에 띄지 않게 숨기는 듯했습니다. 아시다시피 대마초 복용자는 자기한테 뭔가 신비한 보물이 있다고 생각하잖습니까?」

「갑시다, 교수님!」고문관이 외쳤다. 「서두르십시오! 따라잡아야 합니다. 놓치면 안 됩니다!」

두 사람은 뎀바 뒤를 쫓느라 너무도 흥분한 나머지 개 키루스를 완전히 잊고 말았다. 키루스는 벤치에 묶인 채 짖어도 보고 낑낑거려 보기도 하며 주인에게 자신의 존재를 알리려 했지만 허사였다.

두 학자가 헐레벌떡 공원 아래쪽에 다다랐을 때, 대마초에 취한 남자는 와글거리며 노는 아이들 사이로 이미 한참 전에 사라져 버린 뒤였다.

3

〈아가씨〉는 십자로 엇갈린 빨간 리버티 브로치 두 개가 달린 새 보일 블라우스가 자기 얼굴에 얼마나 잘 어울리는지 정확히 알았다. 함께 데리고 산책 나온 조그만 남자애와 여자애가 모형 살수차를 가지고 놀거나 온갖 작은 통과 틀에 모래를 채우는 동안 그녀는 공원 벤치에 앉아 책을 읽곤 했는데 그녀가 오래 혼자 있는 경우는 드물었다. 젊은 신사 한두 명이 금세 그녀 옆에 앉았고(그녀는 보통 두 명인 경우를 더 좋아했다. 왜냐하면 한 사람이 다른 사람을 방해하는 모습이 무척 재미있었기 때문이다) 정말 우연하게 또는 마침 그늘이 잘 졌기에 벤치에 앉은 듯 처음에는 아주 담담하게 있다가 기회만 닿으면 가령 참새나 비둘기, 행인이나 그녀 장화의 앞코 등 온갖 것에 부자연스럽게 관심을 보였다.

그러다 마침내는 〈아가씨, 뭔가 무척 재밌는 걸 읽으시나 보군요!〉 아니면 〈돌보시는 아이들이 정말로 귀엽네요. 그런데 아가씨, 이름이 어떻게 되죠?〉라며 대화의 물꼬를 트곤 했다. 아니면 개중 당돌한 이는 〈계속 책만 읽다가는 아름다운 푸른 눈을 버리겠어요, 아가씨〉라고 말했다.

그렇게 시작해서 진지한 관계로 발전하는 경우는 거의 없었다. 왜냐하면 대개 젊은 신사들은 좋은 가문의 젊은 아가씨가 — 뭐, 〈아가씨〉의 아버지는 예전에 우체국 상급 관리였고 어머니의 삼촌은 아직 상무부 고문이니까 — 오래 관계가 지속된 후에야 어쩌면, 경우에 따라 허락할 것보다 훨씬 지나친 제안과 소망과 간청을 겨우 두 번 만났을 때 하기 일쑤였기 때문이다. 그녀는 2분만 지나도 많은 신사들과 대화를 중단할 수밖에 없었다. 그런 말을 들으면 그녀는 벌떡 일어서서 〈빌리! 그레틀! 집에 갈 시간이야!〉라고 말하고는 그 뻔뻔한 사람을 그냥 내버려 두고 가버렸다. 이는 자주 있는 일이었다. 비록 아가씨는 새침하기는커녕, 끈적하고 도발적인 주제를 두고 은근하고 의미심장한 대화를 나누는 걸 어느 정도 즐겼지만 말이다.

그녀는 그런 무의미한 관계가 그림엽서를 주고받는 단계로 넘어가는 것을 무엇보다 좋아했다. 그림엽서라면 언제든 환영이었다. 그녀에게는 아침에 오는 우편물이 그날의 하이라이트였다. 자주, 아니 대개는 그녀가 완전히 흥미를 잃은 사람이나 심지어 누군지도 잊어버린 사람의 서명이 적힌 카드가 30분간 나눈 무의미한 잡담의 마지막 메아리로 돌아왔다. 하지만 안주인이 짜증스레 방으로 들어와서는, 우편배달부가 왔다 갔느냐는 남편의 물음에 〈네, 하지만 우리 건 하나도 없어요. 가정 교사 아가씨한테만 카드 두 장이 왔어요〉라고 기분이 상해 대답할 때면 정말 재미가 좋았다.

오늘은 아가씨 옆에 젊은 남자가 아니라 부레슈 부인이 앉아 있었다. 두 아이를 데리고 매일 공원에 오는 중년 부인이었다. 두 사람은 아는 사이였다. 아이들은 넷이서 함께 놀았고 부레슈 부인과 아가씨는 날씨 얘기를 했다.

〈그래도 날씨가 갰네요〉라고 아가씨가 말했다. 「저는 비가 올지 어떨지 모르는 것보다는 비가 오는 편이 나아요.」부레슈 부인이 비관적으로 말하고는 뜨개질감을 들었다.

「오늘 아침에 창밖을 봤을 때는 하루 종일 비가 올 거라는 데 내기를 걸 수도 있었어요. 딱 보니 그랬으니까요. 그런데 이상하게도 지금은 다시 날이 무척 좋아졌어요.」

날씨 얘기는 이걸로 끝이었다. 아가씨는 책장을 넘겼다. 부레슈 부인은 뜨개질을 했다.

「올해 포티프 공원에 벤치 대신 안락의자를 설치한대요.」 아가씨가 이야기했다. 「한 사람당 4헬러죠.」

「죄다 날마다 비싸져요. 있잖아요, 인생이란 암울한 거예요. 올해 얼마인 줄 알아요, 평범한 1킬로그램짜리 녹인 —」

부인은 막 혀끝에 맴돌던 〈평범한 1킬로그램짜리 녹인 돼지기름〉이란 말을 통째로 삼켜 버리고는 입을 닫았다. 한 젊은 남자가 그녀와 아가씨 사이에 앉았던 것이다. 젊은 남자가 아가씨 옆에 앉을 때면 부레슈 부인은 무슨 일이 있어도 훼방꾼이 되고 싶지 않았다. 그럴 때면 조심스레 벤치 맨 가장자리로 옮겨 가 뜨개질에 몰두하곤 했다.

슈타니슬라우스 뎀바는 담갈색 외투를 어깨에 두르고 앞쪽은 대충 단추를 채워 놓았다. 빈 소매가 축 늘어져 있었다. 그는 먼 여정을 뒤로하고 이제 몇 분간 편안히 쉴 수 있어 기뻐하는 사람처럼 기력이 다하여 벤치에 앉았다.

뎀바는 보기 드물게 예쁜 아가씨가 옆에 있다는 걸 얼마 후에야 알게 된 듯했다. 자세를 바로 하고 여자의 얼굴을 유심히 바라보았다. 그는 만족한 빛이었다.

이어서 그의 시선은 여자가 들고 있는 책으로 내려갔다.

아가씨는 자신이 옆 남자에게 어떤 인상을 주는지를 의식하고 있었다. 그녀 역시 책에서 시선을 들지 않으면서 몰래 남자를 살펴보았다. 남자가 싫지 않았다. 물론, 아무리 좋게 봐도 우아하다고는 할 수 없었고 원래 그녀는 잘 차려입은 청년들을 더 좋아하는 것이 사실이었다. 하지만 이 남자는 그녀가 평소 만나던 사람들과 달라 보였다. 아마 보헤미안이겠지, 그래 보여, 그녀는 생각했다. 그는 눈에 생기가 있었으며 에너지가 넘치고 영리한 사람이라는 인상을 주었다. 엄밀하게 따진다면, 이 육중하고 투박한 몸이 잘 만들어진 세련된 양복을 걸친 모습은 도저히 상상할 수 없었다. 남자는 천성에 딱 맞는 차림을 하고 있었다. 여자는 그것을 확신했다.

물론, 오물이 겹겹이 튄 바지는 그녀 옆에 앉기 전에 털어 낼 수도 있었을 것이다. 하지만 그럼에도! 아가씨는 이 젊은 남자의 뭔가에 끌리는 느낌을 받았다. 그녀는 보나마나 있을 — 그녀는 확신했다 — 접근 시도에 호의적으로 대응하리라 마음먹었다.

슈타니슬라우스 뎀바는 여자에게 무슨 책을 읽는지 물음으로써 독창적이라고는 할 수 없는 방식으로 대화를 시작했다. 「입센 책이군요, 그렇죠?」

아가씨는 누가 말을 걸 때면 움찔하며, 말을 건 사람을 향해 깜짝 놀라고 어리둥절하고 불쾌하다는 표정을 짓는 데 선수였다.

슈타니슬라우스 뎀바는 순간 당황했다. 「방해가 됐나요?」 그가 물었다. 「방해하려던 건 아니었어요.」

「아니에요.」 아가씨가 말하고는 눈을 내리깔고 계속 책을 읽는 척했다.

「읽고 계신 책이 입센 작품인지 여쭤보려던 것뿐이에요.」

「맞아요. 『헤다 가블레르』[11]예요.」

슈타니슬라우스 뎀바는 고개를 끄덕이고는 꿀 먹은

11 노르웨이 극작가 헨리크 입센이 1890년에 발표한 희곡.

벙어리가 되었다.

잠시 정적. 아가씨는 책을 들여다보았지만 읽지는 않았다. 그녀는 기다렸다. 하지만 슈타니슬라우스 뎀바는 침묵했다.

좀 답답한 사람이군, 아가씨는 생각했다. 그녀가 도움의 손길을 내밀었다. 「이 작품 아세요?」 그녀가 물었다. 그러고는 이제 계속 책을 읽는 일이 그다지 중요하지 않다는 것을 보여 주려고 책을 내렸다.

「네. 당연하죠.」 뎀바가 말했다. 그게 다였다.

아가씨는 책장을 넘기며 독서를 계속할 수밖에 없었다. 뭐 이렇게 서투르지? 뭐라도 더 할 말이 없는 걸까? 아니면 그녀한테 말을 건 걸 결국은 후회하는 걸까? 그녀의 왼쪽 뺨에 있는 조그만 얽은 자국 두 개가 혹시 맘에 들지 않는 걸까? 그럴 리는 없었다. 모두가 바로 그 작은 미적 결함을 매력적이고 고혹적이라 생각했다. 아니. 그저 서투르기 때문이야. 그래서 아가씨는 그에게 마지막 기회를 주기로 결심했다. 그녀는 우산을 떨어뜨렸다.

젊은 남자라면 누구나, 지독하게 멍청하고 서투른 자라도, 이런 경우에는 번개처럼 잽싸게 우산을 집어 우아하게 허리를 굽히며 숙녀에게 우산을 건네고 틀에 박힌 친절한 말 몇 마디를 건넸다. 그러면 숙녀는 크게 감사를 표하고, 어느새 자연스레 대화가 진행되기 마련이었다.

하지만 이번에는 얼토당토않은 일이 일어났다. 전 세계 모든 공원의 역사에서 전에 결코 벌어지지 않았을 일이. 그러니까, 슈타니슬라우스 뎀바가 우산을 그냥 놔둔 것이다. 그는 벌떡 일어나지도, 우산을 향해 재빨리 손을 뻗지도 않았다. 절대로. 그는 꿈쩍도 안 했으며 아가씨가 직접 우산으로 몸을 숙이도록 두었다.

하지만 묘하게도 아가씨는 모욕감을 느끼지 않았다. 전혀. 슈타니슬라우스 뎀바가 다른 이들과 다르게 반응했다는 것, 바로 이 점이 그녀에게 좋은 인상을 주었다. 뎀바는 평범한 이들이 여자에게 좋은 인상을 주려고 사용하는 닳고 닳은 수법을 멸시했던 것이다. 그는 계획적이라는 느낌을 주지 않으려 했으며 싸구려 기사도의 공허한 몸짓을 경멸했다. 아가씨는 뎀바에게 점점 더 관심이 갔다. 그리고 뎀바가 갑자기 말문을 열지 않았더라면 이제는 어쩌면 심지어 그녀가 뎀바에게 말을 걸었을지도 모른다. 부레슈 부인은 뜨개질을 했고 그쪽을 보지 않았으니까.

「제가 당신 아버지라면요, 아가씨.」 템바가 말했다. 「입센을 읽지 못하게 할 거예요.」

「그래요? 대체 왜요? 젊은 아가씨들한테 안 맞기라도 하나요?」

「다 큰 숙녀한테나 젊은 아가씨들한테나 다 맞지 않죠.」 템바가 설명했다. 「세상에 대해 잘못된 이미지를 보여 주니까요. 입센은 북구의 마를리트[12]예요.」

「그렇게 말씀하시려면 근거를 확실히 대셔야죠.」 대담한 문학적 주장을 내세우며 관심을 끌 수 있다면 훌륭한 작가들을 폄훼하는 것은 문제도 아닌 젊은이들이 어떤 식으로 나오는지를 아가씨는 알고 있었다.

「지루해하실 텐데요. 저한테도 그렇고요.」 템바가 말했다. 「입센의 상징 뒤에는 별게 없다는 거, 평범한 것밖에 없다는 걸 무엇보다 말씀드려야겠네요. 입센의 인물들은 어떻게 죄다 자신의 말에서 나오는 공허한 울림에 도취되는지. 이 얘기는 그만두죠. 문학에 관해 대화하는 건 따분하거든요. 딱 하나만 더 말할게요. 아직 눈

12   E. Marlitt(1825~1887). 19세기 독일 여성 작가. 독립적인 여성상을 주로 그리며 큰 인기를 누렸다.

치 못 채셨나요? 입센의 인물들은 전부 중성적이라는 거.」

「정말요? 중성적이라고요?」 아가씨는 입센 작품을 많이 읽지 않았다. 아, 한가로운 시간을 찾아 좋은 책을 읽기란 참으로 어려운 법이다. 그녀가 『헤다 가블레르』 외에 아는 건 『유령』[13]뿐이었다. 하지만 그녀는 얕은 지식을 최대한 활용하여 자신이 책을 많이 읽으며 새로운 문학에 훤하다는 인상을 불러일으킬 줄 알았다.

「그럼 오스발드[14]는요?」 그녀가 물었다. 「혹시 오스발드도 중성적이라고 생각하시는 건가요?」

「오스발드요? 그 위장한 신학 후보생 말이군요. 그가 옆방에서 키스를 했다고는 생각하지 마세요!」[15] 슈타니슬라우스 뎀바가 농담을 시작했다. 「그건 속임수예요. 옆방에서 레기네한테 키스한 건 극장 일꾼이니까요. 무대 장치 담당자요. 어쩌면 무대 감독일지도. 하지만 오스발드는 아니에요.」

아가씨가 웃었다.

13 입센이 1881년 발표한 희곡.
14 『유령』의 등장인물.
15 『유령』에는 오스발드가 하녀와 애정 행각을 벌이는 듯한 장면이 나온다.

44

「그건 그렇고.」 템바가 말을 이으며 아가씨에게로 다가갔다. 「키스란 자연을 기만하는 일이에요. 남자들의 권리를 뺏기 위해 여자들이 고안해 낸 방책이죠.」

「뻔뻔하시군요. 당신은 뭐든 마음대로 하실 것 같은데요, 안 그래요?」 아가씨가 말했다.

「키스, 애무, 몸과 몸을 맞대는 일.」 슈타니슬라우스 템바가 설교했다. 「이것들은 전부 자연이 베푼 것으로부터 우리의 관심을 돌리기 위한 수단일 뿐이에요.」

아가씨는 일어나서 조금 끈적해질 기미를 보이는 대화를 끝내는 편이 낫지 않은지 곰곰이 생각했다. 하지만 옆에 앉은 남자는 지금으로서는 완전히 학문적인 이야기를 하고 있었고, 전부 순수한 이론이었으며, 기본적으로 대화 주제가 그녀 마음에 들었다. 그녀는 부레슈 부인 쪽을 곁눈질했다. 부인은 앉아서 뜨개질을 하고 있었고 필시 아무것도 알아듣지 못했을 터였다. 그리고 아이들은 안심할 수 있을 만큼 먼 곳에서 놀고 있었다.

하지만 이제 템바 스스로가 대화를 다른 방향으로 끌고 갔다.

「배가 고프군요.」 그가 말했다.

「그래요?」

「네. 생각해 보세요. 어제 점심부터 아무것도 안 먹었거든요.」

「그러면 저기 브레첼 파는 여자를 불러서 케이크를 한 조각 사세요.」

「말로는 쉽지만 그렇게 간단한 일이 아니에요.」템바가 생각에 잠겨 말했다.「그런데 도대체 지금 몇 시죠?」

「제 시계로는 9시 30분이 지났어요. 막 45분이 됐네요.」아가씨가 말했다.

「맙소사, 그렇다면 가야겠군요!」템바가 벌떡 일어났다.

「정말요? 아쉽네요. 여기 혼자 앉아 있으려면 정말 지루한데.」

「너무 오래 잡담을 했어요.」템바가 말했다.「할 일이 많거든요. 애초에 앉으면 안 되는 거였죠. 그렇지만 너무 지치고 발이 아팠거든요. 더군다나.」템바가 한껏 친절하고 부드럽게 말했다.「당신을 도저히 그냥 스쳐 지나갈 수 없었어요. 어떻게든 당신과 이야기를 나누고 싶었어요.」

「더 대화를 나눌 수 없다니, 정말 아쉬워요.」아가씨

는 발끝을 가볍게 흔들며 부드러운 발목과 날씬하고 잘 빠진 다리의 끝부분을 드러냈다.

슈타니슬라우스 뎀바는 그녀 발을 무방비로 쳐다보며 그대로 앉아 있었다.

「다시 만날 수 있으면 좋겠네요.」 그가 말했다.

「전 이 시간쯤이면 아이들이랑 자주 산책을 나와요. 물론, 늘 이 공원으로 오는 건 아니고요.」

「그럼 주로 어디로 가나요?」

「그때그때 달라요. 안주인한테 달린 일이죠. 저는 가정 교사로 일하거든요.」

「그렇다면 여기에 한번 들러 볼게요.」

「우연에 맡겨 두고 싶으시면요. 하지만 제게 편지를 쓰실 수도 있어요.」 아가씨가 말했다.

「좋아요. 그럼 편지를 쓰죠.」

「그럼, 제 주소를 적어 두세요. 알리스 라이트너, 황실 고문관 아달베르트 픽셀 씨 댁, 제9구, 마리아테레지엔 거리 18번지. 왜 받아 적지 않으세요?」

「듣고 외울 수 있어요.」

「말도 안 돼요. 이런 긴 주소는 못 외워요. 그럼 한번 주소를 불러 봐요.」

슈타니슬라우스 템바가 기억하는 거라곤 알리스와 황실 고문관뿐이었다. 나머지는 전부 잊어버리고 말았다.

「자, 적어 둬요!」 아가씨가 지시했다.

「연필도 종이도 없는걸요.」 템바가 말하고는 언짢은 듯 얼굴을 찡그렸다.

아가씨는 손가방에서 연필을 꺼내고 메모장에서 종이 한 장을 뜯었다. 「자. 적어 두세요.」

「못 적어요.」 슈타니슬라우스 템바가 단호히 말했다.

「못 적는다고요?」 아가씨가 놀라서 물었다.

「그래요. 유감스럽게도 전 문맹이에요. 글을 쓸 줄 몰라요.」

「장난하지 마세요!」

「장난이 아니에요. 빈 주민 1천 명 중 0.001명이 문맹이란 건 널리 알려진 통계적 사실이죠. 그 1천 명 중 0.001명이 저예요.」

「그걸 믿으라고요?」

「물론이죠, 아가씨! 그야말로 영광이죠. 아가씨가 오늘…….」

슈타니슬라우스 템바가 말을 멈췄다. 한 줄기 바람이

그의 머리에서 모자를 벗겨 자갈길 너머 잔디밭에 떨어뜨린 것이다. 슈타니슬라우스 뎀바는 벌떡 일어나 모자를 향해 몇 걸음 나아갔다. 그러고는 갑자기 멈춰 서더니 천천히 몸을 돌려 자리로 되돌아왔다.

「모자가 저기 있군요.」 그가 중얼거렸다. 「하지만 전 모자를 가져올 수 없어요.」

「농담도 잘하시네요.」 아가씨가 웃었다. 「공원 경비원이 무섭기라도 한 거예요?」

「절 도와주지 않으시면, 모자는 계속 저기 있을 거예요.」

「알았어요, 그런데 대체 왜죠?」

슈타니슬라우스 뎀바가 깊게 숨을 들이쉬었다.

「저는 장애인이거든요.」 그가 맥없이 말했다. 「털어놓을 수밖에 없군요. 전 팔이 없어요.」

아가씨는 깜짝 놀라 그를 쳐다보았고 말문이 막혔다.

「그래요.」 슈타니슬라우스 뎀바가 말했다. 「양팔을 잃었어요.」

아가씨는 말없이 잔디밭으로 가서 모자를 가져왔다.

「모자를 씌워 주세요. 슬프지만 다른 사람의 도움에 의존할 수밖에 없어요. 그렇게요, 고마워요.」

「전 엔지니어였어요.」뎀바가 말하고는 다시 벤치에 앉았다. 「뎀바, 유레카 공장의 엔지니어. 예의 없게도 제 소개를 바로 하지 않았군요. 유레카 공장 아세요? 아뇨! 빵 공장요. 인기 만점 하젠마이어 호밀빵. 들어 본 적 없나요?」

「네.」아가씨가 속삭이고는 눈을 감았다. 이제 그녀는 옆에 앉은 남자의 행동거지에 대해 많은 것을 알았다. 왜 그가 앞서 우산을 주워 주지 않았는지를 이해했다. 불쌍한 사람. 그리고 왜 그가 주소를 받아 적지 않으려 했는지도.

「증기 제분기였죠. 양팔이 제분기에 끼었어요. 그날은, 아니, 절대 금요일은 아니었어요. 그야말로 평범한 목요일이었죠, 10월 12일요.」

그가 잘린 팔을 보여 주려고 할지도 모른다는 생각에 갑자기 아가씨는 미칠 듯한 불안에 사로잡혔다. 짤막하고 피멍이 든 두 동강 팔, 안 돼! 생각도 하기 싫었다. 등에 싸늘한 전율이 흘렀다.

「아쉽지만 이제 가야 해요.」그녀가 죄의식을 느끼며 나지막이 말했다. 「빌리! 그레틀! 집에 갈 시간이야.」

그녀는 남자에게 불안한 시선을 던졌다. 텅 빈 소매

가 늘어진 모습이 어찌나 소름 끼치던지. 그리고 해진 옷도. 싸구려 옷감으로 만든 저 낡은 외투! 아까는 자랑스레 드러낸 독창성, 보헤미안의 의도적인 조야함으로 보이던 모든 게 실제 모습이라는 것을, 힘겹게 감춘 곤궁함이라는 것을 이제 그녀는 깨달았다.

게다가 남자 자신이 굶주리고 있다고 고백하지 않았던가?

「아직 공장에서 일하나요?」 그녀가 물었다.

「어디요? 공장요? 아, 그렇군요. 유레카 공장요. 아니에요. 대체 누가 장애인을 쓰려고 하겠어요.」 템바가 말했다.

그랬다. 그녀가 추측한 그대로였다. 남자는 형편이 나빴다. 아가씨는 돈을 많이 갖고 있지 않았다. 손가방에는 1크로네와 10헬러짜리 동전 하나가 있었다. 그녀는 슈타니슬라우스 템바 옆에 슬며시 돈을 두었다.

그러고는 자리에서 일어났다. 일순간 그녀는 이 불행한 자에게 반사적으로 손을 내밀려 했다. 그녀는 손을 내밀려 하는 것이 완전히 불합리한 일임을 제때에 깨달았다.

그녀는 슈타니슬라우스 템바에게 꾸벅 인사를 하고

부레슈 부인에게 작별을 고했다. 그러고 나서 아이들 중 더 어린 녀석의 손을 잡고 그곳을 떠났다.

공원 출구에 섰을 때 그녀는 그 불쌍한 남자가 돈을 아예 집을 수 없다는 것을 깨달았다. 하지만 누군가가 분명 남자를 도울 거라고 생각했다. 아마도 지나가는 사람이, 아니면 부레슈 부인이.

뜨개질에만 몰두한 척하면서도 두 사람의 대화를 한 마디도 놓치지 않은 부레슈 부인은 슈타니슬라우스 템바가 돈을 발견하는 광경을 목격했다. 그녀는 그의 얼굴이 당혹감과 불쾌함, 실망으로 일그러지는 모습을 자세히 살펴보았고, 그의 외투에서 두 손가락의 끝부분이 나와 격분한 동작으로 땅에 돈을 내던지는 것을 보고 깜짝 놀랐다.

4

패션 조끼용 천 도매상인 오스카 클레빈더사(社)의 사무실에서 오늘 업무는 전혀 활발하게 돌아가지 않았다. 사장은 평소처럼 아침에 사무실에 나와 직원들에게 좀 툴툴댔고, 특히 30분이나 지각한 경리 직원 노이호이즐에게는 그가 해고 대상 1순위라고 단언했다. 그러고는 집무실에서 외판원 체르코비츠와 격한 논쟁을 벌였다. 〈빈에서 산책이나 하라고 내가 월급을 주는 줄 아나! 어림없는 소리!〉라고 고함을 치는 소리가 들렸다. 마지막으로 사장은 끊임없이 콜록거리고 헛기침을 하며 포스텔베르크 양에게 편지 두 통을 받아 적게 했고 그 중간중간 시가전차 안 석탄가루를 욕했다. 그리고 이어서 한 시간 후 돌아올 거라며 사무실을 나섰다. 하지만 직원 중 누구도 그러한 위협에 개의치 않았다. 사장이 10시 차를 타고 코팅브룬으로 가리라는 것을 알았기 때문이다. 그곳에서는 오후에 경주가 열렸다.

패션 조끼용 천 도매상인 오스카 클레빈더사에서는 이런 날이면 업무 시간이 느긋하고 편안하게 흘러가곤 했다. 왜냐하면 부재중인 사장을 대신하는 회계 담당자 브라운 — 그는 모라프스카트르제보바[16] 담당이었고 영어를 한마디도 몰랐는데도 사무실 여자 직원 셋은 그를 미스터 브라운이라 불렀다 — 미스터 브라운은 흥을 깨는 사람이 아니었기 때문이다. 그 스스로는 입식 책상에서 양심적으로 계속 일하며 꾸준히 숫자열을 더하고 계정을 결산하고 새 계정을 만들었지만, 주위에서 일어나는 일에는 관심을 두지 않았다. 그의 동료들은 업무 시간 아홉 시간을 마음대로 보낼 수 있었다. 브라운은 다만 잡담 소리가 너무 커질 때에만 못마땅한 듯 고개를 흔들었다.

이번에는 잡담 소리가 크지 않았다. 오직 타자기 한 대만 달칵달칵 소리를 내고 있었다. 내일 휴가를 떠날 예정이라 밀린 일을 처리해야 하는 하르트만 양이었다. 슈프링어 양은 일간 신문의 스포츠 기사를 낭독했다.

16 체코 지방 이름.

포스텔베르크 양은 책상에 거울 두 개를 세워 놓고 새 머리 매무새를 마무리했다. 노이호이즐 씨는 지각을 회 중시계 탓으로 돌리며 열심히 시계를 괴롭혔다. 수습사 원인 요제프는 몽상에 잠겨 사무용지에 파란색 연필로 그림 그리듯 서명을 했는데, 당장 오스트리아 헝가리 은행의 총재로 임명될 수 있을 만큼 화려한 서명이었 다. 창고에서는 외판원 체르코비츠의 기름진 목소리가 들려왔다. 견본 모음이 아직도 완성되지 않아 누군가를 질책하고 있었다.

「에텔, 나 어때?」 이제 막 머리 손질을 마친 포스텔베 르크 양이 물었다.

「직접 봐봐! 정말 멋져, 클레어.」 슈프링어 양이 말 했다.

〈클레어〉와 〈에텔〉은 프란츠요제프스카이[17]에 있는 공장제 수공업 회사의 직원에게 결코 평범한 이름이 아 니었다. 두 숙녀 중 누구도 어감이 멋진 그런 호칭으로 불릴 권리를 세례 서류나 출생 서류 아니면 다른 서류 로 확실하게 증명할 수는 없을 터였다. 하지만 포스텔 베르크 양에게 〈클레어〉라 불릴 권리가 있다는 데는 이

17 빈 시내의 구(區) 이름.

의를 제기할 수 없었다. 비록 얄궂은 운명은 그녀가 빈 제2구의 수수한 클라라 포스텔베르크로 세상의 빛을 보도록 했지만, 오스카 클레빈더사가 거래 관계를 맺은 모든 업체의 남자 직원들에게서는 그녀가 뭔가 〈프랑스 적인 것〉, 뭔가 〈진짜 파리적인 것〉 또는, 여성에 대해서 라면 노련한 전문가인 외판원 체르코비츠가 한층 분명 하게 표현했듯, 〈어떤 무언가〉를 지녔다는 평판이 자자 했다. 그녀는 다른 사람이 구독하는 『시크 파리지엥』을 얻어 보았고 출퇴근길에는 프랑스 소설을 읽곤 했으며 작년에는 클럽 파티에서 프랑스 샹송을 불러 엄청난 성 공을 거두었다. 반면에 헝가리 쪽 서신 교환을 담당하 는 슈프링어 양은 디아나 수영장에서 열린 수영 대회에 서 2등을 차지한 이후로 그야말로 스포츠 걸처럼 행세 했다. 그녀는 친구와 지인들을 괴롭히곤 하는 억센 악 수 방식으로 불안과 두려움을 퍼뜨렸으며, 사무실에서 는 공포 정치를 통해 자신의 이름 에텔카를 한결 울림 이 좋은 에텔로 줄여 부르도록 뜻을 관철했다. 그녀는 특히 미국의 여자아이 교육과 〈저쪽〉, 〈대양 저편〉 여성 의 지위에 관해 대화하기를 즐겼으며, 틈틈이 〈올 라이 트〉나 〈네버 마인드〉 같은 말을 넣으며 자신의 가벼운 헝가리 억양을 숨길 줄 알았다.

조냐 하르트만은 실제 이름이 조냐였다. 이제 그녀가 일어나 타자기 뚜껑을 덮고 타자기를 잠갔다.

「자. 다 됐어.」 그녀가 말했다. 「이제 12일 동안 펜은 건드리지도 않을 거예요. 베네치아에서 여러분한테 그림엽서를 쓸 때만 빼고요.」

조냐 하르트만의 임박한 휴가 여행은 이틀 전부터 화제의 중심에 있었다. 어제 그녀가 사장에게 휴가를 청하러 갔을 때 ─ 사장은 12일 휴가를 승인했다 ─ 동료들은 초조하게 결과를 기다리며 그에 관해 세세하게 이야기를 나눴다. 여행 경로를 짤 때는 사무실 전체가 열과 성을 다해 참여했고, 꼭 사야 할 물건과 그 밖의 준비 사항에 대해서는 견문이 넓은 외판원 체르코비츠 씨가 전문가로서 조언을 해주었다. 조냐 하르트만을 남부역 플랫폼에서 동화 속 먼 세상으로 실어 갈 기차는 고작 스물네 시간 후면 출발할 터였다. 하지만 사흘 전만 하더라도 그녀에게 다가올 행운에 대해 아무도 예감조차 못 했다. 그런데 그저께 그녀의 남자 친구 게오르크 바이너가 시험을 통과한 데 대한 상으로 전혀 뜻밖에 아버지에게 3백 크로네를 받은 것이다. 조냐 자신도 저축

은행에 90크로네를 갖고 있었고 그 돈을 공동 여행 경비에 보탤 수 있었다. 거의 4백 크로네에 달하는 돈이면 세상을 제법 넉넉히 둘러볼 수 있었다. 물론 — 어제 벌써 사무실에서 손과 손을 오가며 마땅히 감탄의 대상이 되었던 — 빈-트리에스테-베네치아-빈을 일주하는 2등석 승차권은 상당히 얇았으며, 장수가 인상적일 만큼 많지는 않았다. 그러나 군주들의 회합이나 장관들의 회담에 관한 정부 성명서에서 중대한 결과가 텍스트가 아니라 행간에 숨어 있는 것과 꼭 마찬가지로, 여행의 본래 즐거움은 일주 여행권 묶음의 구멍 뚫린 승차권이 아니라 승차권 사이사이에서 발견되는 법이다. 그들은 우선 제머링에서 몇 시간 동안 기차 여행을 중단하고 존넨벤트슈타인에 오를 계획이었다. 라이스트바흐 그리고 — 조냐 하르트만은 그라츠를 이미 알았다 — 포스토이나 동굴을 구경하는 데는 한나절을 떼어 두었다. 트리에스테에서는 피란, 코페르, 그라도로 길고 짧게 여행을 다녀올 계획이었으며 베네치아에 여러 날 머무르는 동안에는 경로를 벗어나 파도바에 다녀오려 했다. 왜냐하면 파도바는 — 게오르크 바이너가 설명하길 — 베네치아처럼 누구나 흔히 가는 여행지가 아니며 전 세계를 누비는 여행자들의 물결에서 떨어졌으면서도 이탈리아의 심장부에 있었기 때문이다. 베네치아에 가본 사람이 이탈리아의 변두리만 안다면, 파도바에 가본 사람은 이탈리아의 깊숙한 곳도 아는 것이라고, 체르코비츠 씨도 장담했다. 그래서 파도바 역시 일정에 있었다. 비록 조냐는 사실 리도에 더 오래 있고 싶어 했을 테지만 말이다. 그리고 파도바에서는 사장인 클레빈더 씨에게 전보를 치기로 했는데, 어제 조냐와 게오르크 바이너는 전보 문구 때문에 하마터면 싸울 뻔했다. 조냐는 정면 돌파형 텍스트, 이의를 제기할 생각이 드는 것을 원천 봉쇄하는 투가 무조건 좋다고 했다. 하지만 게오르크 바이너는 조심스럽게 빙 둘러 가는 초안을 제시했고, 결국 두 사람은 〈몸이 안 좋아 돌아오는 일정 지체됨, 돌아오는 금요일〉이라고 문구를 쓰기로 합의했다. 금요일, 그러면 휴가가 이틀 통으로 늘어났고, 돈이 충분하다면, 돌아오는 길에 그 이틀을 엔스 계곡에서 도보 여행에 쓸 수 있었다.

조냐는 담배에 불을 붙이고는, 벌써 덜커덩거리며 뮈르츠추슐라크, 장크트페터나 옵치나를 지나가는 기차의 좌석에 앉은 듯 의자에 등을 기댔다.

「모두 나한테 베네치아로 편지 보낼 거죠?」 그녀가 물으며 담배 연기를 천장으로 불어 올렸다. 「베네치아, 포스타 그란데. 미스터 브라운도죠?」

「도대체 무슨 얘기를 쓰라는 거죠?」 미스터 브라운이 장부에서 눈을 떼지 않은 채 물었다.

「사무실에 무슨 새로운 일이 있는지요.」

「새로운 일이랄 게 뭐 있겠어요?」 브라운이 말하고는 두 장의 계정 서류 사이로 고개를 묻었다. 「그로스키킨다의 콜로만 슈타이너가 6퍼센트를 제의한다는 얘기에는 아마 별 관심이 없을 텐데요. 며칠간 소식이 없으면 기쁘게 생각하세요.」

〈포스텔베르크가 변화로 활기를 불어넣을 거예요〉라며 노이호이즐 씨가 대화에 끼어들었다. 「이번 달에는 다홍색 머리를 하고, 그다음 차례는 연두색이에요. 믿을 만한 소식통한테 들었죠.」

「어차피 사무실에서는 그 모습을 못 보실 텐데요, 노이호이즐 씨.」 공격을 당한 포스텔베르크 양이 넌지시 사장의 경고를 날카롭게 비꼬며 맞섰다. 「그러니까 노이호이즐 씨와는 아무 상관 없는 일일 수 있다고요. 그리고 저를 포스텔베르크 양이라고 부르셔야 해요. 새겨 두세요.」

「이봐요, 계속 싸우지들 마요!」에텔카 슈프링어가 주의를 줬다. 「말 좀 해봐, 조냐, 네가 게오르크랑 여행 간다는 소릴 들으면 슈타니가 뭐라고 할까?」

「그 사람?」조냐가 별것 아니라는 듯 어깨를 으쓱했다. 「맘대로 말하라지. 우리는 완전히 끝났어.」

「넌 정말 이기적이고 계산적이구나.」포스텔베르크 양이 말했다.

「무슨 그런 말을 해?」조냐가 벌떡 일어났다. 「부탁인데, 사사건건 내 일에 끼어들지 마.」

그녀는 손가방에서 남자 친구 사진을 꺼내 브라운의 얼굴 앞에 들이댔다.

「이 사람이 게오르크 바이너예요. 멋있지 않나요, 미스터 브라운? 멋있지 않아요?」

〈미스터 브라운〉은 막 덧셈을 하는 중이라 장부에서 눈을 뗄 새가 없었다. 하지만 어쨌든 그는 〈앙고라 고양이 같군요〉라고 말했다. 「17, 26, 32. 황여새 같아요.」오랫동안 견직물 업계에서 일한 그는 황여새가 필시 아주 현란한 색의 생물이라는 어렴풋한 인상을 갖고 있었다.[18]

18 황여새는 독일어로 Seidenschwanz, 말 그대로 옮기면 〈비단 꼬리〉

「장난하지 마시고요, 미스터 브라운.」 조냐가 재촉했다. 「말해 보세요, 정말 멋있지 않나요?」

「51, 59, 64. 카르파티아 산맥의 사슴 같군요.」

조냐는 기분이 상해 등을 돌리고 사진을 책상에 내려놓았다.

「슈타니가 안됐어.」 포스텔베르크 양이 말했다. 「왠지는 모르겠지만, 계속 그 사람 생각이 나. 내 생각에는 베네치아든 바이너든 집어치우고 작년처럼 부데요비체에 있는 이모님 댁으로 가는 게 좋을 것 같은데.」

조냐는 입을 삐죽였고 그 말에 대꾸할 가치가 없다고 여겼다.

「극락조 같아요.」 미스터 브라운의 책상에서 소리가 들려왔다. 그는 덧셈을 하는 와중에도 게오르크 바이너의 남성적인 아름다움을 표현할 적당한 말을 기계적으로 계속 찾고 있었다.

「편한 대로 해. 여부가 있겠어.」 클라라 포스텔베르크가 계속해서 말했다. 「내일이면 넌 벌써 뭐 어딘가에 가 있겠지. 그가 와서 우리 앞에서 한바탕 난리 칠 때면 말이야. 우린 그가 비난하는 소릴 듣겠지. 지난주에 네가

라는 뜻이다.

62

바이너랑 극장에 갔던 때처럼 말이야. 네가 여기 없으니까 그는 완전히 제정신이 아니었어. 미친 사람처럼 굴었다고. 아, 네가 그 자리에 있었어야 했는데. 우리한테 소리를 질러 댔어. 마치…….」

「시베리아 곰 같았지.」 여전히 동물 비유에 빠져 있고 지금 화제가 무엇인지 정확히 알지 못하는 미스터 브라운이 덧붙였다.

「그 사람은 흥분할 이유가 전혀 없어.」 조냐가 태연하게 말했다. 「그와 나는 영원히 끝났다고 벌써 그에게 여러 번 말했다고. 그리고 내가 부데요비체에 있는 이모네로 갔다고 말해 줄 수도 있잖아.」

주머니칼을 가지고 회중시계 톱니바퀴 장치에서 중대한 결함을 고치려던 노이호이즐 씨가 손에서 칼을 내려놓았다.

「저 혹시 말이에요.」 그가 조냐에게 말했다. 「전 남자 친구가 당신의 계획에 대해 별로 잘 모른다고 생각하는 거라면…….」

「알라지요 뭐.」 조냐가 말했다. 「그럼 더 좋죠. 그 사람 앞에서 숨바꼭질할 이유가 뭐 있어요. 어디선가 그를 만났나요?」

「어제저녁에 시스티아나 카페에서 제 쪽에 와서 앉더군요.」 노이호이즐 씨가 말하고는 시계 뚜껑을 탁 닫고 조끼 주머니에 시계를 집어넣었다. 「느긋하게 신문이나 읽으려고 했는데, 그러지 못했죠. 9시까지는 끊임없는 사랑의 비탄을, 9시부터는 복수 계획을 들어야 했어요. 정말 흥미롭더군요.」 노이호이즐 씨가 냉소적으로 말을 끝맺었다.

「그가 어땠는데요? 많이 흥분했던가요?」 포스텔베르크 양이 궁금해하며 물었다.

「처음엔 엄청 흥분했다가, 끝에 가서는 진정하고 대책을 생각해 냈어요. 6백 크로네니 뭐니 이야길 했죠. 그 돈을 마련할 거라고, 그리고 그 돈을 가지고 하르트만 양과 파리로, 아니면 리비에라로 갈 거라고 했어요.」

이 소식은 조냐 하르트만에게는 아무런 인상도 주지 못했지만, 포스텔베르크 양은 〈파리〉라는 말이 언급된 것만으로도 황홀경에 빠졌다.

「조냐!」 그녀는 넋이 나가 외치고는 고개를 뒤로 기대고 도취되어 천장을 올려다보았다. 「파리! 번화가들! 페르라셰즈! 몽마르트!」

「오드콜로뉴.」 노이호이즐 씨가 우스꽝스러운 표정

으로 그녀를 흉내 냈다. 「샤포 클라크![19] 부알라 투![20]」

그러고 나서 그는 자리에서 일어나 속삭이는 어조로 브라운에게 열심히 말을 해댔다.

〈미스터 브라운〉은 노이호이즐 씨 말에 귀를 기울이는 것 같지 않았으며 지칠 줄 모르고 계속 뭔가를 쓰고 계산했다. 그는 1분 후에야 펜을 내려놓고 벽시계를 흘낏 보고는 손으로 이마를 쳤다.

「벌써 9시 45분이야? 이럴 수가 있나?」 그가 말했다. 「지금 몇 시죠, 노이호이즐 씨? 정말로 벌써 9시 45분인가요? 그럼 골드슈타인 형제사(社) 쪽 담당자를 벌써 15분이나 기다리게 했군요. 사업 미팅이 있어요, 노이호이즐 씨. 고객 상대하는 법을 배울 수 있게 같이 가도 괜찮아요. 혹시 사장님이 오시면 시스티아나 카페로 전화해 줘요, 슈프링어 양. 거기 급사가 날 아니까요. 17836이 번호예요.」

「올 라이트, 미스터 브라운.」 에텔카 슈프링어가 말했다.

「혹시 뭔가 문제가 있나요, 포스텔베르크 양?」 〈미스터 브라운〉이 수습사원 요제프와 그럴 줄 알았다는 듯 만족스레 무언의 시선을 주고받던 경리 직원 포스텔베르크에게 물었다.

「무슨 생각을 하시는 거예요?」 클라라 포스텔베르크가 항변했다. 「저도 그쯤은 안다고요. 레 자페르 송 레 자페르.[21]」

「내기라도 걸 수 있어.」 〈미스터 브라운〉이 노이호이즐 씨와 함께 사무실을 나서자 그녀가 말했다. 「저 사람 지금 노이호이즐이랑 당구 치러 가는 거야. 사장이 경주를 보러 갈 때면 늘 그는 시스티아나 카페에서 사업 미팅이 있고, 꼭 매번 노이호이즐을 데려가잖아.」

「그한텐 그럴 권리가 있지.」 에텔카 슈프링어가 말했다.

클라라 포스텔베르크가 조냐에게로 가서 앉았다.

「슈타니한테 뭐 맘에 안 드는 게 있어?」

「전혀.」 조냐가 말했다. 「아무것도. 그냥 이젠 그 사람이 좋지 않을 뿐이야.」

「대체 왜? 언제부터?」

「언제부터냐고? 그 사람이 정말로 좋았던 적은 애초

21 Les affaires sont les affaires. 〈사업은 사업이죠〉라는 뜻.

에 한 번도 없었어. 아니, 그를 처음 만난 날만 좋았지. 이후로는 늘 그가 무섭기만 했어. 난폭하고 종잡을 수 없는 사람이야. 사람들 있는 곳에 그와 함께 있으면 그가 누군가와 싸우기 시작할까 봐 언제나 덜덜 떨어야 했다고.」

「그치만 엄청 똑똑하잖아.」 클라라 포스텔베르크가 말했다. 「그야말로 모르는 게 없고. 무슨 분야든 척척박사고. 얼마 전에는 나한테 설명해 주더라. 과일 파는 여자들은 왜 농산물 시장 바로 옆에 서 있는지, 전부 다, 꽃 파는 여자들이 왜 연장된 캐른트너 거리에 있는지도. 잊어버리긴 했지만 흥미로운 설명이었어. 게다가 그는 게오르크 바이너와 달리 키도 크고 잘생겼잖아. 게오르크 바이너는 —」

그녀가 말을 멈췄다. 전화벨이 울린 것이다. 그녀는 벌떡 일어나 사장실로 달려갔다. 전화기는 사장실 책상에 자리를 차지하고 있었다. 얼마 후 그녀가 돌아왔다.

「조냐, 널 찾는데.」

「게오르크야?」

「응. 그런 것 같아.」

조냐가 전화기로 갔다. 클라라 포스텔베르크는 신문

을 집었다. 그녀는 마지막 쪽부터 시작해서 광고를 읽었다. 처음에는 더듬더듬 사랑을 호소하는 말로 흰색, 장미색 또는 파란색 옷을 입은 〈저 매혹적인 아가씨〉를 유혹하려 드는 경박한 광고들, 이어서 약간의, 적당한 또는 심지어 상당한 재산을 보유한 점잖은 신사들의 훌륭한 제안들. 수습사원 요제프는 구리 동전 두 닢을 가지고서 직접 고안한 흥미진진한 노름을 했다. 에텔카 슈프링어는 그림엽서를 썼다. 신문이 바스락대는 소리와 벽시계가 똑딱거리는 소리만이 정적을 깼다.

갑자기 클라라 포스텔베르크가 신문을 내던졌다. 「에텔, 잘 들어 봐! 사장님이 돌아온 것 같아.」

창고에서 사무실로 이어지는 나무 층계가 육중한 걸음에 삐걱거렸다.

타자기 두 대가 미친 듯이 탁탁거리기 시작했다. 머리 둘이 고정된 종이 위로 수그러졌다. 수습사원의 코는 서둘러 펼친 사본 대장의 페이지 사이에서 이리저리 불안하게 움직였다.

하지만 층계를 올라온 이는 사장인 클레빈더 씨가 아니라 슈타니슬라우스 뎀바였다.

그는 출입구에서 멈춰 서서 번뜩이는 눈으로 사무실

안을 샅샅이 훑었다. 어깨에는 헐렁하게 담갈색 외투를 걸치고 있었다. 가슴 앞에서 두 손으로 외투를 맞잡은 채였다.

「조냐 여기 없나요?」 그가 물었다. 그는 밤이라도 새운 듯했으며 빠르게 걷고 층계를 오르느라 지쳐 보였다.

「뎀바 씨, 당신이었어요? 안녕하세요!」 클라라 포스텔베르크가 외쳤다. 「조냐는 저기 사장실에 있어요. 곧 올 거예요.」 그녀는 조냐가 지금 게오르크 바이너와 통화 중이라는 사실을 조심스레 숨겼다.

「기다리죠.」 뎀바가 말했다.

「그럼 말이죠, 모자를 벗으시는 게 어때요, 슈타니. 우리 사무실에서는 모자를 벗어야 해요.」 에텔카 슈프링어가 말했다.

슈타니슬라우스 뎀바는 모자를 쓴 채 큰 덩치로 답답하게 서서 불안한 눈빛으로 에텔카 슈프링어를 바라봤다. 땀 한 방울이 그의 이마에서 미끄러졌다. 그는 땀방울을 닦아 내지 않았고 마치 성가신 벌레를 쫓아내려는 듯 얼굴 근육을 신경질적으로 씰룩대기만 했다. 모자는 계속 벗지 않았다.

「이것 봐, 클레어, 이런 식이라니까.」 에텔카 슈프링어가 말하고는 그의 머리에서 모자를 잽싸게 낚아챘다. 뎀바는 움찔했지만 그냥 내버려 두었다. 에텔카 슈프링어는 그를 의자 쪽으로 밀었다. 「자, 이제 앉아도 좋아요. 조냐는 곧 올 거예요.」

슈타니슬라우스 뎀바는 적의에 차서 에텔카 슈프링어를 노려보다가는, 에텔카가 벽가의 옷걸이 고리에 걸어 놓은 자신의 챙 넓은 모자를 완전히 속수무책인 표정으로 쳐다봤다.

「나랑은 악수해도 되잖아요. 나는 아무 짓도 안 했으니까. 그렇죠?」 클라라 포스텔베르크가 물었다.

뎀바는 이제야 자신을 향해 뻗은 손을 알아챘고 갑자기 말이 많아졌다.

「정말 손이 작고 매력적이네요, 클라라 양. 살면서 이렇게 귀족같이 고상한 손을 본 적은 한 번도 없어요. 이 손에 어떻게 감히 키스를 할까요!」

「괜찮아요!」 포스텔베르크 양이 격려하며 그에게 다른 손도 건넸다.

「아쉽게도 손가락에 잉크 얼룩이 있네요. 그러면 환상이 죄다 깨지죠.」 뎀바가 말했다.

「오늘 당신 못 봐주겠네요, 뎀바 씨.」 잔뜩 토라진 클라라 포스텔베르크는 창문과 복사기 사이 세면대로 가서 얼룩 제거제로 손가락을 문지르기 시작했다.

템바가 그녀 손을 유심히 바라봤다.

「츠보이카 가루비누군요!」 그가 느닷없이 말했다. 「손을 청결하게 해주죠.」

「오늘 당신 정말 못 봐주겠어요.」

「오늘이라고? 언제나 그렇지.」 에텔카 슈프링어가 단언했다. 「안 그래요, 슈타니? 그래도 오랜 친구와는 악수하지 못할 이유가 없겠죠. 내 손가락엔 잉크 얼룩이 없고요.」

에텔카 슈프링어와 슈타니슬라우스 템바는 오래전부터 아는 사이였다. 템바는 공짜로 점심을 얻어먹는 대신 그녀 남동생에게 과외 수업을 해주었고 운터김나지움[22]에서 네 학년을 수료시켰다. 에텔카 슈프링어를 통해 템바는 조냐를 알게 되었다. 하지만 그럼에도 에텔카 슈프링어는 템바와 악수하는 영예를 얻지 못했다.

「당신하고요?」 템바가 묻고는 입술을 삐죽거렸다. 「당신은 사람 팔을 비틀어 버리잖아요.」

「무뢰한 같으니!」 에텔카 슈프링어가 말했다. 「조냐

---

22 상급 학년이 없는 김나지움. 대개 10학년이 끝이다.

가 전적으로 옳아요. 조냐는…….」그녀가 말을 멎었다.

「조냐가 뭐라고요?」

「아무것도 아녜요.」

「조냐가 어쨌는데요?」슈타니슬라우스 뎀바가 소리쳤다. 그는 의자에서 벌떡 일어났고 얼굴이 백지장처럼 창백했다. 「조냐가 어쨌는데요?」

「그렇게 소리 지르지 마요! 아무것도 아니에요.」에텔카 슈프링어가 말했다.

「조냐에 대해 무슨 말을 하려고 했는지 알아야겠어요!」뎀바가 완전히 이성을 잃고 큰 소리로 외쳤다.

「아무것도 아니에요. 제발 난 좀 이 일에서 빼줘요.」에텔카가 그에게서 등을 돌렸다.

슈타니슬라우스 뎀바의 주먹이 쾅 소리를 내며 책상을 내려쳤다. 커다란 거울이 산산조각 나기라도 한 듯 뭔가가 쨍그랑거렸다. 한구석에서 졸던 수습사원이 벌떡 일어나 눈을 비볐다. 클라라 포스텔베르크와 에텔카 슈프링어는 거칠게 숨을 쉬며 책상에 기대 선 뎀바를 몸을 돌려 바라보았다. 뎀바도 자신의 격한 행동에 깜짝 놀란 듯했다. 그의 양손은 다시 담갈색 외투 속으로 사라져 있었다.

「제정신이에요, 슈타니?」에텔카 슈프링어가 소리쳤다. 「내 잉크병을 깨부쉈잖아요.」

하지만 잉크병은 책상에 멀쩡하게 놓여 있었다. 다만 잉크가 조금 튀어 금속 책상 판에 작은 섬 둘을 만들어 놓았다.

「뭔가 깨진 게 분명해요. 유리컵 아니면 뭐 비슷한 거요. 쨍그랑거리는 소리를 확실히 들었다고요!」에텔카 슈프링어는 바닥에서 유리 파편을 찾았지만 헛수고였다.

「조냐가 어쨌나요?」슈타니슬라우스 템바가 이제는 아주 평온하게 물었다.

「저기 오네요. 직접 물어봐요.」에텔카 슈프링어가 말하고는 소란에 이끌려 막 사무실로 들어선 조냐 하르트만을 가리켰다.

슈타니슬라우스 템바의 방문은 조냐에게 뜻밖의 일은 아니었다. 템바는 조냐가 계획하는 여행에 대해 이야기를 들었으므로 — 누가 그 얘기를 했는지는 확실했다 — 그가 와서 조냐를 붙잡으려 하리라는 것은 충분히 예상할 수 있었다. 지금 눈앞에 닥친 이런 다툼은 불가피한 것이었다. 그것은 조냐가 여행을 떠나기 전에 반드시 극복해야 할 사소하고 달갑잖은 일 중 하나였다. 그것은 번잡스럽게 여행 가방을 싸는 일, 거북하게 사장한테 가 휴가를 청하는 일, 호기심 많은 주인집 사람들의 집요한 질문을 물리치는 일과 마찬가지로 이 여행의 일부였다. 조냐가 세 들어 사는 집의 사람들은 가구랄 것도 별로 없는 방과 형편없기 짝이 없는 식사의 대가로 충분히 비싼 돈을 받는 것도 모자라 자신들에게 조냐의 일거수일투족에 대한 일종의 감시 권한이 있다고 여겼다.

다른 모든 달갑잖은 일은 이미 잘 넘겼다. 이제는 슈타니슬라우스 뎀바와의 마지막 담판 역시 감수해야 했다.

조냐는 준비가 돼 있었다.

「당신이야?」 그녀가 묻고는 일부러 불안하고 당황한 표정을 지어 보였다. 「더는 사무실로 찾아오지 말라고 부탁했잖아. 당신도 알다시피, 사장님이…….」

언짢은 어조의 목소리는 효과가 있었다. 슈타니슬라우스 뎀바는 당황한 나머지 싸움 초반에 벌써 방어하는 처지가 되었다.

「성가시게 했다면 미안해.」 그가 말했다. 「하지만 당신과 할 말이 있어.」

「꼭 지금이어야 해?」 그녀는 되도록 가장 무관심한 표정으로 물었다.

「응.」

「꼭 그래야 한다면, 그럼, 자리에 앉아.」

뎀바가 앉았다.

「뭔데? 말해 봐.」 조냐가 말했다.

뎀바는 잠시 침묵했다. 「단둘이서 이야길 하면 더 좋을 것 같은데…….」

「이리 와, 클레어.」 에텔카 슈프링어가 말했다. 「우린 방해가 되고 싶지 않으니까.」

「아냐, 아냐! 그냥 있어. 제발, 그대로 있어. 나랑 뎀바 씨가 하는 얘기를 누구든 들어도 좋아.」 조냐가 서둘러 말했다. 그녀는 두 사무실 동료로 하여금 뎀바의 패배를 목격하게 하려는 기대에 부푼 참이었다. 하지만 에텔카 슈프링어는 그냥 있으려 하지 않았다.

「됐어!」 그녀가 말했다. 「단둘이 얘기하게 두는 게 낫겠어. 이리 와, 클레어!」

「앙팡 쇨.」[23] 클라라 포스텔베르크는 에텔카 슈프링

23 *Enfin seul.* 〈마침내 단둘이군〉이라는 뜻.

어를 따라 사무실을 나가며 이 말을 하지 않을 수 없었다. 수습사원은 복사기 옆 구석 자리에 그대로 있었다. 그는 독일어를 조금밖에 알아듣지 못했기 때문에 — 그는 고작 3주 전에 보헤미아의 고향에서 빈으로 왔다 — 두 사람의 대화가 그에게서 새 나갈 일은 없을 터였다. 더군다나 그는 잠들어 있었다.

「무슨 일인데?」 단둘이 되자 조냐가 물었다.

템바가 일어섰다. 「어젯밤에 어디 있었어?」

「무슨 상관인데?」 조냐가 성을 내며 받아쳤다. 「그리고 난 이모님 댁에 있었다고. 이모님이 아프셔서 밤 동안 혼자 계시고 싶어 하지 않으셨어.」

「이모님이 어디 사시는데? 혹시 리히텐슈타인 거리인가?」

조냐 얼굴이 벌게졌다. 「아니. 마리아힐프야. 왜 리히텐슈타인 거리 얘길 하는 거야?」

「어쩌다 떠오른 거야. 그건 그렇고, 이모님께서 많이 아프신 것 같지는 않네. 그렇지 않다면 당신이 바이너랑 여행 가기는 힘들 테니 말이야.」

「당신도 아는 거야?」

「물론. 알다마다.」

「아, 미안, 당신한테 허락받는 걸 잊었네.」 조냐가 조롱조로 말했다.

「못 가!」 뎀바가 외쳤다.

「아니. 내일 아침 9시야.」

「내가 허락 못 해!」 뎀바가 격하게 소리쳤다.

「나는 갈 거야.」 조냐가 변함없이 차분하게 말했다.

「그렇다면 우리 사이는 영영 끝이라는 걸 미리 말 안 해도 알 텐데.」

「나한테는 우리 사이가 이미 세 달 전에 끝났다는 걸 미리 말 안 해도 알 텐데.」

「그렇군.」 뎀바가 말했다. 「좋아. 그러니까 우린 끝난 거군. 이거 하나만 더 말할게. 당신은 나 말고 다른 사람은 절대로 사랑 안 할 거라고 맹세했어.」

뎀바는 이 맹세에 큰 기대를 걸었다. 하지만 조냐는 웃기 시작했다.

「정말?」 그녀가 물었다.

「그래.」 뎀바가 말했다. 「지난가을. 로러휘테에서. 저녁 식사 후에 공원으로 갔고 거기서…….」

「당신한테 혹시 또 맹세하지 않았던가, 내가 앞으로 절대로 배가 고프지 않을 거라고? 난 이런 맹세도 마찬가지로 할 수 있었을 거야. 당신이 이렇게 유치할 줄은 정말 몰랐어, 슈타니.」

「혹시 부정하려는 거야?」

「아냐.」 조냐가 말했다. 「하지만 그때 난 반쯤 어린애였고, 당신은 날 가지고 원하는 대로 할 수 있었어. 하지만 이제 나는 생각할 줄 아는 사람이라고. 정말 간단한 얘기잖아.」 그녀가 어깨를 으쓱했다. 「이젠 그야말로 모든 게 달라졌어.」

로러휘테에서의 그날 저녁을 언급하면서 틀림없이 조냐의 마음을 돌릴 수 있으리라 믿었던 뎀바는 당혹감에 빠졌다. 〈이젠 그야말로 모든 게 달라졌다〉는 그녀의 반박에 그는 무방비 상태였다. 그는 분통스럽게 시계를 쳐다보았고 발을 굴렀다.

「몇 분만 이야기하면 당신이 이성을 되찾게 할 수 있다고 생각했어. 오늘 일분일초가 내게 얼마나 소중한지 당신한테 이해시킬 수만 있다면 좋을 텐데. 할 일은 너무 많은데 여기서 당신 고집 때문에 시간을 낭비해야 하다니.」

「내 생각에도 당신은 여기서 시간을 완전히 낭비하고 있어.」 조냐가 말했다.

「그렇지만 다 소용없어.」뎀바가 결연하게 말했다. 「우리 사이 문제가 정리되기 전에는 안 갈 거야. 그리고 만약 파멸로 끝난다면. 아마⋯⋯.」뎀바가 다시 한 번 시계를 쳐다보고는 아주 작게 신음했다. 「파멸하겠지.」

조냐는 정신이 번쩍 들었다. 뭔가를 암시하는 말일까? 그녀를 불안하게 하려는 걸까? 그런데 뭘로? 뎀바가 외투 속에 뭔가를 숨기는 듯하다는 점이 그녀의 주의를 끌었다. 어떤 마지막 회심의 한 방을 저기에 준비해 놓은 걸까?

「내가 여행을.」이제 뎀바가 말했다. 「못 가게 하는 거라고는 생각하지 마. 당신은 나랑 바로 떠날 거야. 오늘 오후에 돈을 마련하고 필요한 모든 걸 준비할 거야. 그럼 우린 내일 아침 출발할 수 있어.」

「정말?」조냐가 비꼬며 말했다. 「너무 좋네, 다정하기도 해라.」

「바이너한테는 같이 여행을 안 가겠다고 편지를 써. 쓸 내용을 불러 줄 테니까.」뎀바가 동요하지 않고 말했다.

「멍청한 소리는 이제 제발 그만둬. 지긋지긋하니까. 당신 스스로도 내가 당신이 불러 주는 대로 친구들한테 편지를 쓸 거라고는 생각 안 하잖아. 앞으로 몇 주간 서로 안 보는 게 당신의 정신 건강을 위해 무엇보다 좋겠어.」

템바는 자신이 조냐의 냉정하고 우월하며 차분한 태도에 맞설 수 없다는 것을 서서히 깨달았다. 30분 전부터 애를 썼건만 아무런 진척도 없었다. 그는 자신이 조냐의 확고한 결심에 부닥쳐 얼마나 무기력한지를 깨달았고, 더 이상 그녀를 설득할 방법을 몰랐으며, 자신이 졌다는 것을 알았다. 거기에 더해 그는 이성도 잃었다.

여전히 책상에 놓여 있던 게오르크 바이너의 사진이 그의 눈에 들어왔다. 행복한 연적의 모습이 그의 분노를 자극했고, 그는 게오르크 바이너를 욕하기 시작했다.

「거만한 쓰레기 같으니! 원숭이 같은 놈! 저런 얼간이한테 반하다니!」 그러자 조냐가 처음으로 날카로워졌다.

「내 친구들을 모욕하기 시작한다면 우리는 당장 끝이야. 그런 태도는 나한테 우리 둘이 서로 안 맞다는 또 다른 증거일 뿐이야.」

「좋아.」 슈타니슬라우스 템바가 말했다. 조냐와의 일

은 어차피 실패였다. 하지만 적에게는 복수할 생각이었다. 비록 사진 속의 그를 없애는 것밖에 할 수 없었지만 말이다.

그는 사진을 손에 넣기 위해 묘한 우회로를 택했다. 한 손가락 끝이 외투 자락 사이로 나타나 사진으로 다가갔고 사진을 겨냥하여 책상에서 쳐냈다. 사진은 난로 근처 바닥에 떨어졌다. 뎀바는 곧장 사진을 따라 몸을 숙였다. 하지만 게오르크 바이너의 사진을 능욕당하지 않게 보호하려던 조냐도 뎀바만큼이나 빨랐다. 두 사람은 사진으로 손을 뻗었다. 이 순간 조냐가 슈타니슬라우스 뎀바의 손을 건드렸다.

그녀는 살짝 비명을 지르더니 두 발짝 뒤로 물러났다.

그녀는 뭔가 얼음장처럼 차갑고 단단한 것을 느꼈고, 금속성으로 하얗게 빛나는 도구를 일순간 알아챘다.

그녀는 즉시 알았다. 첫 순간에 벌써 깨달았다. 슈타니슬라우스 뎀바는 외투 속에 무기를 숨기고 있었다. 그것이 리볼버인지 칼인지 지팡이인지 분간할 만큼 시간이 넉넉하지는 않았다. 그녀는 다만 자신의 목숨이 극히 위험하다는 점만은 알았다.

그녀는 번개처럼 빠르게 생각했다. 도망가는 것은 생

각할 수 없었다. 뎀바가 그녀와 문 사이에 서 있었다. 수습사원의 도움을 기대할 수도 없었다. 주의를 끌려고 소리를 낸다면 뎀바가 즉시 살인 계획을 실행하는 결과를 낳을 뿐이었다. 그녀는 아무것도 눈치채지 못한 척하기로 결심했다. 그리고 이 미친 남자가 요구하는 대로 뭐든 하기로 했다. 그를 자극할 수 있는 일은 아무것도 하지 않기로 했다. 그래야만 목숨을 구할 수 있었다.

그녀는 책상 뒤로 달아나 있었다. 이제 슈타니슬라우스 뎀바가 일어섰다. 사진은 찢긴 채로 바닥에 놓여 있었다. 그는 발로 사진을 구석으로 밀었다. 그러고는 조냐를 향해 몸을 돌렸다. 무기를 든 양손은 다시 담갈색 외투 속에 숨어 있었다.

그는 조냐가 온몸을 덜덜 떨고 있으며 바닥에 주저앉지 않으려고 양손으로 책상을 꽉 붙들고 있다는 것을 알아채지 못했다.

「그래.」 그가 말했다. 「그럼 이제 마지막으로 물을게. 아직도 내일 바이너랑 같이 떠날 생각인 거야?」

이 물음은 순전히 형식적인 것이었다. 왜냐하면 슈타니슬라우스 뎀바는 대답을 기대하지 않았고, 조냐의 마음을 돌리려는 희망을 이미 포기했기 때문이다.

그런데 조냐가 조용히 말했다.

「아직은 모르겠어.」

뎀바가 놀라서 눈을 들었다. 이번 대답은 앞선 모든 대답과 달리 비웃는 투가 전혀 없이 아주 진지하게 들렸다. 그는 왜 이러한 변화가 일어났는지 밝히려고 애쓰지 않았다.

「아직 결정을 못 했다고?」 그가 물었다.

「일단 잘 좀 생각해 봐야겠어.」 조냐의 머릿속에는 단한 가지 생각만이 스쳐 갔다. 시간을 벌자! 무조건 시간을 버는 거야. 그는 손에 무기를 들고 있었고, 격노한 상태였으며, 그녀에게서 여섯 발짝도 채 떨어져 있지 않았다……

「오래 생각할 게 뭐 있어, 조냐? 그랑 갈라설 거잖아. 나랑 같이 떠날 거잖아. 그렇다고 말해, 조냐.」

「아마도.」 조냐가 불안해하며 속삭였다. 「만약에……」 그녀가 말을 멎었다. 그를 다가오지 못하게 하고 자극하지 않으려면 무슨 말을 해야 할까.

「만약에 내가 여행에 필요한 돈을 마련한다면. 안 그래?」 뎀바가 다가섰다. 그녀가 겁에 질려 물러났지만 그는 이를 알아채지 못했다. 그는 조냐의 마음이 급변하자 몹시 만족했다.

「저녁때까지 돈을 마련할게.」 그가 말했다. 「폴란드어로 번역한 통속 소설이 있는데 번역료를 받게 될 거야. 그 외에 가정 교사 일을 하는 몇몇 집에서 수업료를 가불받을 수도 있고. 저녁때까지는 돈이 생길 거야.」

그녀는 그의 말을 듣고 있지 않았다. 그녀는 그를 멍하니 쳐다봤고 오로지 외투 속에 있는 무기만을 생각했다. 2분 전만 해도 그녀는 그 무기가 어떻게 생겼는지 묘사할 수 없었을 것이다. 하지만 이제 그녀는 리볼버를 똑똑히 봤다고 확신했다. 두려움이 그녀 눈앞에 리볼버를 그려 놓았다. 커다란 대문 열쇠 같은 모양에 시커먼 주둥이로 살의를 내뿜으며 그녀를 쳐다보는 브라우닝 권총.

「저녁때까지는 돈을 마련할 거야.」 뎀바가 반복해 말했다. 그가 시계를 쳐다보았다. 「10시 30분이네!」 그가 외쳤다. 「빌어먹을. 시간을 한참 낭비했어. 서둘러야해.」

이젠 가겠구나, 조냐가 생각했다. 이제 어서 가기나 했으면!

「이젠 약속해 줘. 그러니까 내일, 나랑 떠나겠다고.」

뎀바가 재촉했다.

「그래.」 조냐가 속삭였다. 「만약에…….」 조냐는 뭔가 조건을 달려 했다.

「만약에 내가 돈을 마련하면. 당연하지.」 뎀바가 그녀 말을 끊었다. 「당신이 여행을 못 가는 일은 없어. 만일 내가 저녁에 탁자에 돈을 내놓지 못한다면, 바이너랑 같이 가도 좋아.」

그는 가려고 몸을 돌리는 듯싶더니 다시 멈춰 서서는 그녀에게 고개를 끄덕였다.

「우리가 먼저 문제에 대해 이성적으로 이야기를 나누면 금방 합의점을 찾을 줄 알고 있었어. 저녁때 사무실로 찾아올게. 그럼 이제 안녕. 가봐야 해. 시간 낭비할 새가 없어.」

그가 뭔가를 찾는 듯 방 안을 둘러보았다. 그는 입술을 깨물고 어깨를 으쓱하고는 문을 향해 갔다. 가는 중에 갑자기 성을 내더니 길을 가로막는 의자를 옆으로 밀쳤다. 곧이어 그는 쿵쿵거리며 계단을 내려갔다.

사무실로 들어온 클라라 포스텔베르크와 에텔카 슈 프링어는 조냐가 흐느끼며 양손에 얼굴을 묻은 모습을 발견했다.

「무슨 일이야?」 클라라 포스텔베르크가 외쳤다.

「그가 날 쏘려고 했어. 리볼버로 날 쏘려고 했다고.」

에텔카 슈프링어가 고개를 흔들었다.

「말도 안 돼!」 그녀가 말했다. 「내가 아는 슈타니는 그럴 사람이 아냐. 리볼버는 분명 장전되지 않았을 테고, 너는 겁을 먹었던 거야.」

「아냐!」 조냐가 딱 잘라 말했다. 「그는 리볼버를 보여주지도 않았어. 내내 외투 속에 숨기고 있었다고. 우연히 그게 내 눈에 들어온 거야.」 그녀는 다시 흐느끼기 시작했다. 「왜 날 그랑 단둘이 놔둔 거야? 내가 부탁했잖아. 그냥 있으라고! 살면서 이렇게 위험에 처한 적은 단 한 번도 없었어.」 그녀는 계속 사지를 덜덜 떨었다.

에텔카 슈프링어는 생각에 잠겼다.

「그는 폭력적인 사람이야, 그건 맞아.」 그녀가 말했다. 「그리고 쉽게 흥분하지. 하지만…….」 그녀는 말을 멈췄다. 「어쨌든 바이너한테 상황을 알려야 해.」

「그 사람은 저녁이 돼야 빈으로 돌아와. 방금 통화했는데, 뫼들링에 계신 부모님한테 가는 중이래.」

「슈타니한테서 리볼버를 빼앗아야 해. 좋게 좋게. 아

님 다른 방법이 없으면, 강제로.」에텔카 슈프링어가 말했다. 「그가 지금 어디 있지?」

「몰라. 가버렸어.」

「아냐. 그의 모자가 저기 아직 걸려 있잖아.」

정말이었다! 슈타니슬라우스 뎀바의 챙 넓은 펠트 모자가 여전히 옷걸이 고리에 걸려 있었다.

뎀바는 돈을 구하려 모자 없이 미친 듯이 달려가 버린 것이다.

5

오스카 믹슈는 기지개를 켜고 하품을 하고는 눈을 비비고 침대에서 몸을 반쯤 일으켰다. 몇 시쯤일지는 몰랐으나 분명 아직 늦지는 않았다. 오래 잠을 잤을 리는 없었다. 그는 스스로 깨어난 것이 아니었다. 접시, 나이프, 포크가 달그락달그락 맞부딪히는 듯한 소리가 그를 깨웠다.

그는 먹다 남긴 아침 식사, 그러니까 반쯤 빈 찻잔과 베어 먹은 잼 바른 빵이 탁자에 그대로 놓여 있던 것을 떠올렸고 속으로, 그리고 상당히 심하게 하숙집 주인 포마이슬 부인을 욕하기 시작했다. 부인은 그가 아직 자는 중인데도 또 아침 식사 그릇을 치우고 게다가 불필요한 소음까지 내고 있었다.

그의 눈이 어둑한 방에 익숙해졌을 때 — 그는 햇빛

으로 방해를 받지 않기 위해 아침에 잠자리에 들기 전
덧창을 닫곤 했다 — 그는 자신이 그 존경스러운 여사
를 탓한 것이 아주 부당했음을 깨달았다. 믹슈의 잠을
방해한 장본인은 그녀가 아니라, 평소에는 아주 조용한
동숙인, 슈타니슬라우스 뎀바였다.

뎀바는 탁자 위로 몸을 숙인 채 서 있었다. 믹슈는 뎀
바가 우스꽝스럽고 엄숙한 방식으로 잼 바른 빵을 먹는
모습을 어렴풋이 보았다. 그는 빵을 두 손으로 들어 올
려 입으로 가져갔다. 마치 성스러운 행위를 장엄하게
거행하는 듯했다. 그리고 그가 두 손을 내릴 때마다 어
떤 알 수 없는 이유로 접시가 달그락거렸다. 바로 그 소
리가 믹슈를 깨운 것이었다.

문 옆 안락의자에 또 하나의 형체가 앉아 있었다. 더
똑똑히 정신을 차리고 살펴보니 그것은 뎀바 자신의 그
림자를 받아 더 커진 담갈색 외투였다.

믹슈는 이 시각에 뎀바를 보자 놀랐다. 평소 그들은
며칠간 서로 마주치지 않았다. 믹슈는 철도 직원이었고
대개 아침 9시가 되어서야 일을 마치고 집으로 돌아왔
다. 이 시각에 뎀바는 보통 이미 집을 나선 후였다. 낮
동안에는 그를 보는 일이 아주 드물었다. 저녁때 믹슈

가 다시 출근할 때도 대개 그는 아직 집에 오지 않았다. 그들은 거의 반년 동안 이 방에 살았고 이 기간 서로 말을 섞은 적은 몇 번이 채 되지 않았다. 중요한 일이 있으면 서로 쪽지를 남겨 알리곤 했다. 믹슈는 뎀바의 상황을 꽤 잘 알았다. 뎀바가 돈이 부족하거나 시험 때문에 근심하거나 치통을 앓거나 사랑의 모험에 빠졌거나 옷 문제로 고민할 때 그는 그것을 족집게처럼 알았다. 왜냐하면 이 대학생은 자신의 편지, 책, 수첩을 아무렇게나 늘어놓고 다니는 습관이 있었고 이 사람에게 저 사람의 이야기를 하는 포마이슬 부인의 성향도 도움이 되었기 때문이다. 그들은 쪽지 우편을 주고받으며 상대방에게 도움을 청했고 가령 낡은 연미복 바지나 깨끗한 셔츠 깃 또는 최대 5크로네 금액을 서로 빌렸다.

「안녕하세요! 식사 맛있게 하세요!」 오스카 믹슈가 뎀바에게 외쳤다.

슈타니슬라우스 뎀바가 움찔하고 잠시 침대를 응시했다. 믹슈가 깨어난 것을 이제야 알아챈 것이 분명했다. 접시가 다시 달그락거리기 시작했고 곧이어 뎀바가 마치 쑥 가라앉듯 갑자기 탁자 뒤로 사라졌다.

「왜 그러죠, 뎀바? 바닥에 뭐가 떨어졌나요? 뭘 찾는 건가요? 기다려요. 방을 밝힐 테니.」

　믹슈가 훌쩍 침대에서 나와 창가로 가 덧창을 열었다. 수줍은 햇살이 방으로 들어오자 빛을 받은 뎀바가 마치 칼침을 맞은 듯 갑자기 고함을 질렀다.

　「빌어먹을, 무슨 짓이에요? 덧창 좀 그대로 닫아 둬요. 빛을 견딜 수 없어요. 눈이 아파요.」

　「눈이 아프다고요?」 믹슈가 곧장 덧창을 닫았고 이제 방 안은 완전히 깜깜했다.

　「눈이 미친 듯이 아파요! 이제는 전문의한테 가봐야겠어요.」 슈타니슬라우스 뎀바가 다시 탁자 뒤에서 솟았고 탁자 위에 놓인 빵 덩어리를 나이프로 찔러 떼어내는 듯했다.

　「제길, 안 되잖아!」 그가 욕을 했다. 「빵 한 쪽 좀 잘라 줘요, 믹슈.」

　「그렇게 하면 될 턱이 없죠.」 믹슈가 말했다. 「한 손으로 빵을, 다른 손으로 나이프를 잡아야죠.」

　「염병할!」 전혀 설명할 길 없는 분노를 분출하며 뎀바가 고함을 질렀다. 「나를 가르치려 들지 말고 제발 빵 한 쪽 좀 잘라 줘요.」

　「이런 게으름뱅이 같으니.」 믹슈가 태연히 말하고는

탁자 위 빵 덩어리와 나이프로 손을 뻗었다. 「남이 시중 드는 걸 좋아하는군요, 그렇죠? 자, 여기 빵 있어요. 잼은 직접 발라요.」

뎀바가 빵을 먹었다. 그는 다시 두 손을 사용해 빵을 입으로 가져갔다. 어두운 방 안에서 그 모습은 마치 역도 선수가 두 손으로 힘겹게 50킬로그램 역기를 들어 올리는 듯 보였다.

이제 잠을 자기는 글렀다. 믹슈는 어둠 속에서 더듬더듬 바지와 슬리퍼를 찾았고 옷을 입기 시작했다.

「제가 아침 식사를 뺏어 먹는 꼴이군요.」 뎀바가 말했다.

「아니에요! 실컷 먹었어요.」

「배가 고프거든요. 허기가 져서 죽을 뻔했어요. 어제 점심부터 아무것도 못 먹었거든요. 그리고 오늘 아침에는 웬 개가 아침 식사를 빼앗아 먹었고요.」

「누가요? 개요?」

「네, 갈색 무늬가 있는 못생긴 핀셔가요. 그리고 저는 그 꼴을 가만히 지켜볼 수밖에 없었죠.」

「왜 그럴 수밖에 없었죠?」

「어쩌다 보니 순간적으로 손을 쓸 수가 없었거든요.

그런데 그게 뭐 어떻다는 거죠? 때때로 손을 사용할 수 없는 상황이 있잖아요. 그건 그렇고 제가 잠을 깨운 건 가요?」

「괜찮아요. 오후에 또 몇 시간 잘 수 있거든요. 우리 두 사람은 그렇지 않아도 서로 자주 보기 힘들고요. 어쩌다 오늘은 집에 계신 거죠? 강의 없어요? 수업 없어요?」

「포마이슬 부인한테 외투를 빌리려고 왔어요. 제 게 찢어져서요. 부인은 입대한 아들의 평상복을 집에 가지고 있거든요.」

「외투가 찢어졌다고요?」

「네. 구멍이 났어요. 그래요, 그 개가 외투로 덤벼들었거든요.」

「제 외투를 입으셔도 돼요. 저는 저녁이 되어야 입을 거거든요. 그때까지 포마이슬 부인이 당신 외투를 수선해 놓을 거예요.」

「고맙지만 괜찮아요. 당신 외투는 저한테 너무 짧아요.」

「우리 치수가 똑같잖아요.」

「아뇨. 정말 괜찮아요. 포마이슬 부인 아들이 놓고 간 망토를 입을 거예요.」

「마음대로 해요. 뭐 다른 별일은 없고요?」

「별일요? 전혀요. 조냐가 게오르크 바이너와 베네치아로 가려고 해요.」

「게오르크 바이너요? 그게 누군데요?」

「멍청한 놈. 테니스나 치는 얼간이예요. 직접 주문한무슨 새 프록코트 말고 다른 주제에 대해서는 결코 이야기하는 법이 없는 인간이에요.」

「그에게 축복을 빌어 줘요.」

「말도 안 되는 소리! 당신이라면 훔쳐 가는 대로 당하고만 있겠어요?」 뎀바가 분노해 외쳤다.

「누가 훔쳐 간다는 거죠?」

「제게서 조냐를 뺏어 가는데 도둑질이 아닌가요?」

「아니죠. 그녀는 자유로운 몸이에요. 당신한테 매인게 아니에요. 그녀 마음대로 할 수 있다고요.」

「그렇군요. 당신이 철도청에서 어떤 직위를 갖고 있다고 쳐요. 정부 부처에는 당신의 후원자가 있고요. 그런데 누군가가, 마찬가지로 〈자유롭고〉 마음대로 할 수있는 그 부처 산하 분과 위원에게 찾아가 당신을 몰아내고 당신의 직위를 뺏어 가려 한다면, 그냥 두고만 볼건가요? 땡전 한 푼 없는 불쌍한 사람이 빵 한 쪽을 훔

쳐도 감옥에 갇히는 법이죠. 그런데 이 사랑의 노상강
도에 맞설 권리는 없는 건가요?」

「그 아가씨와 결혼할 생각이었나요?」

「아뇨.」

「이봐요! 몇 주 후면 당신은 그녀를 떠나 버렸을 거예
요. 그러니 그녀를 잃는 건 그렇게 큰일이 아니라는
거죠.」

「몇 주 후라. 어쩌면 그럴지도. 하지만 오늘 나는 아
직 안 끝났어요.」

「아직 안 끝났다니 무슨 소리죠? 며칠이든 몇 주든 아
무 의미 없어요.」

「그래도 아직 안 끝났다니까요. 무슨 말인지 이해가
안 되나요? 어떻게 하면 납득하겠어요? 들어 봐요. 당
신이 솔트 스틱을 먹는다고 쳐요. 아니면 배를요. 그리
고 당신은 마지막 조각을 손에서 내려놓죠. 어딘가에
요. 나중에 그게 어딨나 찾아보지만 이제는 찾지 못하
죠. 그러면 하루 종일 그걸 갈망할 거예요. 다른 걸 원하
는 만큼 먹을 수 있어요. 백배는 더 좋은걸요. 하지만 그
자그만 배 조각을 내내 아쉬워할 거예요. 종일토록 입
과 혀가 무의식적으로 그 배를 욕망할 거라고요. 그 마

지막 조각을 먹지 않았다는 단지 그 이유로요.」

「뭐. 그래서요?」

「제게는 조냐 하르트만이 그래요. 몇 주 후면 내가 그녀를 잊을지 몰라요. 조냐 하르트만보다 훨씬 가치 있는 여자들도 있고요. 하지만 어제 그녀가 나와 헤어졌기 때문에 오늘 나는 그녀 없이 살 수 없어요. 마지막 한 입요. 알겠어요? 믹슈, 돈 좀 마련해 줘요.」

「6크로네는 바로 줄 수 있어요.」

「6크로네요? 2백 크로네가 필요한걸요.」

「2백 크로네요? 맙소사, 그 돈을 마련해 달라고요?」 믹슈가 목청껏 웃기 시작했다. 「왜 그 돈이 필요한 거죠, 뎀바?」

「조냐랑 베네치아에 가려고요.」

「그럴 줄 알았어요. 돈만 있으면 해결될 거 같아요? 그 아가씨는 이제 다른 남자를 더 좋아하는데!」

「그 돈이 있으면 그녀가 나와 여행을 갈 거예요.」

「그걸 정말로 믿나요?」

「믿는 게 아니에요. 나는 그걸 알아요.」 뎀바가 말했다. 「30분 전에 그녀를 만났어요. 그리고 그녀가 내게 약속했어요. 그렇게 하도록 그녀를 타일렀죠. 약간의 외교적 수완과 사람 보는 눈이 있으면 안 될 일이 없어요. 예전부터 그녀에게는 세상을 둘러보려는 욕구가 억누를 수 없을 만큼 강했어요. 그녀는 반드시 이 여행을 하려고 해요. 그런데 누가 그 여행을 실현해 주는지는 그녀에게 중요한 문제가 아니죠. 내가 오늘 저녁까지 돈을 마련한다면 바이너는 끝장인 거예요.」

「당신의 사람 보는 눈이 좋았던 적은 없어요, 뎀바.」 믹슈가 회의적으로 말했다.

슈타니슬라우스 뎀바는 그의 말에 귀를 기울이지 않았다.

「필요한 2백 크로네를 오늘 아침 거의 손에 넣을 뻔했어요. 제때 손을 뻗어 잡기만 하면 됐는데! 하지만 나는 너무 오래 기다렸고 그 이후로는 손을 뻗어 잡는 일이 상당히 어려워졌어요. 스스로 내 뺨을 갈겨 줄 텐데 말이죠. 만약…….」

「만약?」

「그럴 수 있다면요. 그것도 이제 쉬운 일이 아니네요.」 뎀바가 짧게 웃음을 터뜨렸다. 「그 이야기는 이제 그만두죠! 그러니까, 내게 줄 돈이 없다는 거군요. 그렇다면 돈을 마련할 다른 데를 알아봐야겠네요. 잘 있어요. 그래, 맞아요. 망토! 포마이슬 부인!」

옆방에서 발을 끌며 걷는 소리가 들려왔다. 집주인 포마이슬 부인이 문으로 고개를 들이밀었다.

「날 불렀어요, 믹슈 씨? 맙소사, 오늘은 방이 어둡군요. 제 손도 안 보이겠네.」

「포마이슬 부인!」 뎀바가 청했다. 「아드님이 전에 늘 입고 다니던 망토를 오늘 제게 빌려주실 수 있나요? 제 외투가 찢어져 구멍이 났거든요.」

「우리 아들 망토를 빌린다고? 왜 안 되겠어. 다만 당신이 입기에는 망토가 너무 형편없을 텐데. 우리 아들은 최근에 입대하기 전에는 더는 그 망토를 입고 길거리로 나가려 들질 않았거든요. 기다려 봐요. 바로 찾아서 드릴게.」

포마이슬 부인이 옆방으로 사라졌다가 얼마 후 망토를 가지고 돌아왔다.

「자. 여기, 믹슈 씨. 나프탈렌 냄새가 좀 진동하네요.」

「상관없어요. 그냥 주세요.」 뎀바가 말했다. 「이런 망토는 실용적인 물건이죠. 그냥 두르고 앞에서 단추를 채우면 되니까요. 악마가 발명한 이 끔찍한 싸개에 팔을 끼워 넣느라 고생할 필요도 없고…….」

「무슨 싸개요?」

「소매 말이에요. 저는 소매라면 도저히 참을 수가 없어요. 덧창 좀 열어 줘요, 믹슈.」

「이젠 아프지 않나요?」

「아프다니요? 어디가 아프다는 거죠?」

「눈이 아프다면서요.」

「안 아파요, 젠장. 쓸데없는 것 묻지 말고 덧창이나 열어요.」

밝은 햇살이 방 안으로 쏟아졌다.

템바는 별다른 가구가 없는 방의 호화품이자 옷장 문역할을 하는 거울 앞으로 갔다. 그는 거울에 비친 자신의 모습을 자세히 살피고는 고개를 끄덕였다. 망토가마음에 드는 듯했다.

「에구머니나, 당신이군요. 템바 씨!」 이제야 그를 알아보고 포마이슬 부인이 외쳤다. 「당신이 집에 있는 걸알았더라면. 나가셨다고 생각했어요. 우편환 배달부가방금 당신을 찾았는데.」

「우편환 배달부요? 가버렸나요? 그냥 가게 두신 거예요?」 템바가 외쳤다.

「아뇨. 배달부는 저기 위 3층으로 갔어요. 분명 금방 내려올 거예요. 당신에게 배달할 우편환을 가지고 있어요.」

「잘됐군요. 그럼 제가 나가서 기다릴게요.」 슈타니슬라우스 템바는 믹슈에게 몸을 돌리고 웃었다. 「바이너 씨는 이제 안녕이겠네요. 통속물 출판사에서 돈을 보낸 거예요. 그쪽 소설을 폴란드어로 번역해 줬거든요. 회당 20헬러짜리 4백 회분인데 하녀들을 위한 통속 소설이고 각 회마다 강도 살인이나 방화, 처형이나 아이 바꿔치기 이야기가 실려 있죠. 모든 취향에 맞출 수 있어요. 사실 부끄러워할 일이지만, 알다시피, 믹슈. 논 올레트.²⁴ 그리고 그 출판사는 내가 받을 돈을 오래 기다리게 하는 법이 없어요. 그쪽 사람들이 상스럽긴 하지만 다른 데보다 낫다니까요.」

「그런데 바로 오늘 그 돈이 들어왔군요. 정말 운이 좋네요, 템바!」

「운이 좋다고요? 빌어먹을, 나는 불운하다고요!」 템바가 외쳤다. 「왜 어제 돈이 들어오지 않은 건지. 아, 어제 돈이 들어왔더라면!」

---

24 *Non olet.* 〈냄새가 나지 않는다〉라는 뜻의 라틴어. 〈*Pecunia non olet*(돈은 냄새가 나지 않는다)〉라는 표현에서 가져온 말로 보인다.

「그래, 무슨 차이가 있는데요?」

「아마도 한결 평온한 날을 보냈을 테니까요. 오늘 말이에요. 그뿐이죠.」템바가 말하고는 바닥을 응시했다. 그러고 나서 마음을 다잡았다.

「이제 나가 봐야겠어요. 이러다 우편환 배달부가 가버리겠어요.」

몇 분 뒤 템바가 돌아왔다. 그는 한마디 말도 없이 옷장을 열고 낡은 바지와 상의, 조끼 사이로 몸을 묻었다. 다시 나타났을 때 그는 낡고 기름때가 절어 윤이 나며 테두리 올이 풀린 챙 넓은 소프트 해트를 쓰고 있었다. 믹슈가 몇 년 전 지당하게도 은퇴 처분을 내린, 모자계의 엄청난 므두셀라[25]였다.

「맙소사! 그 모자를 쓰고 밖에 나가려고요?」믹슈가 소리쳤다.

「다른 모자가 없는걸요.」

「당신 모자는 어디에 두고요?」

「어디 두고 왔어요.」

「어쩜 그렇게 정신이 없을 수가 있는지.」

25   장수의 대명사. 『구약 성서』에 나오는 인물로 969세까지 살았다고 한다.

「정신이 없었던 게 아니에요. 두고 올 수밖에 없었어요.」

「두고 올 수밖에 없었다고요? 대체 왜요?」

뎀바가 참을성을 잃었다.

「꼬치꼬치 캐묻지 좀 마요. 스스로 생각해 볼 수는 없나요? 그런 빌어먹을 빈약한 상상력으로 나를 짜증스럽게 만들 셈이군요. 당신한테 모든 걸 장황하게 설명해 줘야 하는 거군요. 그러니까, 바람이 불어요. 머리에 쓴 모자가 시가전차 선로로 날아가요. 나는 그리로 달려가 모자를 집으려 하죠. 이때 시가전차가 와요. 바퀴에 깔리지 않으려면 때로는 손을 뻗지 않는 편이 낫죠, 믹슈!」

「곧장 새 모자를 사요, 뎀바. 이제 돈이 있잖아요.」

「아뇨.」뎀바가 말했다. 「돈 없어요.」

「우편환 배달부가 오지 않았나요?」

「아, 그게.」뎀바가 말했다.

「아니면 그 돈이 결국 당신 게 아니었던 건가요?」

「아뇨. 내 돈은 맞아요. 하지만…….」

슈타니슬라우스 뎀바가 갑자기 노발대발하기 시작했다. 그는 포마이슬 부인의 붉은 플러시 안락의자를 정신 나간 듯 밀친 후 산산조각 낼 수 있을 뭔가를 찾아 방 안을 두리번거렸다. 성 제노베바의 전설이 그려진, 비단으로 수놓은 난로 가리개가 불운하게도 템바의 주의를 끌었다. 난로 가리개는 발길질을 받고 신음하며 바닥으로 쓰러져 순교했다. 그러자 템바 씨는 하던 이야기를 계속할 수 있을 만큼은 진정된 듯했다.

「우편환 배달부가 돈을 주려고 하지 않았어요!」그가 날뛰었다. 「반드시 서명을 해야 한대요! 나로 하여금 온통 지저분한 펜을 손에 쥐고 끈적끈적한 장부를 잡고 기름때가 전 곳에 이름을 적도록 강요하려 했다고요. 그렇지 않으면 돈을 줄 수 없다더군요. 내 돈을요, 네, 믹슈? 내 돈을 말이에요!」

「그래서요?」

「강요한다고 순순히 따를 내가 아니죠.」템바가 말했다. 「서명을 하지 않았어요.」

6

「13 4 56요! — 아뇨, 아가씨, 13 4 56요. 56이라고요, 아가씨! 56요! 7 곱하기 8. — 네. — 누구시죠? 네? — 혹시 프로코프 양과 통화할 수 있을까요? 프로코프요. 프로-코프. 슈테피 프로코프. 네. 기다릴게요.」

「슈테피? — 응? — 이제야 받았군! 다행이야! 15분 동안 연결이 안 됐어. 나 슈타니슬라우스 뎀바야. — 응. — 안녕. 슈테피, 잘 들어. 너랑 할 이야기가 있어. 가능하면 바로. 안 된다고? 아이고, 점심때나 돼야? 지금은 안 되는 거야? 혹시 너희 사장이 — 안 돼? 망할, 모두가 오늘 작당이라도 한 건가? 그러니까 점심때란 말이지, 괜찮아. 그때는 적어도 단둘이 있을 수 있는 거야? 방해하는 사람 없이? 알았어. 갈게. — 전화로는 말할 수 없는 이야기야. 응, 물론 설명해 줄게. 그래서 너한테 가는 거야. 아니, 전화로는 정말 안 돼. 밖에 누가 있어서 한 마디 한 마디 다 듣고 있어. 너무 오래 기다리느라 벌써 몹시 안절부절못하고 있다고. 이제 끊을게. 그러니까 12시 정각에. ― 12시 이후. ― 알았어. ― 알았어. 안녕, 슈테피!」

슈타니슬라우스 뎀바는 밖으로 나왔고 화가 나 그를 쳐다보며 뭐라 뭐라 욕설을 웅얼대는 뚱뚱한 신사에게 전화 부스를 내주었다. 몇 걸음 내디뎠을 때 거리 맞은편에서 누가 그를 불렀다.

「안녕하세요, 뎀바! 어디 가는 길이죠? 기다려요. 같이 좀 걷죠.」

뎀바는 기다렸다. 빌리 아이스너가 건너왔다.

뎀바는 대충 고개를 숙여 인사했다. 「도대체 어떻게 된 일이죠? 이렇게 오전에 산책하실 수 있는 걸 보니 이제는 은행에 계시지 않나요?」 뎀바가 물었다.

빌리 아이스너는 담배를 한 모금 빨고 연기를 내뿜었다.

「아뇨.」 그가 말했다. 「은행이 날 놓아줄 거라고 생각하나요? 증권 거래소에서 막 오는 길이에요. 그곳에 볼일이 있었거든요.」

빌리 아이스너는 거짓말을 밥 먹듯 하는 사람이었다. 그는 중앙은행의 하급 은행원으로 감사부에서 일했다. 정확히 말하자면 그는 거액을 지닌 현금 운반원을 동행하라는 지시를 받았고, 이 임무를 마친 후 링 거리를 조금 거닐려는 — 오른손에는 윤이 나는 가죽 장갑을, 왼손에는 짧은 지팡이를 들고 — 유혹에 넘어간 차였다. 빌리 아이스너는 사무실에 있을 때면 자신이 잘못된 곳에 있는 것 같았다. 그는 자유직에 종사하며 정해진 업무 시간에 매이지 않은 모든 사람을 부러워했다. 변호사, 예술가, 중개인 같은 이들 말이다. 그의 머릿속에 아른거리는 이상적인 삶은 아침에 느긋하게 우편물을 훑어본 후 카페에 가서 편안한 안락의자에 등을 기대고, 담배를 입에 물고, 대리석 탁자 위에 리큐어를 한 잔 두고 분주한 거리를 관찰하는 삶이었다. 점심때 행렬이 늘어서는 시간에는 딱 기분 좋은 만큼 그라벤 거리를 거닐고, 지인들과 만나고, 우아한 숙녀들에 관해 따분한 표정으로 친구들에게 몇 마디 이야기를 하고, 여유롭게 점심을 먹고, 오후에는 책상에 앉아 몇 가지 중요한 일을 처리하는 삶. 그러나 빌리 아이스너는 동료 여덟 명과 함께 쓰는 공간에서 8시부터 12시 30분까지,

2시부터 5시 30분까지 끊임없이 계산과 숫자를 비교하고 올바르다고 판정된 항목에 연필로 조그맣게 체크 표시를 해야 했다.

그는 공들인 표현을 써가며 느릿느릿 말했고 몇 마디 후 잠시 이야기를 멈춤으로써 말의 효과를 극대화했다. 그리고 자기가 뭔가 언급하는 것이 좋다고 생각하면 온 세상이 자신의 말을 주의 깊게 경청한다고 확신했다.

「집을 포기할 수밖에 없었어요. 정말 좋은 집인데. 하지만 제가 살기엔 너무 좁아졌거든요. 장서를 위한 공간이 필요했어요…….」

「죄송해요.」 슈타니슬라우스 뎀바가 말했다. 「조금 빨리 걸으셔야 하겠는데요. 제가 시간이 별로 없거든요.」

「집 일은 아쉬워요.」 아이스너가 말하고는 빠른 걸음으로 걷기 시작했다. 「그 집에서 보낸 시간은 즐거웠거든요. 좋은 아가씨들이 숱하게 그 집으로 찾아왔죠. 정말 좋은 아가씨들이…….」

「저는 이제 콜린 골목으로 가요.」 슈타니슬라우스 뎀바가 그의 말을 끊었다. 「그리로 가면 안 되시겠죠?」

「콜린 골목으로요? 그렇다면 아쉽지만 조금만 함께 갈 수 있겠군요. 은행에 할 일이 무척 많거든요. 정말로 할 일이 너무 많아요. 당신도 알아야 해요. 정리하고, 대리하고, 교섭하고, 업무를 처리하고…… 안 하는 일이 없죠.」

「그렇군요.」 슈타니슬라우스 템바가 대충 말했다.

「어제는 라이플링엔 남작이 묻더군요. 라이플링엔 아세요? 가끔 그와 임페리알에서 식사를 하죠. 어제 그가 이렇게 묻더군요. 글라이스바허 우니온 어떻게 생각하세요? 거기 주식에 대해 뭐 의견이 있으신지? 그래서 제가 말했죠. 친애하는 남작님, 잘 아시면서. 영업 비밀이란 거! 유감스럽게도 저는 손이 묶인 처지라서요. 하지만…….」

슈타니슬라우스 템바가 걸음을 멈추고 이마를 찌푸리고는 빌리 아이스너를 쳐다봤다. 「그게 무슨 소리죠? 손이 묶였다뇨?」

「네. 왜냐하면…….」

「그렇군요. 손이 묶이신 처지군요. 불편할 수밖에요.」

「무슨 말씀이신지?」

「불편할 수밖에 없다고요.」 템바가 심술궂은 눈빛으로 말했다. 「손이 묶였다! 머릿속에 그려져요. 피가 몰려 손끝이 붓고 터질 것 같은 느낌이죠. 이어서 어깨까지 통증이 올라오고…….」

「무슨 소리를 하시는 건가요?」

「손이 묶인 채 돌아다니실 기분이 어떨지 상상이
가요.」

「하지만 제 말은 그저, 손이 묶인 처지라는 건 제가
은행의 이익을…….」

「그만!」 뎀바가 소리쳤다. 「왜 스스로 전혀 모르는 일
들을, 전혀 생각하고 느낄 수 없는 일들을 말하는 거죠?
당신이 하는 말들은 죽은 채 세상으로 나오고, 당신의
입을 벗어나자마자 벌써 썩은 동물 시체처럼 악취를 풍
겨요.」

「제정신인가요? 이리 소란을 피우다니! 길 한복판에
서요. 그래요, 결국 그에게 정보를 줬어요. 이렇게 말했
죠. 아시겠지만, 백작님, 말리지는 않을 거예요. 저도 샀
거든요. 하지만 불확실한 일에 뛰어드는 셈이었죠. 만
일 제가…….」

「뭐라고요? 불확실한 일에 뛰어든다고요? 아주 좋아
요! 훌륭해요. 분명히 전에 한번 불확실한 일에 뛰어드
신 적이 있겠죠, 안 그래요?」 슈타니슬라우스 뎀바는 치
미는 분노를 가라앉히려 힘겹게 애썼고 자제력을 발휘

해 아주 차분히 말했다. 「그렇죠? 아래를 내려다보면 처음에는 전혀 두렵지 않죠. 머릿속으로 생각하죠. 해야만 해. 허공에 떠서 추락하기 시작하는 순간 비로소 두려움이 — 엄청난 두려움이 — 엄습하죠. 그 순간에야 말이에요. 주변에서 벌어지는 모든 일을 갑절이나 똑똑히 보게 되죠. 이마에 맺힌 자신의 땀방울을 느끼죠. 그리고 — 자, 그리고 어떻게 되죠? 네?」

「저보고 뭘 어쩌라는 건지 모르겠군요.」 빌리 아이스너가 당황해 말했다.

「뭐라고요?」 슈타니슬라우스 뎀바가 외쳤다. 「모르신다고……? 그런데 어떻게 감히 그런 말씀을 하실 수 있죠? 불확실한 일에 뛰어든다고. 저는 그 말을 할 때면 이마에 식은땀이 맺히고 무릎이 덜덜 떨려요. 그런데 당신은, 당신은 분명 기회만 있으면 그토록 쉽게 그 말을 내뱉고 아무것도 느끼지 못하죠.」

「사람은 각기 다르니까요, 친애하는 뎀바.」 빌리 아이스너가 말했다. 「모두가 당신과 같은 상상력을 가질 수 있는 건 아니에요. 저는 다시…….」

「알아요, 손이 묶이신 처지라는 거. 다른 사람에게는 언젠가 피비린내 나는 체험이었던 모든 것이 당신한테서는 뒈져 버린 공허한 상투어로 전락하죠. 그래도 한 번 상상해 보시는 게 어때요? 손이 묶인다는 게 어떤 건지. 한번은 꿈속에서 역겨운 멍청이의 번지르르한 낯짝 한가운데를 꼭 때려 주려 했죠. 하지만 그럴 수 없었어요! 손이 묶여 있었거든요. 정말로 손이 묶여 있었다고요. 영업 비밀이 아닌 손목의 사슬로 한 손이 다른 한 손에 묶여 있었다고요…….」

「늘 그렇게 생생한 꿈을 꾸나요?」 기분이 불쾌해진 아이스너가 물었다. 「이제 작별해야겠어요. 일이 기다리고 있으니까요. 안녕히.」

「뭐죠?」 템바가 말하고는 빌리 아이스너가 건넨 손 위로 몸을 숙였다.

「악수하려고요. 비록 당신 행동이, 이렇게 말할 수밖에 없군요, 이상했지만요. 길 한복판에서……. 당신은 마치…….」 그는 어깨를 으쓱하고는 떠나려 몸을 돌렸다.

「아주 좋아요.」 템바가 말했다. 「어디 한번 말해 봐요, 존경스럽기 그지없는 아이스너 씨, 손이 묶인 사람이 어떻게 다른 사람과 악수할 수 있는지! 말해 주지 않을 셈인가요?」

7

11시 30분에서 낮 12시 사이, 식사 시간이 다가올 때면 증권 거래소 맞은편에 있는 카페 히베르니아는 대개 매우 조용했다. 오전 시간에 요란스러운 분주함으로 가게를 채우고, 브런치를 먹고, 업무를 처리하고, 경기를 논하고, 서신을 처리하고, 중간중간 신문을 꼼꼼히 들여다보거나 대강 훑어보거나 최소한 시세표를 뜯어내 신문을 무용지물로 만들던 중개인과 회사 사장, 증권 거래소 방문객 무리는 사방으로 다 흩어진 뒤였다. 카페의 오후 영업, 그러니까 도미노를 하고, 당구를 치고, 타로 게임을 하고, 체스를 두러 오는 이들의 행진은 1시가 지나야 비로소 시작되었다. 이 시각에 급사장의 업무까지 넘겨받은 급사 프란츠는 — 〈장〉은 점심 식사 중이었다 — 당구대에 몸을 기댄 채 졸린 눈을 깜박였고 유일한 두 손님, 아직 타로 게임을 끝내지 않은 두 출장원에게 훈수를 두었다. 계산대의 아가씨는 린처토르테[26] 부스러기를 접시에서 집어 먹었다.

이때 슈타니슬라우스 뎀바가 들어왔다. 그는 모자를 벗지 않았지만, 손님이 기껏해야 몇 분간만 머무르는 경우가 흔하고 모두가 분주하거나 최대한 눈에 띄지 않으려 하는 상점가 한가운데 카페에서 이는 계속 주의를 끌지는 않았다.

뎀바는 주위를 둘러보았고 지휘관의 눈으로 지형을 유심히 관찰했으며 계산대 근처 탁자를 자신의 목적에 부적합한 것으로 기각했고, 무언극을 하듯 권유하는 손짓으로 일련의 훌륭한 자리들에 주의를 환기시키는 급사의 제안을 말없이 물리친 뒤 결국 두 옷걸이대 사이에 있는 카페 구석 탁자에 앉기로 결정했다.

급사가 허리 숙여 인사하며 다가왔다.

「나리, 무엇을 준비해 드릴까요?」

「뭘 좀 먹었으면 하는데.」 슈타니슬라우스 뎀바가 말했다. 「뭐가 있죠?」

「살라미가 있을 겁니다. 훌륭한, 차가운 로스트비프

26 오스트리아 린츠에서 유래한 디저트의 일종.

114

도 있을 거고요!」

슈타니슬라우스 템바는 곰곰이 생각에 잠긴 듯했다.

「따뜻한 걸 원하신다면 햄에그가 있습니다.」프란츠가 빈 급사다운 정중한 투로 권했다. 빈의 급사는 감히 손님을 여느 평범한 사람 대하듯 단순한 존칭으로 칭하느니 차라리 입을 다물리라.[27]

「햄에그, 살라미, 로스트비프, 반숙 달걀 두 개…….」급사가 한 번 더 되풀이했다.

「여기.」템바가 오랜 숙고 끝에 결정했다. 「주소록을 가져다줘요.」

「1권을 드릴까요, 아님 2권을 드릴까요?」더 영양가 있는 주문을 고대하던 급사가 당황해 물었다.

「둘 다요.」

급사는 책장에서 두꺼운 주소록을 꺼내 와 탁자에 놓고 다음 주문을 기다렸다.

오래지 않아 주문이 떨어졌다.

「사전 있나요?」

「네?」

「백과사전 말이에요.」

27 원문에서 급사는 일반적인 호칭인 〈당신Sie〉을 쓰지 않고 있다.

「물론이죠. 소(小) 브로크하우스입니다.」

「그럼 소 브로크하우스를 가져다줘요.」

「어느 권을 드릴까요?」

「A부터 K까지요.」 뎀바가 지시했다.

급사가 백과사전 세 권을 가져왔다.

「사실 N, R, V도 필요한데. 나머지 권도 가져다줘요.」 뎀바가 말했다.

급사가 백과사전 다섯 권을 끙끙대며 가져왔다. 이제 소 브로크하우스 전권이 뎀바의 탁자 위에 있었다.

「이게 전부인가요? 빠진 권은 없고요?」 뎀바가 물었다.

「네, 없습니다. 부록 한 권만 책장에 남았습니다.」

「왜 그건 가져다주지 않은 거죠?」 뎀바가 성마르게 소리쳤다. 「최신 학문 연구의 성과가 내 연구에 필요하다고요.」

급사가 부록을 가져다주고는 공손하게 물러났다. 그는 두 사람이 카드놀이를 하는 탁자로 가 입에 손을 대고 은밀히 속삭였다.

「신문사 선생이야! 여기에서 기사를 쓰고 있어.」

「급사!」 그 순간 슈타니슬라우스 뎀바가 외쳤다.

「무엇이 필요하신가요?」

「혹시 엔지니어용 편람 있나요?」

「죄송하지만…….」

「그렇다면 장교 명부와 군대 및 함대 연감 그리고 그 밖에 군대 관련 편람 있는 것 좀 가져다줘요.」

두 출장원 중 하나가 카드를 내려놓았다.

「군 고위직을 비판하는 내용이군.」 그가 뎀바 쪽을 쳐다보며 말했다. 「들었어? 장교 명부라니! 좋아, 호되게 까보라지! 누가 낼 차례지?」

「저 사람이 군에 비판적이라고 누가 그래? 군에 우호적인 글을 쓰는 걸 수도 있지. 우리가 보유한 드레드노트급[28] 전함이 너무 적다는 이야기일지도.」 카드놀이 상대가 말했다.

「고타 연감[29]도 있나요?」 그사이 뎀바는 급사에게 꼬치꼬치 묻고 있었다.

「그럼요.」

「그것도 가져다줘요.」

「기사 쓰는 데 온갖 게 필요하군.」 출장원이 말했다.

---

28 영국 전함 드레드노트의 이름을 딴 함급을 가리킨다.
29 유럽 왕실과 귀족 인명록.

「그런데 사람들은 항상 말하지. 언론인들은 철저하지 않다고.」

「고타라.」 다른 이가 말했다. 「뭔가 외무부 장관을 비판하는 기사를 쓰는군. 그 사람 무슨 백작인가 그러니까.」

「전쟁부 장관을 겨냥하는 걸 수도 있어. 그 사람도 무슨 남작이잖아.」

급사가 고타 연감과 백작 포켓북을 템바의 탁자에 내려놓았다.

「전권이 아니잖아요!」 템바가 호통쳤다. 「다른 권도 가져다줘요. 무슨 내가 제국 남작 크로스토프 헤리베르트 아폴리나리스 폰 라이플링엔이 구 제바스티안 가문 혈통인지 신 아이프리안 가문 혈통인지 머릿속에 외우고 있는 줄 알아요?」

급사는 머릿속이 빙빙 돌기 시작했다. 그는 남작, 구 귀족, 신 귀족 가문의 포켓북에다, 함께 손에 들어온, 옛 증권 거래소 출입인 연합의 연감을 가져왔다.

세상의 모든 학문과 지식이 슈타니슬라우스 템바의 탁자 위에 쌓여 성루를 이루었고 이 대학생은 그 뒤로 완전히 사라졌다. 보이는 것이라곤 기름때가 절어 윤이 나는 모자뿐이었다. 하지만 뎀바 씨에게는 이 모든 게 여전히 불충분해 보였다. 그는 니더외스터라이히주(州) 연감, 빈 지방자치단체 연감, 오스트리아 헝가리 제국 궁정 및 국가 편람도 가져오게 했고 앞의 두 연감 중 전전년도 것도 가져오라고 했다.

「급사.」이 모든 일이 끝나고 그가 외쳤다. 「저기 책장에 있는 게 무슨 책이죠? 저기요, 크고 검은 책 말이에요.」

「외국어 사전입니다.」

「그 책을 당장 가져다줘요! 꼭 필요한 책이에요. 렙토프로소피아[30]의 가장 좋은 독일어 번역어가 무엇인지 꼭 찾아봐야겠어요. 렙토프로소피아 말이에요! 아니면 혹시 뭐라고 번역하면 될지 알려 주겠어요?」

「유감스럽게도 그건 도와드리지 못하겠네요.」머릿속이 온통 어지러워진 급사가 말을 더듬거렸다.

이제 마침내 뎀바는 작업에 필요한 책을 전부 가진 듯했다. 두 출장원은 다시 게임을 시작했고 급사는 그 탁자로 가 게임을 지켜보았다.

---

30 *Leptoprosopia*. 협안형(狹顏型), 즉 협소 안면증을 뜻하는 전문 용어.

「급사!」 슈타니슬라우스 템바가 다시 큰 소리로 불렀다. 그 큰 소리에 계산대의 아가씨가 손에 든 린처토르테 조각을 떨어뜨렸다. 「급-사!」

「금방 갑니다!」 급사가 외치고는 책장으로 시선을 던졌다. 그러나 책장은 텅 비어 있었다. 그래서 그는 목로에서 얼룩진 유리 잉크병, 그리고 필기 용지가 든 판지 상자를 집었다. 손님의 다음 주문을 알아맞힐 수 있다고 생각했기 때문이다.

「급사! 어디 있어요!」 템바가 외쳤다.

「곧 갑니다. 잉크, 펜, 종이가 필요하신 거죠?」

「아뇨.」 템바가 말했다. 「살라미 1인분, 반숙 달걀 두 개, 빵 그리고 맥주 한 병 주세요.」

급사는 주문한 것을 가져다주었다. 한동안 슈타니슬라우스 템바의 모자 외에는 아무것도 보이지 않았다. 씹는 리듬에 맞춰 모자가 위아래로 움직이며 책 담장 뒤에서 반쯤 보이다 반쯤 사라지곤 했다.

출장원 중 하나가 이가 아프다며 급사에게 카페 창문이 전부 닫혔는지 보라고 했다. 프란츠가 이 임무를 마쳤을 때 그는 템바 씨가 식사하는 데 조금 말동무가 되어 주고 그를 즐겁게 해주는 것이 자신의 의무라는 생각이 들었다.

「많은 분이 저렇게 까다롭답니다. 바람을 참지 못하죠.」 그가 대화를 시작하며 출장원을 가리켰다.

급사가 근처에 오자 슈타니슬라우스 템바는 바로 식사를 멈췄다. 그는 나이프와 포크를 탁자에 달그락 소리를 내며 내려놓고는 고개를 들어 격분한 눈으로 안경알을 통해 백과사전 〈뢰펠훈*Löffelhuhn*-네벤니레 *Nebenniere*〉 너머로 급사를 노려보았다.

「뭐죠?」

「유감이지만 창문을 닫을 수밖에 없었습니다. 저기 신사분이…….」

급사는 더 이상 다가오지 않았다.

「창문을 열든 닫든 내게는 아무 상관 없어요!」 템바가 소리를 질렀다. 「식사 좀 방해하지 마요!」

프란츠는 쏜살같이 목로 뒤로 사라졌고, 슈타니슬라우스 템바가 〈계산!〉 하고 외칠 때에야 비로소 다시 나타났다.

「네, 무얼 시키셨죠? 살라미 1인분, 반숙 달걀 두 개, 맥주 한 병…… 빵은요? 두 덩이? 세 덩이였던가요?」

「세 덩이요.」

「1크로네 80헬러, 2크로네 60헬러, 3크로네 36헬러, 다 해서 3크로네 42헬러입니다……」

뎀바는 눈짓으로 탁자 위를 가리켰다. 3크로네와 니켈 동전 몇 개가 그곳에 놓여 있었다.

그러고 나서 그는 자리에서 일어나 문으로 갔다. 가게를 나서기 전에 그는 고개를 돌리고 짜증스러운 표정으로 급사에게 말했다.

「원래는 이곳에서 20세기 초 인류 지식의 현황에 관한 대논문을 쓰려고 했어요. 그런데 가게가 좀 너무 시끄럽더군요.」

8

　집에 온 슈테피 프로코프는 슈타니슬라우스 뎀바가
벌써 거실에서 초조하게 기다리는 모습을 발견했다.

　「안녕하세요!」 그녀가 말했다. 「한참 전에 왔나요?」

　「12시부터 기다렸어.」 뎀바가 말했다.

　「어쩔 수 없이 늦었어요. 12시 전 1분이라도 일찍 사
무실에서 내보내 주지 않거든요. 그리고 손에서 타자기
리본 얼룩을 없애는 데 10분이 더 걸리고요. 그래도 이
제 거의 3시까지는 시간이 있어요.」

　그녀는 서둘러 모자와 재킷, 그리고 거리에 나설 때
면 늘 두르는 회색 베일도 벗었다. 그러고 나서 앞치마
를 두르고 탁자에서 뎀바의 모자를 집었다.

　「응? 안 벗을 거예요?」 그녀가 물었다. 뎀바가 계속
망토를 두르고 있었던 것이다.

템바는 고개를 저었다.

「응! 망토는 입고 있을게! 춥거든.」

「춥다고요? 말도 안 돼. 오늘은 안 추운걸요. 어느새 다시 야외에 앉아 있을 수 있다고요.」

「난 추워.」템바가 말했다. 「아프다고. 열이 나는 것 같아.」

「가여운 슈타니!」놀다가 넘어져 〈아픔〉을 느낀 어린 아이를 가여워하고 달래 줄 때처럼 동정심을 담아 슬퍼하는 투로 슈테피가 말했다. 「가여운 슈타니. 아프면 열이 나는 법이죠. 가여운 슈타니.」이어서 그녀는 어조를 바꿔 물었다. 「우리랑 같이 식사할 거죠?」

템바가 고개를 저었다.

그녀는 문을 열고 옆방에 대고 외쳤다. 「엄마, 템바 씨가 같이 식사할 거예요!」

「아니!」템바가 아주 강하게, 거의 흥분해서 외쳤다. 「도대체 무슨 짓이야?」

「오늘 메뉴는 잼을 넣은 페이스트리예요.」슈테피 프로코프가 그의 기운을 북돋우며 말했다.

「고맙지만 됐어. 같이 먹을 수 없어.」템바가 말했다.

「그렇군요. 정말 아픈 게 틀림없군요. 이제야 믿겠어

요, 슈타니.」슈테피가 웃으며 말했다.「평소에는 늘 식욕이 있었잖아요. 기다려요, 어디 한번 확인해 볼게요.」

그녀가 뎀바의 손을 찾아 맥을 짚으려 망토 속으로 손을 뻗었다. 하지만 금방 손을 찾지 못하고 다음 순간 밀쳐지고 말았다. 그 바람에 그녀는 비틀비틀 두 걸음 물러났고 넘어지지 않으려 서랍장을 꼭 붙잡아야 했다.

뎀바가 펄쩍 뛰며 일어나 백지장처럼 하얘져 완전히 이성을 잃은 채 그녀 앞에 섰다.

「어떻게 아는 거지……?」그가 적대하는 눈빛을 하고 낮은 목소리로 슈테피에게 내뱉었다.「누구한테 들은 거야, 내가…….」

「뭐가요? 왜 나를 밀친 거죠? 어떻게 된 거예요, 슈타니?」

뎀바는 미심쩍은 눈빛으로 그녀를 바라보며 씩씩거렸고 아무 말도 하지 않았다.

「맥을 짚어 보려던 거였어요.」슈테피 프로코프가 억울하다는 투로 말했다.

「뭐라고?」

「맥을 짚어 보려던 거라고요. 그런데 밀치기나 하고!」

「그렇군, 맥.」슈타니슬라우스 뎀바가 천천히 자리에

125

앉았다. 「그럼 좋아. 나는 또…….」

「뭔데요? 뭐라고 생각했는데요?」

「아무것도 아냐. 알잖아, 나 아픈 거.」 뎀바는 묵묵히 탁자 위를 응시했다. 옆방에서 접시와 숟가락이 달그락 거리는 소리가 들려왔다. 슈테피의 어머니가 점심을 차 리는 중이었다.

슈테피 프로코프는 아이 같은 가느다란 팔을 뎀바의 어깨에 가볍게 올렸다.

「뭐가 문제죠, 슈타니? 말해 봐요.」

「아무것도 아냐, 슈테피. 적어도 심각한 일은 아무것 도 없어. 아침에 지나간 일이야…… 어찌 됐든.」

「말해 봐요. 나한테는 말해도 돼요.」

「아무것도 아니야. 정말.」

「하지만 나한테 뭔가 이야기하려 했잖아요. 뭔가 중 요한 일이 있다고 전화로는 말할 수 없다고 했잖아요.」

「이제는 전혀 중요한 일이 아냐.」

「뭐였는데요, 슈타니?」

「아, 아무것도 아니라고. 내일 일찍 떠난다는 이야 기야.」

「정말요? 어디로요?」

「아직 몰라. 조냐가 원하는 곳으로. 어쩌면 산악 지역으로, 아니면 베네치아나.」

「그 조냐 하르트만과 함께요?」

「응.」

「얼마나요?」

「조냐가 시간이 되는 대로. 아마 2주나 3주 정도.」

「다시 화해한 건가요? 싸우지 않았어요?」

「전부 다시 좋아졌어.」

「3주라. 그렇다면 그 재밌는 소설을 폴란드어로 번역한 돈을 받은 게 분명하군요. 그 소설 있잖아요, 이런 대목이 나오는. 〈따님께서는, 백작 부인, 기껏해야 여섯 시간을 더 사실 수 있습니다. 심지어 어쩌면 그보다 조금.〉 그때 얼마나 웃음이 나던지. 마침내 돈을 받은 건가요? 네? 대답해 봐요! 지금 무슨 생각을 하는 거죠, 슈타니?」

뎀바가 멍하니 시선을 들었다.

「무슨 딴생각을 한 거죠? 벌써 베네치아에 가 있었나요?」 슈테피가 물었다.

「아냐. 네 말을 듣고 있었어.」

「됐어요, 그런 거짓말은 하지 마요. 나는 아주 잘 알아요. 당신이 나를 아무렇지도 않게 생각한다는 걸요. 당신한테 나는 너무 어리고 너무 아둔하고 너무…….」

슈테피 프로코프는 거울로 잠깐 시선을 던졌다. 짙은 붉은색 화상 자국이 그녀의 오른뺨 전체를 덮고 있었다. 여러 해 전, 그녀가 아직 아이였을 때 한번은 그녀 어머니가 빈 여인이면 으레 그렇듯 불을 피우려 화덕에 벤진을 부었다. 그때 어머니는 아이를 팔에 안고 있었고 불길이 어머니의 옷을 덮쳤을 때 슈테피 또한 평생의 기념물을 얻게 되었다. 그 붉은 모반은 그녀의 얼굴을 일그러뜨렸고 그녀는 이를 똑똑히 알았다. 그녀는 결코 베일 없이 길거리로 나서는 법이 없었다.

「하지만 당신 문제가 뭔지 알고 싶어요. 그렇게 허공을 쳐다보지 마요.」

「아무 문제도 없어, 꼬마야. 그리고 나는 이제 다시 가봐야 해. 네가 어떻게 지내는지 한번 보려던 것뿐이야.」

「가요! 가! 가라고요!」 슈테피 프로코프가 짜증스레 말했다. 「내가 어떻게 지내는지 본다고! 관심도 없으면서! 그리고 나를 허구한 날 〈꼬마〉라 부르지 마요. 당신에게 뭔가 고민이 있다는 걸 난 알아요. 아, 나는 당신을 잘 알아요, 슈타니. 나만큼 당신을 잘 아는 사람은 아무도 없어요. 당신은 안 좋은 일이 있을 때면 내게로 와서 허공을 쳐다보곤 하죠. 기분이 비참할 때, 분통이 치밀 때, 짜증 나는 일이 있을 때면 늘 내게로 오죠. 조냐가 그 편지를 보냈을 때 당신은 내게로 왔죠. 예전에, 당신이 아직 우리 집에 살던 시절, 당신 방이 추울 때도 당신은 내게로 왔어요. 이리로, 여기 이 방으로요. 이 방은 늘 난방이 되었으니까. 그리고 왔다 갔다 하고 공부를 하거나 고대 그리스 글을 낭독했죠. 〈인테게르 비타에……〉 그다음이 뭐였죠?」

「인테게르 비타에 스켈레리스케 푸루스…….」[31] 뎀바가 반쯤 생각에 잠겨 말했다.

「맞아요. 레리스케 푸루스. 그랬죠. 그리고 나는 한구석에 앉아 학교 숙제를 했어요. 부기, 산수, 상품학……. 무슨 꿈을 꾸는 거예요, 슈타니? 내 말은 전혀 듣지 않는군요. 왜 그렇게 탁자 위를 쳐다보죠? 무슨 꿈을 꾸는 건가요, 네?」

「그래. 어쩌면 나는 꿈을 꾸고 있는지도.」뎀바가 나

---

31 *Integer vitae scelerisque purus*. 호라티우스의 시구. 〈생활이 올바르고 죄로 더럽혀지지 않은〉이라는 뜻.

지막이 말했다. 「분명 모든 것이 그냥 꿈일 거야. 나는 만신창이가 되고 갈가리 찢긴 채 병원 침대에 누워 있는 거지. 그리고 너와 네 목소리와 방, 이것들은 그저 마지막 순간에 열에 들떠 꾸는 꿈에 불과한 거야.」

「슈타니! 뭐예요? 무슨 소리를 하는 거예요?」

「어쩌면 이 순간 구급차가 나를 싣고 거리를 지나고 있거나, 어쩌면 내가 여전히 정원 호두나무 아래 땅바닥에 누워 있고 척추가 부러졌고 일어날 수 없고 최후의 환영과 환각을······.」

「슈타니, 맙소사, 날 겁주려는 거예요? 무슨 일이 있었던 거예요?」

「인테게르 비타에 스켈레리스케 푸루스······.」 템바가 나지막이 말했다.

「무섭다고요!」 슈테피가 원망했다. 「무슨 일이 일어난 거죠? 이제 말해 줘요!」

「조용! 누가 와.」 템바가 황급히 말했다.

프로코프 부인이 문틈으로 고개를 들이밀었다.

「내가 방해가 됐나요?」 그녀가 농담조로 물었다. 「어떻게 지내요, 템바 씨? 늘 잘 지내죠, 그렇죠? 슈테피, 그저 수프가 식는다고 말해 주려고 온 거야. 템바 씨, 우리와 한술 뜨지 그래요?」

「고마워요, 존경하는 부인, 하지만 이미 식사를 해서요.」

「엄마!」 슈테피가 말했다. 「가세요, 내 건 남겨 두세요. 곧 갈게요. 뎀바 씨와 난 아직 할 이야기가 남았거든요.」

「자, 이제 말해 봐요!」 프로코프 부인이 사라지고 문이 닫히자 슈테피가 말했다. 「이제 시간이 많지 않아요. 한 시간 후면 다시 사무실로 가야 해요.」

뎀바가 난처해하며 웃음을 터뜨렸다.

「아까 내가 왜 그랬는지 모르겠어. 오늘 오전 나는 희희낙락한 기분은 아니었지만 한순간도 고개를 떨구거나 낙담하지는 않았는데. 내가 착수(着手)한 거의 모든 일이 실패했지만 말이야. 그런데 〈착수한〉이라, 아주 좋은 말이야.」 뎀바가 쉰 목소리로 짧게 웃음을 터뜨렸다. 「말이란 때로는 정말 재미있어. 〈착수한〉은 사실 딱 들어맞는 말은 아니야. 차라리, 손을 댄…… 아니, 건드린, 이것도 아냐! 빌어먹을, 내가 실행한 모든 일…… 그래 이거야! 그러니까 내가 실행한 모든 일이 수포로 돌아갔어…… 이렇게 말하는 건데! 내 혀가 날 바보 취급하

131

는군. 내가 착수한 모든 일이 수포로 돌아갔어. 훌륭해. 정말이지, 훌륭해! 심각한 상황에서 말이 익살을 부리는군. 하지만 그게 아니고, 이렇게 말하려 했어. 오늘 오전 내가 실행한 모든 일이 실패로 돌아갔어.」

「무슨 말인지 모르겠어요, 슈타니.」

「아주 간단한 소린데. 오늘 나는 되는 일이 하나도 없었다. 하지만 낙담하지는 않았다. 그저 이 말을 하려던 것뿐이야. 아까는 갑작스레 그렇게 됐어. 나는 거의 감상적이었지. 그렇지? 고백할게. 하마터면 네 품에 고개를 묻고 울 뻔했어. 그토록 비참한 기분이었어. 참으로 까닭 없이. 정말로. 모든 일이 그토록 비극적이었다고.」

뎀바는 그녀의 얼굴을 불안하게 들여다보고 몇 차례 겸연쩍게 기침을 한 뒤 말을 이었다.

「슈테피, 너는 내가 믿는 유일한 사람이야. 너는 영리하고 용감하고 입이 무거워. 날 도와줄 테고. 아까 내가 좀 이상했지, 그렇지? 갑자기 정신이 나갔던 것뿐이야. 이제는 지나갔어. 내가 그 정도밖에 안 되는 사람은 아니야.」

「그러니 무슨 일인지 말 좀 해봐요, 슈타니.」 불안에 빠진 슈테피가 청했다.

뎀바는 무겁게 숨을 쉬었다.

「그러니까 내가……. 그래, 거두절미하고, 경찰이 나를 쫓고 있어.」

「경찰이라니!」 슈테피 프로코프가 펄쩍 뛰었다.

「소리 지르지 마! 온 집안이 놀라겠어.」 뎀바가 주의를 주었다.

그녀는 마음을 진정하고 목소리를 죽여 소곤소곤 속삭였다.

「무슨 짓을 했는데요?」

「범죄, 꼬마야.」 슈타니슬라우스 뎀바가 대수롭지 않은 투로 말했다. 「그건 부정할 수 없어. 하지만 나는 부끄럽지 않아. 아주 차분히 그 일을 이야기할 수 있어. 내 이성과 내 논리는 말짱하니까 말이야. 경찰만이 생각이 다르지.」

「범죄라니.」

「그래, 꼬마야. 나는 대학 도서관 책 세 권을 골동품상에 팔았어. 정확히는, 두 권만 팔았지. 나머지 한 권은 오늘 아침 그냥 줘버렸고. 날 그렇게 넋 놓고 바라보지 마. 물론 너는 이제 날 경멸하겠지. 그렇다면 내가 더 이야기해도 소용없고.」

「왜 그런 짓을 했죠, 슈타니?」

「맙소사! 왜라니! 나는 칼푸르니우스 시쿨루스[32]의 전원시와 그의 하팍스 레고메나[33]에 대한 연구 논문을 썼어. 칼푸르니우스 시쿨루스가 사용했으며 그 의미가 논란의 여지가 있고 다른 로마 문학에 나타나지 않는 몇몇 농업 관련 전문 표현에 대한 연구지. 그 때문에 특정한 출전이 필요했어. 대학 도서관에서 몇몇 책을 받았지. 그런데 사서가 귀중한 고서 세 권을 대출해 주려고 하지 않는 거야. 하지만 난 그 책들이 필요했고 그래서 그냥 외투 속에 숨겨 가져왔지.」

「그래서 지금 경찰이…….」

「그 일 때문에? 아, 아니야. 벌써 1년도 더 된 일이야. 대학 도서관에서 그 책들에 관심을 두는 사람은 아무도 없어. 혹시, 누군가 또 그 책들을 달라고 하면, 그럼 어쩌면 책이 없다는 것을 눈치채겠지. 하지만 그 책을 이용한 건 내가 10년 만에 처음이었어. 당시 도서관 직원이 말해 줬거든. 그래서 나는 그 책 세 권을 가져왔지. 논문은 세 달 후 완성되었어. 큰 전문 잡지에 발표했지.

---

32 로마 시대 시인.
33 *Hapax legomena*. 텍스트에서 단 한 번만 나오는 어구.

내 논문은 상당히 많은 관심을 불러일으켰어. 내가 새로 해석한 한 단어를 두고 큰 논쟁이 일었지. 나는 호평을 받고 공격을 받았어. 숱한 서신을 받았고. 에어랑엔의 하제 교수와 그라츠의 마이어 교수는 내 견해를 지지했고 괴팅엔의 유명한 리멘슈미트는 내 연구가 통찰력 있다고 했어. 솔직히 말해, 내가 올바른 뜻을 찾을 수 있었던 건 통찰력 덕분이 아니었어. 내가 다룬 건 고대 농부들이 쓰던 말의 표현이었어. 그런데 우리 부모님과 조상이 농부였고, 그래서 나는 그런 건 훤히 알거든.

잉크, 펜, 종이 그리고 아마 집필 중에 피운 담배 몇 개비에 상당하는 돈을 원고비로 받았어. 내가 번역한 소설은 정확히 그 열두 배의 돈을 벌어다 주지. 그래서 나는 그 책들을 가지고 있었어. 내가 그것들을 훔쳤다고? 그 책들은 쓸모없이 먼지투성이가 되어 대학 도서관의 캄캄한 한구석에 놓여 있었을 거야. 그리고 서적 목록만이 그 책들의 존재를 알았을 테고.」

「그런데 경찰은요, 슈타니! 경찰 말이에요!」슈테피 프로코프가 절망스레 외쳤다.

「아, 경찰! 바로 그 일 때문이었다면 나는 아무 걱정도 하지 않았을 테고 너한테 오지도 않았을 거야. 아니.

그렇지 않아. 그렇게 간단한 일이 아냐. 전부 이야기해 줄게. 이제 이해하기가 훨씬 수월할 거야. 들어 봐.」

하지만 그는 이야기를 계속하는 대신 창가로 가 밖을 내다보고 나지막이 휘파람을 불었다.

「뭐죠?」슈테피 프로코프가 물었다.

「그래. 그러니까, 어디까지 이야기했더라. 책 세 권, 그래. 두 권은 반년 전에 팔았어. 빚이 있었거든. 요하네 스 골목과 바이부르크 골목에 있는 골동품상에 가져갔 지. 하지만 한 푼도 주려 하지 않더군. 그 사람들은 아무 것도 몰라. 고서는 도무지 사려 들지 않지. 한 곳에서는 무게를 달아 사려고 했어.

그러다 괴짜이자 반은 고물 장수고 반은 수집가인 하 일리겐슈타트의 한 애서가 이름을 우연히 듣게 되었어. 그리로 갔지. 그는 정말 책에 대해 뭔가 알더군. 책 한 권 값으로 50크로네를 쳐주었지. 한 달 후 다시 돈이 필 요해서 갔을 때는 또 한 권의 값으로 45크로네를 받았 고. 그 책들은 그보다 가치가 있지만, 특히 두 번째 책은 말이야, 여하튼 납득할 수 있는 가격이었어.

남은 한 권은 팔고 싶지 않았어. 암스테르담의 엔셰 데 & 죄네 인쇄소에서 찍은 칼푸르니우스 시쿨루스의

17세기 호화본으로 가필, 주해, 난외주가 있고 표제지에는 아르트 데 헬데르의 동판화가 있지. 장정은 가치가 상당한 준보석 네 개와 상아 조각 하나로 장식되었고.

그 책은 소장하려 했어. 내내, 그리고 돈이 몹시 궁할 때도 넘기지 않았어. 나는 거의 항상 돈에 쪼들렸지. 한번은 1월에 사정이 너무 안 좋아서 엄동설한에 겨울용 상의를 전당포로 가져갈 수밖에 없었어. 하지만 그 책만은 넘기지 않았지.

그러다 어제 조냐한테서 그 이야기를 들은 거야. 우선 너한테도 다시 설명해 줘야겠군. 모든 걸 말해 줄게. 나는 너무 지쳤어, 슈테피. 그래서 전부 털어놓고 싶어. 우리, 조냐와 내가 최근 자주 싸웠다는 건 너도 알지. 이제는 예전 같지 않았어. 하지만 대수롭게 여기지 않았지. 조냐가 이따금 변덕을 부린다는 걸 알았으니까. 바이너와도 마음대로 교제하도록 내버려 두었어. 일종의 교만이었지. 그 바이너가 나한테서 뭔가를 뺏어 갈 수 있겠어? 이렇게 생각한 거지. 그 바이너가, 나한테서? 그는 잘난 체하는 얼간이야. 관심 둘 가치가 있는 단 한마디 말이나 단 한 가지 생각이라도 그의 입에서 나오는 법을 결코 본 적이 없어. 게다가 비겁하고 음험하고 이기적이지. 나는 생각했어. 그녀 스스로가 그 녀석이 어떤 놈인지 알게 될 거라고.

그러다 어제저녁에 나는 그녀 집으로 갔지. 집에 없더군. 그런데 짐을 싼 여행 가방 둘이 탁자 위에 놓여 있었어. 그래서 집주인 여자한테 물어봤지. 〈네, 아가씨가 여행을 떠난대요.〉 내가 말했지. 〈그렇군요. 어디로요?〉 그래, 모른다더군. 나는 어안이 벙벙했지. 〈휴가를 가기에는 아직 너무 이른데.〉 이렇게 생각했어. 그리고 방 안을 둘러보다가 맨 위에서 쿡 & 선사(社)의 큰 봉투를 보았어.

봉투를 집어 열어 봤지. 승차권철 두 개가 들어 있더군. 하나는 그녀 이름으로 다른 하나는, 법대생 게오르크 바이너 이름으로.

머리를 얻어맞은 것 같았어. 차에 치이거나 신경성 쇼크가 오면 그런 느낌일 거야. 어떻게 그 집에서 나와 층계를 내려갔는지 모르겠어. 나는 낯선 곳에 온 사람처럼 조냐 집 주변 골목에서 30분 동안 배회했고 제대로 길을 찾지 못했지. 그 근방을 내 집처럼 훤히 아는데도 말이야.

그러고 나서 조금 차분해져서 조냐를 찾아 나섰지.

우선 카페로 갔어. 조냐는 거의 매일 카페에 가거든. 그녀에게서 결코 마음에 들지 않는 점이야. 그녀한테 종종 말하곤 했어. 여자가 카페에 가면 안 된다고. 여자를 만나려면 층계 네 개를 올라가서 두근대는 가슴으로 여자 집 문 초인종을 울려야 하는 법이라고. 그리고 처음에는 집에서 여자를 만나지 못하고 헛걸음을 해야 한다고. 그러고 나서 실망한 채 층계를 내려갈 때면 비로소 자신이 여자를 사랑한다는 것을 느낀다고. 하지만 『심플리치시무스』나 『탁블라트』[34]처럼 언제든 보고 싶을 때면 꼭 카페에서 찾을 수 있는 여자는 가치를 잃고 일상이 되어 버린다고.

조냐가 다니는 카페는 네 곳이야. 9시에서 10시 사이에는 대개 카페 코브라에 있고 그곳에서 화가와 건축가몇 명과 교류하지. 그런데 어제는 네 가게 중 어느 곳에도 없었어. 그런데 그녀의 사무실 동료 하나와 마주쳤지. 그 또한 벌써 그녀가 여행을 간다는 걸 알고 있었어. 그는 조냐가 바이너와 함께 베네치아로 떠나려 한다고 확인해 주었지.

10시 정각에 나는 다시 그녀 집으로 찾아갔지만 그녀

34 각각 잡지와 신문 이름.

는 여전히 집에 없었어. 나는 1시까지 그녀 집 앞에서 왔다 갔다 했어. 조냐는 오지 않았어. 1시가 돼도 여전히 돌아오지 않자 나는 더 오래 기다려 봤자 소용이 없다는 걸 깨달았지. 바이너가 머물고 있는 숙소는 리히텐슈타인 거리에 있고 그곳에서 기다렸어야 했던 거지.

그사이 충분히 시간을 들여 상황을 차분히 생각해 볼수 있었어. 조냐가 왜 그랬는지 그 동기에 대해 말이야. 게오르크 바이너 자체에 그녀 마음에 들 만한 구석은 하나도 없다는 것, 그건 분명했어. 전혀 없고말고. 그는 저급한 인간이야. 가끔 포커를 치는 것, 그것이 내가 이따금 그에게서 본 유일한 정신적 활동이야. 더군다나 대부분 지고 말지. 너는 그를 몰라. 하지만 나는 그와 마주칠 때마다 늘, 벌써 예전에, 그가 어떤 사람인지 알기 한참 전에, 늘 완전히 무의식적으로 생각했어. 〈저 개코원숭이는 정말 꼭 사람처럼 걷는군.〉 알겠어? 그 사람을 미워해서가 아니라 정말로 놀랐던 거야. 그가 그렇게 똑바로 잘 서서 걸을 수 있다는 데 말이야. 그리고 생각했지. 저렇게 걸으려면 틀림없이 엄청난 노력이 필요할 텐데 왜 그냥 네발로 기지 않고 그런 고생을 할까? 그런데, 이 개코원숭이가 이제 내게서 조냐를 뺏어 가려는 거야. 정말 웃긴 일이지. 그런데 그녀는 그와 함께 어울려 다니고 말이야. 틀림없이 오직 여행에 대한 기대 때문이야. 조냐는 여행이라면 껌뻑 죽거든. 그녀는 세상을 둘러보고 싶어 하고 어떻게, 누구와 함께 가느냐는 전혀 개의치 않아. 자신을 받아들여 준다면 승무원이 되어 배를 타고, 다른 방법이 없다면 수화물이 되어 여행을 갈 거야. 이 일에 관해서라면 그녀는 유치하기 짝이 없어. 예전에 그녀는 자주 내게 함께 여행을 가자고 했어. 하지만 여행 경비로 들 몇백 크로네가 내게 있던 적은 결코 없었지. 게오르크 바이너에게는 돈이 있어. 그의 아버지는 레오폴트슈타트의 피혁 상인이고. 그래서 나는 확신했지. 오늘 내가 3백 크로네를 마련하면 그녀는 당장 바이너를 내버려 두고 나와 함께 떠날 거라고.」

「슈타니!」 슈테피 프로코프가 말했다. 「진심이에요?」

「물론.」

「어떻게 그녀를 그런 사람으로만 생각할 수 있죠? 어떻게 그녀가 오로지 돈이나 여행이나 그 밖의 것들 때문에 그런다고 믿을 수 있죠? 그녀는 그 사람을 좋아해요. 그와 단둘이 있고 싶은 거라고요.」

슈타니슬라우스 뎀바가 웃었다.

「그와 단둘이? 그 게오르크 바이너와? 네가 그 사람을 못 봐서 그런 거야.」

「슈타니, 당신은 똑똑해요. 그런데도 아이처럼 생각하는군요. 여자들은 당신네 남자들과는 달라요. 남자들은 여자가 못생기면 싫어하죠. 하지만 여자는 곱사등이거나 외모가 흉하게 일그러졌거나 멍청한 남자도 사랑할 수 있어요. 당신은 그걸 이해 못 하고 있어요. 조냐는 절대 당신과 여행을 떠나지 않을 거예요. 당신에게 1천 굴덴 지폐로 가득 찬 지갑이 있다 해도요.」

「그렇군.」 뎀바가 말했다. 「물론 너는 더 잘 알겠지. 하지만 잘 들어, 그녀는 나와 함께 여행을 떠날 거야. 아까 그녀를 만나 이야기를 나눴거든.」 뎀바는 안락의자에서 몸을 뒤로 젖히고 승리감을 만끽했다.

「정말요? 그녀가 그렇게 말했어요?」 슈테피가 물었다.

「물론.」

「그렇다면 유감이네요.」 슈테피 프로코프가 풀이 죽어 나지막이 말했다. 「계속 이야기해 봐요.」

「응. 그러니까 어디서 돈을 구할까 생각하던 차에 책 생각이 떠오른 거야. 그 책은 값어치가 크니까. 아마

6백 크로네나 8백 크로네 정도.

나는 집으로 갔어. 하지만 잠자리에 들지는 않았어. 밤새 안 자고 그 책을 읽었지. 책에 있는 작은 목판화 하나하나에게 작별을 고했어. 온통 그 책에 매달렸지. 그리고 오늘 아침 하일리겐슈타트로 책을 가져갔어.

골동품상은 클레텐 골목 6번지에 살아. 하일리겐슈타트 거리를 지나 세 번째 정류장에서 내린 뒤 왼쪽 첫 번째 샛길로 들어가 한 4~5분쯤 걸어야 하지. 그는 정면에 아주 좁은 창 두 개가 달린 교외의 아담한 3층집에 살고 있어. 이미 전에 그곳에 간 적이 있는데도 오래도록 헤매다가 세 번째로 지나칠 때야 비로소 그 집을 찾았지. 근처 어딘가에 양조장이 있는 게 분명했어. 왜냐하면 골목 전체에 불쾌하고 퀴퀴한 맥아 냄새가 진동해서 도무지 참을 수가 없었거든. 나는 그 냄새가 미칠 듯이 싫어.

그리고 나는 2층으로 올라갔고 손으로 코를 움켜쥐고 있었지. 맥아 냄새가 건물 안과 층계 위까지 따라왔거든.

나는 초인종을 누르고 한동안 기다렸다가 다시 한 번 초인종을 눌렀어. 그러자 발소리와 〈네, 네. 금방 갑니다〉하는 말소리가 들렸지. 그리고 그 노인이 직접 문을 조금 열고 문틈으로 쳐다봤어. 그는 나를 알아보고 쇠사슬을 풀었지. 나는 안으로 들어갔고 그는 나를 작업실로 데려갔어.

이 작업실은 내가 여태껏 본 것 중 가장 이상한 방이야. 침실이면서 사무실이면서 박물관이면서 창고이고 아틀리에처럼 보이기도 해. 그 인간은 그림도 복원하거든. 고상하기 이를 데 없는 예술품 가구와 형편없기 짝이 없는 고물이 마구 뒤섞여 있어. 예를 들자면, 거기에는 호두나무 장롱이 하나 있는데, 아마 초기 바로크 시대 것일 거야. 멋들어진 어두운색 상감 장식이 붙어 있지. 그런데 그 노인은 이 장롱이 아니라 반쯤 망가진 뚜껑 없는 빨래 바구니에 옷을 보관하는 거야. 언젠가 도금된 것이 분명한, 나뭇잎 장식과 귀족 문장이 있는 아름다운 조각 침대가 방 안에 있지만 그 주인은 구석 맨바닥에 놓인 지저분한 빨간색 매트리스 위에서 잠을 자지. 자단으로 마감된 프랑스산 오크 책상이 그곳에 있지만 노인은 형편없는 유리 잉크병이 놓인 기우뚱거리는 탁자에서 작업을 해. 탁자 위에는 또한 루페와 종이 한 더미 그리고 출납 내역을 기재하는 장부가 놓여 있지. 그리고 방 도처에는 은촛대와 고서, 크리스털잔, 도자기상이 널려 있어. 흑단과 진주모로 만든 〈성묘(聖墓)〉도 한구석에 있고. 그건 싼 가격에 산 게 분명해. 그리고 아마 빨리 다시 팔아치우고 싶을 거야. 왜냐하면 그는 갈리시아 유대인이라 〈성묘〉는 분명 별로 좋아하지 않을 테니까 말이야.

작업실의 광경은 그와 같았어. 모든 수집 행위의 덧없음과 무가치함을 느끼게 되지. 아주 아름답고 아주 귀중한 작품들이 그곳에 있는데도 방은 암담해 보이니 말이야. 가족 일곱 명과 잠깐씩 머무르는 하숙인 두 명이 사는 비좁고 어두운 날품팔이네 집이 그보다는 세련될 거야.

그러니까 그는 그 방으로 나를 데려갔고 많은 것을 묻지 않고 내 손에서 바로 책을 집어 갔지. 그는 책장을 이리저리 넘겨보고 고개를 끄덕이고 루페를 들여다보고 물었어. 〈어디서 난 거요?〉 나는 말했지. 〈경매에서요.〉 그는 다시 고개를 끄덕이고 앉아 책을 꼼꼼히 살펴보기 시작했어. 그러고 물었지. 〈왜 이 책을 팔려는 거요? 돈이 필요해서요?〉 그는 갈리시아 악센트로 물었는데 나는 그 말투를 따라할 수 없어. 너도 그 사람들이 어떤지 알잖아. 나는 머릿속으로 재빨리 생각했지. 내가 가난뱅이로 비치지 않는다면 그가 더 많은 금액을 제시할 거라고. 그래서 말했지. 〈아뇨. 더 이상 고서에는 흥미가 없어서요. 지금은 도자기에 완전히 빠졌어요. 타일요, 아시죠?〉

왜 하필 타일이 떠올랐는지 몰라. 그와 마찬가지로 리무쟁 법랑이나 사쓰마 꽃병, 아니면 박물관이나 전시회로만 아는 다른 것들을 말할 수도 있었을 텐데 말이야.

그는 고개를 끄덕이고 빨래 바구니로 가서 낡은 옷가지를 한동안 이리저리 헤집었어. 그러고 나서 페르시아 양식의 오래된 파엔차 타일을 보여 줬어. 머리에 커다란 푸른색 터번을 쓰고 주먹 위에 매를 들고 백마에 탄 사냥꾼을 표현한 것이었지. 사냥꾼은 튤립 화단을 지나고 있고, 백마는 튤립을 짓밟아서는 안 된다는 것을 확실히 아는 양 다리를 뻣뻣하게 쳐들고 있었어.

〈얼마를 원하시죠?〉 내가 물었어. 하지만 그는 됐다는 손짓만 할 뿐 타일을 다시 빨래 바구니 속에 넣었어. 그는 속지 않았던 거야. 내가 돈이 〈필요한〉 가난뱅이라는 걸 바로 알아챈 거지.

그리고 그는 다시 책장을 넘기고 물었어. 〈얼마를 원하시오?〉

〈값어치가 얼마인지 잘 아실 텐데요.〉 내가 말했지.

그는 고개를 이리저리 흔들흔들하고 눈을 꼭 감았다가 다시 책장을 넘기기 시작했어. 그는 뾰족한 흰 수염을 길렀는데 그럼에도 턱이 없는 걸 알 수 있어. 그 왜 턱 없는 사람들이 꽤 많잖아. 얼굴이 입 아래에서 바로 목으로 이어지는 거지. 흡사 닭처럼 보이고. 바이너도 그래. 턱 없는 사람들은 얼굴 전체에 덥수룩하게 수염을 기르지. 그러면 그게 덜 보이니까. 그러지 않으면 매끈하게 면도했을 때 멍청해 보이지. 내 생각에 그건 격세 유전이야. 제2빙하기와 제3빙하기 사이 인간은 그렇게 생겼다고 해. 아니, 이건 농담이 아냐. 선사 인류에 대한 논문에서 실제로 언젠가 읽은 적이 있어. 나는 턱 없는 사람들이 정말 싫어. 그리고 그 노인을 바라보면서 터무니없는 생각이 떠올랐어. 어쩌면 이 턱 없는 사람들이 나머지 세상에 맞서 조직한 비밀 결사가 있다고, 그들이 힘을 한데 모으고 있다고, 어쩌면 이 늙은 고물 장수가 게오르크 바이너와 결탁해 내가 조냐와 함께 이탈리아에 갈 수 없게 헐값만 쳐줄 거라고.

이런 말을 하니 이제 날 미쳤다고 생각하겠지. 물론 잘 알아. 어처구니없는 생각이란 거. 그냥 생각일 뿐이었어. 여하튼 내 예상은 곧 기분 좋게 빗나갔어. 그가 230크로네를 제시한 거야. 그리고 우리는 240크로네로 합의에 이르렀지. 기대한 것보다 큰 액수였어. 알아 둬야 해. 고서에는 초라한 금액만 쳐주거든. 수집가들은 다른 골동품보다 고서에 훨씬 관심이 덜하니까. 240크로네는 납득할 수 있는 가격이고 나는 만족했지.

그는 돈을 가지러 다른 방으로 갔어. 하지만 금방 돌아와 신경질적으로 주위를 둘러보기 시작했지. 의자를 옮기고 책상 서랍을 뒤지고 빨래 바구니를 헤집었어. 그러고 나서 말하길 돈을 보관해 둔 귀중품함 열쇠가 보이지 않는다는 거야. 열쇠공을 불러오는 수밖에 없다더군. 좀 기다려 달라고, 아니면 나갔다가 30분쯤 있다 돌아와도 된다고 했지. 나는 기다리겠다고, 하지만 서둘러야 한다고 말했고.

그는 재차 옆방으로 갔고 나는 그가 누군가와 말하는 소리를 들었어. 그리고 곧 그가 자기 조카와 함께 돌아왔어. 그의 조카는 코르크스크루 컬 머리 모양을 한 수척한 청년으로 열쇠공을 부르러 간다고 했어. 그걸 믿다니 내가 바보였지. 기다릴 수 없다고 말했다면, 바로 돈을 달라고 버텼다면, 아마 일이 다르게 되었을 텐데.

하지만 나는 기다렸고 노인은 그사이 자기가 가진 몇 가지 물건을 보여 줬어. 구리 법랑으로 만든 겨자통, 알록달록하게 칠한 목각상, 풍경이 있는 델프트 꽃병, 홍옥수로 만들어졌고 가위와 끌, 온갖 미용 도구가 든 아름답고 오래된 숙녀용 화장 상자, 거기에는 이상하게도 컴퍼스도 들어 있었어. 18세기 어린 멋쟁이 숙녀가 무슨 목적으로 컴퍼스를 휴대하고 다녔을지 골머리를 앓았던 것이 기억나. 나는 상당히 오래 기다려야 했어. 하지만 의심이 들지는 않았어. 그건 내가 단 한 순간도 범죄를 저지른다는 의식을 품지 않았던 것과 관련 있어. 내가 한 일은 그토록 완전히 부지불식간에 점차 범죄가 되어 갔던 거야. 나는 대학 도서관의 책을 집으로 가져왔어. 하지만 나한테는 전혀 절도로 여겨지지 않았고 오히려 멍청한 사서에게 친 장난과 같았지. 나는 더 이상 쓸모없어지면 즉시 되돌려 놓겠다는 생각으로 책을 가져왔어. 그러고는 오랫동안 책을 가지고 있었지. 하지만 빌린 책을 돌려주는 일은 드문 법이지. 책은 말하자면 새처럼 자유로워. 사람들은 책을 가진 이에게 여

러 번 독촉을 하지만 인내심에 한계가 와서, 혹은 잊어
버리고는 결국 손을 놔버려. 평소에는 아주 정직하고
성실한 사람들이 그런 식으로 자신의 도서관을 만드는
거야. 그런데 아무도 내게 독촉하지 않았어. 그 책은 늘
내 방에 있었고 나는 매일 그 책을 손에 들고 있었지. 그
리고 갑자기 그 책은 완전히 부지불식간에 내 소유물이
되어 있었어. 나는 아무런 양심의 거리낌도 없이 그 책
을 골동품상에 가져갔어. 도서관 도장은 오래전에 지웠
지. 무슨 속이려는 의도에서가 아니라 오히려, 이전 소
유자의 장서표를 없애듯, 그냥 거슬려서 그런 거야. 그
런데 그 늙은 고물 장수가 루페로 도서관 도장의 흔적
을 발견한 게 분명해. 어쩌면 내가 몇 달 전 판 책에서
벌써 낌새를 챈 건지도. 거두절미하고, 초인종이 울렸
고 노인은 문을 열러 가서 두 남자와 방으로 돌아왔어.
그가 〈이 사람이오〉 하면서 나를 가리켰고 두 남자 중
하나가 내 어깨에 손을 얹으며 말했지. 〈법의 이름으로
당신을 체포합니다.〉

그 끔찍한 경악의 순간 나는 내게 일어난 일에 전혀
손을 쓸 수가 없었어. 그 늙은 유대인이 나를 속였다는
걸 아주 희미하게만 느낄 수 있었지. 그의 턱 없는 얼굴

이 갑자기 나를 광분하게 만들었고 나의 두 손이 그의 수염으로 향했지. 두 경찰관은 즉시 나를 덮쳐 끌어당겼어. 그리고 그중 한 사람이 말했지…….

맙소사, 그렇게 당황한 얼굴로 쳐다보지 마, 슈테피! 내가 이렇게 차분하니까 너도 차분히 있어도 괜찮아. 이랬거나 저랬거나 네가 아니라 나한테 일어난 일이잖아. 계속 이야기해도 괜찮겠어? 그래.

어디까지 얘기했더라? 그래. 두 경찰관 중 하나가 말했어. 〈어리석은 짓 하지 말고 얌전히 따라오시오.〉 그리고 다른 경찰관이 말했어. 〈수갑이 차고 싶은가 본데.〉 그렇게 나는 순순히 연행되었지.

유리문을 지나 현관으로 갈 때 나는 뒤를 돌아봤고 고물 장수가 아주 평온하게 책상에 앉아 계속 뭔가를 쓰는 모습을 보았어. 그는 내게 일어난 일에는 더 이상 신경도 쓰지 않았어. 그런 무관심이 다시금 나를 광분하게 했어. 나는 그에게 달려들려 했지만 두 경찰관이 나를 꽉 붙들고 있었어. 드잡이가 벌어졌고 안락의자 두 개가 넘어지고 유리문이 산산조각 났지. 하지만 두 경찰관은 나보다 힘이 셌고 결국 나를 제압했어.

그들은 내게 외투를 둘러 주고 나를 층계로 데리고

내려갔지. 한 사람이 앞장서고 다른 사람은 내 뒤에 있
었어. 층계는 좁고 구불구불했어. 그 낡은 집은 상당히
깜깜해서 한 계단 한 계단 조심스레 발을 옮겨야 했어.
갑자기 내 뒤 남자가 미끄러져 중심을 잃고 바닥으로
넘어졌어. 바로 다음 순간 나는 두 손으로 다른 남자의
등을 밀쳤고 그는 일고여덟 계단 아래로 비트적거렸지.
그리고 나는 층계를 올라갔어. 어떻게 그리됐는지는 모
르겠지만 곧 한 층 전체만큼 거리가 벌어졌어. 나는 계
속 달려 3층으로 그리고 다락으로 갔지. 어떤 현실적인
도주 계획도, 애초의 의도도, 특정한 목적도 전혀 없었
어. 전부 본능적인 행동이었어. 나는 그저 자유롭고 싶
었어. 두 남자에게서 해방되고 싶었어. 다른 생각은 하
지 않았어.

다락방으로 통하는 문은 반쯤 열려 있었어. 나는 그
리로 들어가 열쇠를 뽑고 안에서 문을 잠갔어.

문 두 개가 있는 좁은 방이었고 각 문은 마찬가지로
좁은 골방으로 통했어. 세 방 모두에는 잡동사니가 가
득했지. 부서진 가구, 널빤지, 짚 매트가 널려 있었어.
나는 숨을 곳을 찾아보았어. 숨으려면 숨을 곳이 여러
군데 있었지만 몇 분이면 발각될 터였지. 그곳에서 벗

어날 가능성은 없어 보였고 두 경찰관은 벌써 문을 열려고 씨름하고 있었어.

그리고 이제 돌연 좌절이 나를 덮쳤어. 그때까지는 아무것도 생각할 겨를이 없었던 거야. 이제는 내 앞에 닥친 일을 의식할 수 있었어. 감방에 갇힌 내 모습이 보였어. 너도 알다시피 나는 시골 출신이야. 도시에 있기만 해도 갑갑한데. 감방에서는 숨조차 쉴 수 없을 거야. 그런데 이제는, 내가 뭐 하는지 다 엿듣고 엿볼 테지. 일어나라고 할 때 일어나야 하고. 같이 가자고 명령하면 같이 가야 하고. 질문을 하면 해명하고 답변해야 하고. 다른 이들이 나를 먹거나 자거나 일하게 하고 싶으면 먹고 자고 일해야 하고. 참을 수 없는 일이야! 어제만 해도 자유의 몸이었고 하고 싶은 일을 하고 갖가지 일을 할 수 있었는데. 그 순간, 내가 여러 해 동안 달고 다녔지만 결코 실행하지 않은 계획들이 머릿속을 스쳐 갔어. 쓸데없고 하찮은 일들이지. 가령 빨대로 맥주 한 잔을 전부 마신 적이 한 번도 없다는 사실이 마치 몹쓸 죄처럼 떠올랐어. 그러면 술에 취한다더군. 그런데 아직 한 번도 해보지 않은 거야. 그리고, 오래전부터 계획한 건데, 어떤 낯선 사람의 뒤를 밟는 거야. 그러면서 그가 무슨 일을 하는지, 어떻게 밥벌이를 하는지, 그의 하루가 어떻게 흘러가는지 보는 거지. 또 나는 오늘 시민 공원의 벤치에 앉아 모험을 기다리고 스스로 지어낸 기막힌 이야기로 어떤 아가씨를 깜짝 놀라게 할 수 있었을 테고, 그리고 얼뜨기 사기꾼이 부키 게임을 하는 모습을 전부터 늘 한번 구경하고 싶었는데, 이 모든 것이 내 머릿속을 스쳐 갔지. 어제만 해도 이 모든 일을 할 수 있었을 텐데, 하찮은 일들, 그래, 우스꽝스러운 일들을, 그리고 그것이 자유였어. 또 나는 온갖 궁핍 속에서도 내가 얼마나 부자였는지 깨달았어. 주인으로서 내 시간을 마음대로 쓸 수 있었으니까 말이야. 자유, 이것이 무엇을 가리키는지 그 어느 때보다도 똑똑히 알게 되었어. 그런데 내가 이제 잡혀 있고, 수인이고, 좁은 다락방에서 잡동사니 사이를 오가는 걸음이 나의 마지막 자유로운 걸음이라니. 현기증이 일었고 귓속에서는 이 소리가 째지듯 울렸어. 자유! 자유! 자유! 자유, 이 한 가지 소망으로 가슴이 터질 것 같았어. 단 하루만 더 자유를, 단 열두 시간만 더 자유를! 열두 시간이라도! 그때 나는 경찰관들이 자물쇠를 가지고 씨름하는 소리를 들었어. 곧 그들이 들이닥칠 테고 나는 독 안에 든 쥐 신세였어. 그

래서 결심했어. 잡히지 말고 차라리 죽자고. 진정해, 슈
테피, 질책해 봐야 이제 아무 의미 없으니까.

나는 창가로 갔어. 아래에는 정원이 있었어. 잔디밭
조금, 활짝 핀 라일락 덤불, 원형 꽃밭 몇 개, 꽃밭에는
아마 푸크시아 아니면 팬지 아니면 카네이션이 피어 있
었지. 그 사이에는 나무가 있었고. 한 열린 창문에서는
축음기 음악이 울렸어. 〈오이게니우스 공, 고귀한 기
사.〉[35]

그 노래가 내게 용기를 주었지. 나는 노랫말 〈도시이
자 요새 베오그라드를〉에서 결심을 했지. 〈베오그라드〉
에서 뛰어내리려, 뛰어내리려고 한 거야. 나는 눈을 감
았어. 그런데 〈베오그라드〉가 너무 빨리 왔고 뛰어내리
는 것을 〈다리〉까지 미루었지. 〈그는 놓게 했네 다리를〉
말이야. 그리고 다음 순간 나는 〈건너가도록〉까지 또 한
번 실행을 미루었어. 〈건너가〉, 그래, 그렇게 정했어. 딱
들어맞는 신호였어, 무슨 명령처럼. 나는 바깥으로 한
껏 몸을 숙였고 태양은 내 머리 위를 비췄지. 나는 마지
막 생각들을 환희 속에서 음미했고, 곧 때가 왔어. 건너

---

35 오스트리아 민요 「오이겐 공, 고귀한 기사」. 오스트리아와 터키의
전쟁에서 큰 공을 세운 오이겐 공을 기린다.

가. 나는 홱 뛰었고 허공에 떴어. 그리고 교회 탑의 종소리가 9시를 알리기 시작하는 것을 들었어. 그리고…….」

「그리고?」 슈테피 프로코프가 외쳤다. 그녀는 템바의 어깨를 움켜잡고 부릅뜬 눈으로 그를 응시했다.

「그게 다야.」 템바가 말했다. 「의식을 잃었거든.」

「곧장 의식을 잃었다고요?」 경악해서 사색이 된 슈테피가 속삭였다.

「아니. 곧장은 아니야. 나는 슬레이트 지붕을 타고 미끄러져 내려갔어. 그건 지금도 기억나. 그리고 제비 두 마리가 천창 옆 둥지에서 쏜살같이 날아갔고. 비명 소리를 들은 것도 같았어. 그리고 바로 그 순간 오래전부터 느끼지 않았던, 어머니에 대한 묘한 원망이 일었어. 왜냐하면 한번은, 옛날에 내가 어린아이였을 때 어머니가 나를 땅바닥에 떨어뜨렸거든. 그 당시 나는 몸을 다칠 거라는 두려움, 그리고 어머니가 그토록 비명을 지른 데 대한 유치한 분노가 반반 섞인 감정을 느꼈지. 그런데 그것과 똑같은 감정을 그때 다시 느꼈어. 하지만 나는 곧 의식을 잃었지. 떨어지다가 어딘가에 머리를 부딪혔나 봐. 아마 집 담이나 홈통에 말이야.

정신이 돌아왔을 때 나는 무슨 일이 일어난 것인지

영문을 몰랐어. 생각을 해보려 노력했지. 하지만 되지 않았어. 아무 생각도 할 수 없었어. 몹시 고통스러웠어. 그러다 갑자기 다시 머리가 돌아가기 시작했지. 〈대체 나는 누구지?〉 내 머릿속에 물음이 떠올랐어. 지금 내가 너에게 이야기하는 것처럼 분명한 것도, 말로 정리된 것도 아니었어. 그것은 혼란스러운 공허 속에서 뭔가 단단한 지점을 향해 고통스럽게 손을 뻗고 더듬는 일이 었어. 곧 나는 내가 누구인지 다시 알게 되었고 자신에게 물었어. 〈대체 내가 어디에 있는 거지?〉 그리고 대답이 떠올랐어. 〈내 집 침대 속에 있지. 믹슈가 — 내 룸메이트 말이야 — 곧 올 거야. 일어나!〉 그리고 또 다른 대답. 〈5학년 교실의 맨 뒤에서 두 번째 열에 있는 내 자리에 있지.〉 아니, 어떻게 훤한 대낮에 카페에서 잠드는 일이 일어날 수 있지! 그리고 갑자기 나는 주위의 모든 것을 알아볼 수 있었어. 덤불, 나무, 집 들이 원을 그리며 빙빙 돌았어. 늙은 고물 장수와 구리 법랑으로 만든 겨자통 그리고 두 경찰관이 떠올랐고, 무슨 일이 일어났으며 내가 어디에 있는지 순간 똑똑히 알게 되었지.

축음기는 여전히 돌아가고 있었고 여전히 〈건너가도록〉이 나오고 있었어. 교회 탑에서 9시 종을 치는 소리가 울렸어. 이 모든 것, 그러니까 추락한 일, 기절한 일, 의식을 찾으려 애쓴 일은 다 합쳐 2초 이상 걸리지 않았어.

머리가 끔찍하게 아팠어. 그럼에도 일어서 보려고 했지. 일어설 수 있었어. 옆에는 부러진 나뭇가지 두 개가 놓여 있었어. 나는 호두나무 가지를 뚫고 떨어졌고 그 덕에 추락하는 힘이 완화된 거였어. 나는 걸어 보려고 했어. 다리에서도 이제 가벼운 통증이 느껴졌어. 떨어질 때 몇 군데 피부에 찰과상을 입었던가 봐.

나는 주위를 둘러봤어. 아무도 보이지 않았어. 아무도 나를 보지 못했어. 다만 고양이 한 마리만 정원을 가로질러 허겁지겁 달아났지. 두 경찰관은 아마 여전히 다락방 자물쇠와 씨름하고 있을 터였어.

두통이 사라졌어. 내 외투와 모자가 옆 땅바닥에 놓여 있었어. 나는 그것들을 황급히 집어 들었어. 그리고 안경도. 이상하게도 깨지지 않았더라고. 나는 내가 모래 더미에 떨어졌다는 걸 깨달았고 상의와 바지를 최대한 털었어. 그리고 통로와 열린 대문을 지나 아무도 마주치지 않고 밖으로 나와 골목으로 꺾어 들어갔고 이제 자유의 몸이 되었지!」

슈타니슬라우스 뎀바가 일어났다가 천천히 다시 앉았다. 그는 바닥을 내려다보며 생각에 잠겼다. 그러고는 말했다.

「수갑을 빼면 말이야.」

9

「그래.」템바가 말했다. 「수갑을 빼면. 내가 그 노인에
게 두 번째로 달려들려 했을 때 경찰관들이 내게 수갑
을 채웠다고 했잖아. 고물 장수네 방 유리문 옆에서 말
이야. 이제 아래쪽 정원에 섰을 때 처음에는 수갑을 전
혀 신경 쓰지 않았어. 수갑이 채워졌다는 걸 정말로 의
식하지 못했지. 상의를 털 때조차도 말이야. 나는 자유
의 몸이었어. 내가 원하는 만큼 빨리, 내가 원하는 곳으
로 갈 수 있었어. 사라질 수 있었어. 내가 느낀 건 그게
다였어.

클레텐 골목에는 사람 하나 없었어. 손을 숨길 생각
을 전혀 하지 않았어. 그토록 부주의하고 그토록 경솔
했지. 내게 닥친 불행, 그리고 수갑 속에 숨어 나를 노리
는 위험을 그만큼 과소평가한 거야.

나는 다시 그 역겨운 맥아 냄새를 느꼈고 손으로 코를 움켜쥐었어. 나는 평지를 향한 어느 창가를 지나갔어. 늙은 여자가 닫힌 창을 통해 골목을 바라보고 있었지. 한순간 여자의 얼굴이 무섭도록 겁에 질린 표정이 되었고 놀라서 굳어 버렸어. 입을 벌린 채 나를 응시했고 누구를 부르지도 비명을 지르지도 못했지. 그러자 나도 그 경악한 얼굴과 나 자신에 깜짝 놀라 팔 위로 걸친 외투 속에 두 손을 숨겼어. 그러고는 모퉁이를 돌았어.

나는 이리저리 엉킨 좁은 골목을 지났고 자주 방향을 바꿨어. 그리고 우연이 돕지 않는다면 두 경찰 요원이 더는 나를 찾아내지 못할 거라고 반쯤 확신했지. 이제는 하일리겐슈타트구(區)에서 어서 벗어나려 애썼어. 나는 구걸하는 노인 옆을 지나가다 멈춰 섰고 그에게 크로이처 동전 몇 개를 적선하려 했어. 나를 다시 자유의 몸으로 만들어 준 신의 섭리에 감사하는 뜻으로 50헬러를 주려고 생각했지. 하지만 마지막 순간에 떠올랐어. 〈안 돼. 손을 주머니로 가져가면 들통날 거야.〉 나는 아무것도 주지 않았어. 벌써 말로 감사를 표하고 축복을 기원한 거지는 실망한 눈치였지. 하지만 나는 그를 도울 수 없었고, 이미 받은 〈신께서 수없이 보답하시길, 젊은 나리〉라는 말에 보답하지 못했어. 그리고 다시 길을 걸으면서 비로소 처음 느꼈지. 이 수갑이 짜증을 유발하는 작은 불행 이상이라는 걸. 그것이 실제로 무엇을 의미하는지를 아직은 예감치 못했지만. 그것이 천일야화에서 선원 신드바드의 등에 매달린 저 노인처럼 나를 가차 없이 바닥으로 끌어당길 끔찍하고 숨 막히는 짐이라는 사실을 말이야.

나는 전차 종소리를 들었고 발걸음을 서둘러 작은 공원이 있는 광장으로 갔어. 정류장에 시가전차 한 대가 서 있었지. 그런데 막 전차에 올라탔을 때 벌써 이런 생각이 떠올랐어. 〈아이고, 수갑을 찬 손으로는 차비를 낼 수 없는데.〉 다행히도 전차는 만원이었고 차장은 아직 꽤 먼 곳에 있었어. 나는 얼마간 타고 가다 차장이 가까이에 왔을 때, 목적지에 도달한 양 전차에서 내렸고 다음 정류장까지 걸어갔어. 그렇게 서너 번을 반복했어. 좋은 방법이었지. 나는 곧 다른 구역에 도착했고 안전해졌어.」

「그래서 분명 경찰이 당신을 찾을 수 없을 거라고요, 슈타니?」 슈테피 프로코프가 걱정스레 물었다.

「걱정할 것 없어, 꼬마야. 빈은 큰 도시야. 그리고 만약 고약한 우연으로 두 경찰관과 마주친다 해도 분명 그들은 날 못 알아볼 거야. 그들은 단지 아주 잠깐 동안, 어둑한 낡은 집 안에서 나를 보았을 뿐이니까. 더욱이 난 지금 다른 모자를 쓰고 다른 외투를 입고 있고, 내 생각에 망토는 무엇보다 손을 숨기려는 사람들을 위해 발명된 옷이야. 거기에다 또 한 가지, 이발소에서 콧수염을 영국식으로 잘랐거든. 지금 내 모습이 평소와는 완전히 달라 보이지 않아, 응?」

「그래요. 조금 달라졌군요.」

「그래. 알아보는군.」 뎀바가 만족스레 말했다. 「그런데 말이야, 이발소에서 면도하는 건 간단한 일이 아니었어. 결국에는 잘 끝났지만, 자칫 엄청난 낭패를 볼 뻔했어. 나는 신중을 기했고 가게에 들어가기 전에 어느 집 대문 안에서 주머니의 돈을 꺼내 놓았어. 이발사가 면도하는 동안 내내 50헬러를 손에 쥐고 있었지. 면도가 끝나자 일어났고, 이발사 보조가 나를 털어 주는 동안, 마치 실수인 양 돈을 바닥에 떨어뜨렸어. 보조는 돈을 집어 들었고 나는 벌써 이 훌륭한 아이디어에 흡족해하며 밖으로 나가려 했지. 그때 보조가 말했어.

〈10헬러 더 주십시오.〉

〈왜죠?〉 내가 물었어.

〈40헬러를 주셔야 합니다.〉 보조가 말했지.

〈그럴 리가. 50헬러가 떨어졌는데요.〉

〈아뇨. 30헬러였어요.〉 그가 말하고는 손을 벌려 내게 보여 줬지. 손안에는 정말 30헬러만 있었어. 20헬러 동전 하나가 바닥에서 사라진 거였지. 내가 말했어. 〈20헬러가 아직 바닥 어딘가에 있을 거예요.〉 그는 몸을 숙였고, 그가 동전을 찾느라 내게 주목하지 않는 동안 나는 주머니에서 20헬러를 꺼내 탁자에 놓으려 했지. 그런데 불행히도 그 순간 문이 열리고 한 신사가 들어왔어. 나는 제때 겨우 손을 숨길 수 있었지. 그사이 이 발사 보조는 찾는 데 싫증을 느끼고 말했어. 〈바닥에는 없습니다. 필시 착각하신 모양인데요.〉

〈분명 바닥에 있을 거예요. 틀림없어요. 잘 찾아보세요.〉 내가 대답했지.

하지만 그는 더는 찾으려 들지 않았어. 〈30헬러를 떨어뜨리신 겁니다. 제가 봤다고요.〉

나는 완전히 좌절했지. 〈분명 50헬러였는데.〉 나는 반복해 말했어. 〈잘 찾아봐요. 틀림없이 있을 거라고요.〉 그런데 이제 새로 온 신사가 끼어들어 닳아빠진 20헬러 동전 때문에 자기가 기다려야겠느냐며 투덜댔어. 자기는 바쁘다고. 나는 어찌할 바를 몰랐고 당황한 가운데 시간을 벌려고 말했어. 〈상자 아래도 찾아봤나요? 저리로 굴러갔다고요.〉 이발사가 확인해 보니 정말로, 이런 우연이 또 어디 있겠어, 진짜로 그곳에 돈이 있는 거야. 나는 그 길로 잽싸게 가게를 나왔어. 차에 치일 뻔한 것 같은 기분이었지. 일상에서 그렇게 자주 손이 필요한지는 결코 미처 생각지 못했어. 뇌보다 훨씬 더 자주 말이야. 진짜 그렇다니까, 슈테피.」

「그래서 이제 어쩔 셈이죠?」

「그래.」 뎀바가 말했어. 「내게는 지금 두 가지 과제가 있어. 하나는 2백 크로네를 마련하는 일. 거기에는 네 도움이 필요하지 않아, 슈테피. 나 혼자 해결할 수 있어. 하지만 나는 수갑을 풀어야 해. 그리고 네가 그 일을 도와주면 좋겠어.」

슈테피 프로코프는 침묵하며 곰곰이 생각에 잠겼다.

「나는 네게 모든 걸 말했어, 슈테피. 오직 너에게만 모든 걸 말했지. 내게 죄가 있는지 없는지 판정해 줬으면 좋겠어. 나는 전부 이야기했어. 모든 동기를 말이야.

내가 무고하다고 생각해?」

슈테피 프로코프가 고개를 저었다.

「아뇨.」

뎀바는 입술을 깨물었다.

「나를 돕지 않겠다는 거네?」

「아, 아니요. 도울 거예요. 수갑 좀 보여 줘요!」

「안 돼.」뎀바가 말했다. 「네가 만약 내가 잘못했다고 생각한다면 네 도움은 받지 않을 거야. 나를 죄인으로 생각하면서 왜 날 도우려는 거지?」

「아까 말했잖아요, 슈타니.」슈테피가 조용한 목소리로 간곡히 말했다. 「여자는 못생기거나 멍청한 남자도 사랑할 수 있다고요. 나쁜 사람도 마찬가지고요, 슈타니. 수갑 좀 보여 줘요.」

「안 돼.」뎀바가 말하고는 의자를 밀어 슈테피에게서 떨어졌다. 「왜 보여 달라는 건데?」

「도와주려면 미리 봐야 하지 않겠어요, 슈타니.」

슈타니슬라우스 뎀바가 불안하게 문 쪽을 주시했다.

「누가 올 거야.」

「아무도 안 와요. 아직 식사 중이에요.」슈테피 프로코프가 말했다. 「식사가 끝나야 아빠가 와서 소파에 앉는걸요. 좀 보여 줘요.」

슈타니슬라우스 뎀바가 머뭇머뭇 천천히 망토에서 손을 꺼냈다.

「네가 나를 범죄자로 여기든 말든 근본적으로 내게는 아무 상관 없어. 나는 오직 나 자신만을 나의 판관으로 인정하니까.」그는 확신에 찬 이 말이 거짓임을 드러내는 불안한 눈길로 슈테피 프로코프를 바라보았다.

「수갑이 이렇게 생겼군요!」슈테피 프로코프가 나지막이 말했다.

「뭐 다르게 생겼다고 생각했어?」뎀바가 묻고는 서둘러 다시 외투 속에 양손을 감췄다. 「팔찌 두 개와 가는 사슬 한 개. 수갑! 보기와는 아주 다른 느낌을 주는 말이지. 전혀 해될 것 없는 느낌 말이야. 나는 이 말을 들을 때면 늘 겨울철 썰매 타기 혹은 궁중 광대의 복장을 떠올리곤 했어. 수갑, 멋지게 들리는 말이지. 하지만 마치 손에 사령관 아브넬의 나병[36]이 생긴 듯 불쾌하기 그지없어.」

「사슬이 아주 가늘어요.」슈테피 프로코프가 확신에

---

36 아브넬은『구약 성서』에 나오는 인물. 요압이 아브넬을 살해하자 다윗은 요압의 집안에 백탁병자, 나병 환자 등이 끊이지 않을 것이라 저주를 말한다. 이 대목을 암시하는 것으로 보인다.

차 말했다. 「줄칼로 어렵지 않게 끊어 낼 수 있을 거예요.」 그러고 일어섰다. 「아버지한테 공구 바구니가 있어요. 조금만 기다려요. 줄칼을 가져올 테니.」

그녀는 줄칼 두 개를 가지고 돌아왔다. 하나는 큰 것이었고 하나는 작은 것이었다. 「이제 사슬을 최대한 팽팽히 하고 있어야 해요. 그래야 좋아요. 자, 빨리요.」 그녀는 강철 사슬에 줄질을 하기 시작했다.

「경찰이 당신을 찾는다면, 슈타니, 어떻게 될까요?」 그녀가 물었다. 「손 좀 가만히 있어요. 그러지 않으면 소용 없어요.」

「2년 징역이지.」 뎀바가 대답했다.

「2년요?」 슈테피 프로코프가 하던 일을 놓고 소스라치며 올려다봤다.

「응. 대략 그 정도. 2년 징역.」

슈테피 프로코프는 더는 말이 없었고 격렬한 에너지로 사슬을 끊어 내려 애썼다. 지치지 않고 쉼 없이 줄질을 해댔다.

「그래.」 뎀바가 말했다. 「그게 무서운 점이야. 죄와 벌의 이 불균형 말이야. 2년간의 고문! 2년간의 끊임없는 학대.」

「조용!」슈테피 프로코프가 주의를 주었다. 「그렇게 시끄럽게 말하지 마요. 방 안에서 다 듣겠어요.」

「2년간의 고문!」뎀바가 나지막이 말했다. 「이렇게 제 이름으로 불러야 옳아. 감옥, 이것은 마지막 남은 학대, 그것도 가장 심한 학대야. 소소한 고문들, 가령 공중에 매달거나 나사로 엄지를 죄는 형벌은 폐지되었지. 하지만 모든 고문 형벌 중 최악의 것, 바로 징역은 여전히 유지되고 있어. 우리에 갇힌 짐승처럼 밤낮으로 좁은 감방에 감금되는 일, 이게 고문이 아니고 뭐야.」

「움직이면 안 돼요, 슈타니. 그러면 줄질을 할 수가 없다고요.」

「알았어. 그리고 사람들은 이를 알면서도 산책을 하고 극장에 가고 식사를 하고 잠을 자지. 같은 시간에 다른 수많은 이들이 징역이라는 고문을 당하고 있는데도 누구도 식욕을 잃지 않고 누구도 안락함을 잃지 않고 누구도 건강한 잠을 방해받지 않아. 〈2년 징역〉이라는 이 말을 뼛속들이 실감할 수 있다면, 속속들이 사고할 수 있다면 응당 공포와 경악으로 울부짖을 텐데 말이야. 하지만 사람들은 감각이 무뎌. 바스티유가 점령당한 것은 단 한 번뿐이지.」

「그래도 형벌은 필요하잖아요.」

「그래? 물론. 형벌은 있어야지. 잘 들어, 슈테피, 비밀을 하나 털어놓을게. 화들짝 놀라지는 말고. 사실 형벌은 필요 없어.」

뎀바가 숨을 들이마셨다. 그는 흥분해서 벌게진 얼굴을 하고 쉰 목소리로 더듬더듬 열광적으로 말을 이었다.

「형벌은 필요 없다고. 형벌은 정신 나간 짓이야. 형벌은 인류가 공황에 빠졌을 때 몰려가는 비상구야. 지금 일어나고 있고 앞으로 일어날 모든 범죄에 대한 책임은 형벌에 있어.」

「무슨 소리인지 이해가 안 돼요, 슈타니.」

「인류에게 벌할 권리가 있다는 것, 이것이 모든 정신적 후진성의 원인이야. 만약 형벌이 없다면, 모든 범죄를 불가능하고 불필요하고 가망 없게 만들 방법을 오래전에 찾았을 거야. 교수대와 감옥이 없었다면 우리가 모든 면에서 얼마나 큰 발전을 이루었을까. 우리는 불이 붙지 않는 집을 지었을 테고, 그러면 방화범도 없었을 거야. 한참 전에 무기가 사라졌을 테고, 그러면 살인마도 없었을 거야. 모두가 필요한 것, 열망하는 것을 가졌을 테고, 그러면 도둑은 없었을 거야. 가끔 이런 생각이 들어. 병이 범죄가 아닌 것이 얼마나 다행인가 하고 말이야. 그렇지 않다면 우리에게 의사는 없고 판관만 있었을 테지.」

「가만히 좀 있으라고요, 슈타니! 그러면 사슬을 끊을 수 없다고요.」

「바로 옆집에 사는 부인네 조그만 여자아이가 늘 생각이 나. 그 아이 역시 벌을 주는 테미스[37]와 한번 마주친 적 있지. 어머니가 아이와 함께 전차에서 뛰어내리다 넘어졌어. 아이는 다음 차량의 보호 장치에 깔려 다리 하나가 으스러졌고 다리를 절단해야 했지. 두 사람, 어머니와 아이는 이제 아마 충분히 비참하고 불행할 거라고, 사람들은 생각하겠지. 하지만 아니야! 그게 다가 아냐. 이제 비로소 정의가 다가와 벌을 주려 하지. 어머니는 과실죄로 고발을 당해. 그리고 유죄 판결을 받아. 1천 크로네 벌금형이 내려지지. 그녀는 우체국 직원이던 남편을 먼저 떠나보냈어. 그래도 1천 크로네가 있었는데, 아이를 위해 남겨 둔 돈이었지. 불구가 된 아이는 이제 그에 더해 걸인처럼 가난해질 수밖에 없어. 정의가 그것을 원하니까. 아이는 굶주릴 수밖에 없다고. 봐,

37 그리스 신화에 나오는 정의의 여신.

172

지상의 판관이 벌을 내리면 이런 식이라고! 그런데 〈형벌〉이라는 비열한 망상에 빠진 이 판관들의 손에 나를 맡겨야 했을까? 이제 마침내 끝난 거야, 슈테피?」

　「아뇨! 안 돼요! 사슬이 너무 단단해요. 안 돼요, 슈타니!」 슈테피가 좌절과 절망에 빠져 흐느끼며 슈타니슬라우스 뎀바의 불행한 손을 쳐다보았다.

10

「무슨 일이야, 요 원숭이 녀석! 우는 것 같은데! 무슨
일이 있었던 거니?」

슈테판 프로코프 씨가 갑자기 방에 들이닥치는 바람
에 뎀바는 손을 외투 속에 도로 넣을 겨를이 없었다. 그
는 안락의자에 계속 뻣뻣이 앉아 있었고 순간 탁자 아
래에서 손을 위한 긴급 도피처를 찾았다.

「둘 사이에 뭐 일이 있었나요?」 프로코프 씨가 뎀바
에게 물었다.

「아무 일도요.」 뎀바가 황급히 말했다. 「슈테피는 제
강아지가 차에 치여서 우는 거예요. 그래서 저렇게 감
정이 복받친 거예요.」 그는 프로코프 씨가 소파 쪽으로
다가가는 모습을 몹시 불안하게 지켜보았다. 소파에서
는 탁자 아래가 보였다.

「치였다고요?」프로코프가 물었다.

「네. 정육점 차에요.」템바의 손은 의자 한쪽 등받이 뒤에서 엄폐 장소를 찾으려 했지만 프로코프 씨가 방을 순회하기를 갑자기 멈추고 그의 앞에 서는 바람에 서둘러 다시 탁자 아래로 돌아갈 수밖에 없었다.

「개를 기르시는지는 전혀 몰랐는데요, 템바 씨. 우리 집에 살 때는, 아직도 아주 똑똑히 기억나는데, 죽을 만큼 개를 싫어하지 않았나요?」프로코프 씨가 소파에 푹 기대고 앉았다.

「우연히 주웠어요.」템바가 말했다. 탁자 아래 공간은 도피처로는 그 가치가 미심쩍은 곳으로 드러났다.

「어떻게 생겼나요?」프로코프 씨가 궁금해했다.

「작은 갈색 얼룩무늬 핀셔예요. 기억 안 나세요? 한 번 데려왔었는데.」템바가 이야기하며 폭이 넓은 의자 등받이를 자신과 프로코프 씨 사이로 옮기려 애썼다.

「기억이 나는 것 같군요.」프로코프 씨가 파이프에서 연기구름을 공중으로 뿜었다.「그런데 이름이 뭐였죠?」

「키루스요.」템바가 말했다. 순간 그에게는 오늘 아침 만난 그 적의 이름 말고는 다른 이름이 떠오르지 않았다. 프로코프 씨는 지금 막 파이프를 털어 내고 있었고 이 순간을 재빨리 이용해야 했다.

「키루스. 맞아요.」프로코프 씨가 말했다. 「개한테는 우스꽝스러운 이름이군요. 행복하게 하늘나라로 갔나요? 아, 명복을 빌어요. 원숭이야, 그만 좀 흐느끼럼. 들어가 봐. 밥이 식었다.」그가 하품을 했다. 그는 식사 후면 늘 졸음이 몰려왔다. 「그건 그렇고. 오늘 오후에는 사무실 안 나가니?」

슈테피가 일어나 앞치마를 매끈하게 펴고 뎀바의 손을 향해 은밀한 눈길을 던졌다. 그의 손은 여우가 굴 속으로 들어가듯 이제 막 망토 속으로 사라지려던 차였다. 곧이어 그녀는 다른 방으로 갔다. 문은 열린 채였고 삶은 소고기와 녹은 버터 냄새가 들어왔다.

이제 뎀바는 일어나서 서랍장 위에 놓인 온갖 조그만 장식품들을 관찰했다. 흰 족장 수염을 달고 빨간 광대버섯을 우산으로 쓴 난쟁이, 도자기로 만든 고양이 가족 그리고 대추야자나무와 함께 선 아라비아 천막, 이것은 슈테피의 아버지가 코르크 마개로 만든 예술 작품이었다. 프로코프 씨는 이런 작업을 아주 좋아했다. 방에는 낡은 성냥갑만으로 만든 바느질함도 있었고 벽에는 사용한 우표로 만든 황제상이 걸려 있었다.

「원숭이야, 가서 내 맥주 좀 가져다 다오!」 프로코프 씨가 명했다. 「식탁에 놓고 왔단다.」 슈테피가 맥주를 가져왔다. 그는 잔을 비우고 파이프를 내려놓았다. 그러고는 얼굴을 벽 쪽으로 돌렸다. 몇 분 뒤 그는 잠들어 있었다.

이제 슈테피가 발끝으로 살금살금 슈타니슬라우스 뎀바에게 다가왔다.

「슈타니! 이제 우리 어쩌죠? 맙소사, 이제 어쩌죠?」

「거짓말을 둘러대어 잘 빠져나왔잖아. 오늘 아침 이후로 아흔여섯 번째 거짓말이야.」 뎀바가 말했다.

슈테피 프로코프가 다시 흐느끼기 시작했다.

「어떻게 이런 불행이! 이런 불행이!」

「울지 좀 마.」 뎀바가 퉁명스레 말했다. 「그래 봐야 아무 소용 없다고. 우리 한 번 더 해보자.」

「안 돼요. 안 될 거예요. 할 수 있는 한 줄질을 하고 긁어 봤지만 사슬은 처음과 다를 바가 없어요. 끊어 낼 수가 없어요. 특수한 강철로 만든 게 분명해요. 우리 이제 어쩌죠, 슈타니?」

「울지 좀 말라니까! 그만 울어. 아버지 깨시겠다.」 슈타니슬라우스 뎀바는 손으로 서툴게 슈테피의 머리를

178

쓰다듬으려 했다. 두 마리 짐말처럼, 두 마리 노새처럼 서로 팽팽히 묶인 두 손, 가련한 동시에 우스꽝스러운 꼴이었다. 고집스레 함께 걸으며 떨쳐 낼 수 없는 말없고 지루한 동행자, 슈타니슬라우스 뎀바의 왼손이 딱 그랬다.

뎀바가 팔을 내렸다. 슈테피가 울음을 그치고 불쑥 말했다.

「그런데 열쇠 구멍이 있잖아요. 분명 열쇠로 열 수 있을 거예요.」

「물론이지..」

「집에 그런 작은 열쇠가 잔뜩 있어요. 현관 벽에 상자가 걸려 있는데 그 안에 그런 열쇠가 스무 개인가 서른 개 있어요. 하나 정도는 맞을 거예요! 우리 한번 다 끼워 봐요.」

그녀는 작은 열쇠를 한 움큼 가져와 창턱 위에 소리 없이 하나씩 줄지어 늘어놓았다.

그녀는 첫 번째 열쇠를 끼워 보았다.

「저기 식당에 있는 시계의 열쇠예요. 무용지물이네요. 너무 커요.」

그녀는 두 번째 열쇠로 손을 뻗었다.

「이건 내 바이올린 상자의 열쇠예요. 이것도 너무 크군요. 열쇠 구멍에 들어가지도 않아요. 잠깐요, 어쩌면 이건 맞을지도. 엄마가 귀고리와 복권 두 장을 넣어 둔 상자의 열쇠예요. 이것도 아니네요.」

그녀는 열쇠 전부를 순서대로 끼워 보았다. 하나도 맞지 않았다. 딱 하나가 열쇠 구멍에서 돌아갔지만 그럼에도 자물쇠는 열릴 줄을 몰랐다.

그녀는 잠시 생각에 잠겼다가 머뭇머뭇 앞치마 주머니에 손을 넣었고 작은 열쇠 하나를 내보였다.

「내 일기장 열쇠예요. 일기장에 자물쇠가 있어 잠글 수 있거든요. 이게 분명 맞을 거예요.」

「관둬. 그것도 보나마나 안 맞을 테니.」

「아뇨! 그렇지 않아요! 한 번만 해볼게요. 봐요, 안 되네요! 이것도 안 맞네요. 너무 작아요.」

그녀가 도움을 청하듯 슈타니슬라우스 뎀바를 바라보았다.

「슈타니! 너무 작아요! 이제 어쩌죠?」

「열쇠를 만들어 와야 해.」 뎀바가 말했다. 「열쇠공한테서 말이야. 납형을 떠야겠어. 밀랍을 어디서 구하지?」

「집에 있어요.」

「어째서 집에?」

「내가 그림을 그리거든요. 당신도 알잖아요. 내가 꽃과 새와 장식을 비단 띠와 리본에 그린다는 거. 이때 독특한 방법을 쓰는데 거기에 밀랍이 필요하거든요. 물감과 닿으면 안 되는 특정 부위에 액체 밀랍을 써요. 큰 조각이 아직 집에 있어요. 기다려요. 금방 가져올 테니.」

그녀는 밀랍 조각을 가지고 돌아와 두 자물쇠의 납형을 떴다.

「그걸 열쇠공한테 가져가.」 뎀바가 말했다. 「하지만 조심해야 해. 그리고 어떻게 말할지 잘 생각해야 하고. 열쇠공이 의심을 품지 않게 말이야.」

「아뇨. 열쇠공한테는 가지 않을 거예요. 우리 집 맞은편에 사는 가족이 있는데 그 집 장남이 큰 작업장의 수습공이에요. 솜씨가 썩 좋죠. 우리 집 자물쇠를 자주 수리해 줬어요. 지금은 점심때니까 틀림없이 집에 있을 거예요. 그 사람한테 내 일기장 열쇠를 잃어버렸다고 할게요. 그가 읽으면 안 되는 내용이 있어서 일기장은 가져올 수 없다고 말할 거예요. 그래서 납형을 떴다고, 그렇게 말할래요. 그러면 전혀 의심을 품지 않겠죠. 자, 기다려요. 금방 다녀올게요.」

5분이 지나자 그녀가 돌아왔다. 기쁨으로 얼굴이 빨갛게 달아올랐고 몹시 흥분한 모습이었다.

「다 잘됐어요. 처음에 그는 꼭 필요하다며 일기장을 가져오라고 했어요. 그 사람은 내 환심을 사려 안달이고 일기장에 자기 얘기가 있는지 알고 싶어 하니까요. 그래서 일기장을 가져오라는 거죠. 하지만 적당히 둘러댔죠. 8시, 그때 그가 일을 마치고 오면 내게 열쇠를 줄 거예요.」

「8시까지 기다려야 해?」

「네, 8시요. 그보다 빨리는 안 돼요. 그때까지는 기다려야 해요. 이러면 어떨까요? 당신은 집에 틀어박혀 있고 아무도 방에 들이지 않는 거예요. 그리고 8시에 내가 당신 집으로 열쇠를 가져다주는 거죠. 내가 초인종을 누르면 당신이 직접 문을 열어 줘야 해요. 누가 날 볼까요?」

「아니.」

「혼자 있을 건가요? 어떤 신사분이랑 함께 살잖아요.」

「믹슈 말이야? 저녁이면 출근하고 없어.」

「당신 방이 어떤지 궁금해요. 당신 집에 한 번도 간

적 없잖아요. 분명 완전 난장판이겠죠. 내가 정리해 줄게요. 예전에 당신이 우리 집에 살 때는 내가 허구한 날 당신 책상을 정리해 줬잖아요. 이제 내가 갈 때까지 집에 가서 기다려요. 외출하면 안 돼요, 슈타니! 그럼 들통날 테니까. 약속해 줘요, 슈타니.」

하지만 슈타니슬라우스 뎀바의 머릿속은 돈으로 라이벌을 물리치는 생각으로 온통 가득했다. 그 때문에 그는 모든 현명함과 모든 조심성을 잊었다.

「그건 안 돼.」그가 말했다. 「지금 집에 갈 수는 없어. 아직 믹슈가 집에 있어. 저녁이 되어야 나갈 거야. 아까 말했듯 나는 그사이 할 일도 있고. 돈을 마련해야 한다고.」

「조냐를 위해서죠. 알아요.」슈테피가 말하고는 고개를 끄덕였다.

뎀바는 번거로운 방식으로 머리에 모자를 얹었다. 기괴할 만큼 일정하게 두 손을 움직이는 모습이 이집트 왕 무덤의 벽화에 그려진 모습을 연상시켰다. 그러고 나서 그는 일어났다.

「슈타니!」슈테피 프로코프가 말했다. 「슈타니, 그래도 어딘가에 틀어박혀 아무에게도 보이지 않아야 해요.

내 말대로 해요. 만약 누군가 발견하면 위험 ─」

그녀가 말을 멎었다. 저쪽 소파에서 프로코프 씨가 몸을 움직였던 것이다. 두 사람은 소파 쪽으로 귀를 기울였다.

「뭔가 들었을까?」 뎀바가 속삭였다.

「아니에요.」 슈테피가 나지막이 답했다. 「절대 잠에서 깬 게 아니에요. 슈타니, 내 말대로 해요! 만약 누군가 당신이…….」

「꼬마야! 바로 그 점이 나를 짜증 나게 해.」 뎀바가 목소리를 죽여 말했다. 「자, 이 수갑을 찬 상태에서 나는 세상으로부터 떨어져 있어. 다른 수백만의 사람들과 맞서 완전히 홀로 서 있다고. 누군가 수갑 찬 내 손을 한 번이라도 슬쩍 보게 된다면 그 사람은 그 순간부터 내 적이고 나는 그 사람 적이야. 그가 전에는 평화스럽기 그지없는 사람이었더라도 말이야. 그는 내가 누군지 묻지 않고, 내가 무엇을 했는지 묻지 않고, 나를 뒤쫓는 거지. 멧돼지, 아니면 여우나 노루가 갑자기 길거리를 질주한다 해도, 내 외투가 바닥에 떨어져 내 손이 드러날 때보다 더 무자비하고 격렬하게 뒤쫓지는 않을 거야.」

「그래요!」 슈테피가 말했다. 「내가 하려던 말이 그거예요.」

「하지만 그 점이 나를 유혹해, 슈테피. 내 마음을 끌어당긴다고. 나를 알아보지 못하는 수백만의 적 사이를 유유히 자신 있게 뚫고 지나가며 그들을 비웃는 거지. 오늘 아침에는 하마터면 들통날 뻔했지만. 그 점에서 나는 아직 초보자였어. 그러나 이젠…… 사람들에게 손을 드러내지 않으려 내가 벌써 무슨 비법을 터득했는지, 너는 믿을 수 없을 거야. 이 짓거리가 오늘 저녁이면 끝난다는 점이 내게는 거의 아쉬울 지경이야. 오늘 저녁 8시, 맞지? 그럼 안녕.」

슈테피는 집문 앞까지 그와 함께 갔다.

「그럼 이제 어디로 갈 건데요?」 그녀가 말했다.

「일하러 가야지!」 뎀바가 말하고는 계단을 내려갔다.

11

에슬링 골목에 사는 법정 변호사의 부인인 히르슈 박사가 숨을 조금 헐떡이며 남편의 개인 사무실로 들어왔다. 그녀는 곧장 변호사 책상 옆에 있는 의뢰인용 가죽 안락의자에 털썩 주저앉아 가쁜 호흡으로 한숨을 내쉬고는 남편에게 지폐 몇 장을 내밀었다.

「말해 봐요, 로베르트. 이 80크로네를 어떻게 해야 하죠?」

「마침 노이발데크에 있는 〈엘프리데〉 빌라의 강제 경매 건에 대한 서류가 있는데. 방이 열두 개, 하인방, 차고, 멋진 정원에 전차에서 2분 거리. 가서 경매에 참가해요!」

「됐어요. 장난은 그만둬요. 난처한 지경에 처했다고요. 이 돈을 가지고 있어야 할지 아닐지 모르겠어요. 게오르크와 에리히의 가정 교사인 뎀바 씨의 월급이에요. 그런데 그 사람이, 글쎄, 돈을 받으려 들지 않네요.」

「월급? 오늘이 1일이던가요?」

「아뇨. 하지만 오늘 미리 달라더라고요.」

「그런데 받으려 들지 않는다?」 변호사가 시가 재를 털어 냈다.

「그래요. 무슨 일이 있었는지 이야기해 줄게요. 잘 들어 봐요. 15분 전에 초인종이 울리고 안나가 들어와서 말했죠. 마님, 뎀바 씨가 오셨어요. 나는 놀라서 생각했죠. 2시가 넘은 지금 시각에 무슨 볼일이지? 애들은 4시까지 학교에 있고 그도 그걸 아는데. 나는 요리사와 정산을 하던 차라 그에게 전하라고 시켰죠. 살롱에서 몇 분 기다려 달라고, 금방 간다고, 그사이 자리에 앉아 계시라고요. 그리고 요리사와의 일을 마치고 그리로 갔죠.」

히르슈 박사는 잠시 숨을 멎었다 가볍게 한숨을 내쉬었다. 이로써 자신이 하루하루의 생활에 필요한 갖가지 일에 얼마나 심하게 시달리는지를 내비치는 듯했다. 그러고 난 뒤 그녀가 말을 이었다.

「그런데 들어가니까 그가 화들짝 튀어 오르는 거예

요. 설탕통에 손을 대는 모습이 들통날 때 꼭 하녀가 그러는 것처럼요. 당신도 알다시피 우리 하녀 안나는 평소 행실이 좋지만 슬쩍 설탕에 손대는 일은 좀체 그만 둘 줄 모르죠. 어쨌든, 그 사람은 뭔가 금지된 일이라도 한 것처럼 보이기도 했어요. 완전히 당황한 모습이었죠. 나는 말했어요. 〈그냥 앉아 계세요, 뎀바 씨!〉 그러면서 또 생각했죠. 이 사람이 왜 이렇게 당황하는 걸까? 시가 생각은 꿈에도 못 했어요.」

「무슨 시가요?」 변호사가 물었다.

「기다려 봐요. 곧 말해 줄게요. 어쨌든 그가 자리에 앉자 내가 물어봤죠. 〈자, 선생님? 무슨 일 있나요?〉 그가 말했어요. 〈부인, 그냥 제가 14일 동안 여행을 떠나야 한다는 말씀을 드리려고요.〉 〈몹시 유감스러운 얘기군요.〉 내가 말했죠. 〈학년 중간. 그것도 학업 성취도 평가 회의 전인데. 게오르크한테 선생님이 필요하지 않겠어요? 무슨 일이 그리도 급한데요?〉 〈중요한 집안일입니다.〉 그가 말했어요. 〈다음 두 주 동안에는 게오르크한테 보충이 필요 없을 겁니다. 에리히는 말할 것도 없고요. 아이들 둘 다 전 과목에서 우수합니다. 그리고 게오르크가 조금 약한 수학의 경우 다음 학교 과제가 4주

189

후에나 있기도 하고요.〉

〈그럼〉, 내가 말했어요. 〈아이들한테 선생님이 없어도 된다고 생각하시면, 혹시 선생님을 대신할 다른 친구분을 보내 주실 수 있나요?〉

〈그럴 필요는 없을 겁니다.〉 그가 대답했죠. 〈그런데 부인께 부탁드릴 게 있습니다만……〉 거두절미하고 말할게요. 한 달치 수업료를 오늘 미리 줄 수 있느냐는 거예요. 그런데 당신도 알다시피 나는 별로 좋아하지 않잖아요. 가정 교사한테 가불해 주는 거. 그래도 말했죠. 〈당연히 드려야죠.〉 여행에 돈이 필요하다니까요. 그리고 지갑을 집어 80크로네를 꺼냈어요. 원래대로라면 그보다 적은 액수가 맞죠. 여행 기간에 대해서는 당연히 수업료를 안 줘도 되니까. 하지만 생각했죠. 그 덕에 게오르크가 수학 시험을 통과했고, 그가 아이들을 가르친 이후로는 이제 우리 집에 낙제 통지서가 단 한 번도 오지 않았지. 그리고 이 사람한테는 한 푼 한 푼이 소중하고. 그러니 몇 굴덴을 제해서 뭐하겠어 하고요. 안 그래요?」

「물론이죠, 여보.」 변호사가 말했다.

「그래서 지갑에서 80크로네를 꺼내고 지갑을 다시

집어넣는데…… 갑자기 이상한 탄내가 나는 거예요. 주위를 둘러보고 그 사람에게 물었죠. 〈선생님, 무슨 냄새 안 나나요?〉 그러자 그도 코로 공기를 들이마시고는 그러는 거예요.

〈안 납니다, 부인. 아무 냄새도 안 나요.〉

〈하지만 방 어딘가에서 분명 뭐가 타는 것 같은데요.〉 내가 말했죠. 그 순간에 벌써 시가가 그의 외투를 태워 구멍이 뚫리고 연기가 나는 걸 봤어요. 그는 기다리는 동안 시가에 불을 붙였고 내가 들어오는 소리를 듣고는 얼른 그걸 외투 속에 감춘 거죠. 왜 그랬는지는 모르겠지만. 처음에는 생각했어요. 그가 시가 상자에서 당신의 버지니아산 시가를 슬쩍했을 거라고. 당신은 그 상자를 늘 열어 둔 채로 방에 두잖아요, 로베르트. 당신한테 골백번도 넘게 말했죠. 상자를 열어 둔 채로 늘어놓지 말라고요. 안나가 만나는 탄약 장교가 있는데 안나는 그와 데이트하러 가는 저녁마다 두세 개비를 슬쩍해가요. 그런데 당신은 귓등으로도 안 듣죠! 안 그래요?」

「그래, 여보.」변호사가 말했다.

「그래서 생각했죠. 아마 그가 당신의 버지니아산 시가 한 개비를 가져가 외투 속에 숨기려 했다고. 그래서 내가 방에 들어왔을 때 그가 그토록 당황한 거라고. 나는 외쳤어요. 〈뎀바 씨, 당신 외투가 타 구멍이 뚫렸어요.〉 그 사람은 벌떡 일어나 시가를 바닥에 떨어뜨렸어요. 그런데 그건 버지니아산 시가가 아니었어요. 작고 두꺼운 거였죠. 당신은 전혀 피우지 않는 그런 거요. 그가 직접 가져온 게 분명했어요. 그렇다면 그는 왜 그것을 숨겼을까요? 그걸 모르겠어요. 어쨌든 한마디로 요약하자면, 그는 시가를 떨어뜨렸고 시가는 양탄자 위에서 연기를 냈어요. 그 작은 양탄자 있잖아요. 두 해 전 집주인에 대한 명예 훼손 소송을 진행해 준 보답으로 레기네 숙모한테 받은 거요. 그러니까 불타는 시가가 그 양탄자에 떨어진 거예요. 나는 정말이지 화들짝 놀랐어요. 그런데 그 사람은 자기와는 아무 상관 없는 일인 듯 태연히 서서 양탄자가 타 구멍이 나는 걸 지켜보는 거예요. 시가를 주울 기색은 하나도 없이요.

나는 외쳤죠. 〈선생님, 시가 좀 주워 주시지 않을래요? 양탄자가 망가지는 게 보이잖아요!〉 그 사람은 얼굴이 새빨갛게 달아오르고 몹시 당황해 헛기침을 하고 더듬더듬 아무 말도 못 하다가 마침내 말하더군요. 〈죄송합니다, 부인. 몸을 숙일 수가 없어서요. 의사가 그러

192

지 말라고 했거든요. 몸을 숙이는 즉시 객혈을 한다고 그랬어요.〉 이런 소리 들어 본 적 있어요? 어떻게 생각해요?」

변호사가 이에 〈흠〉 하고 말했다.

「그러니 뎀바 씨가 몸을 숙일 수 없다면 내게 남은 방법이 뭐가 있겠어요. 직접 시가를 줍는 수밖에.」 히르슈 박사가 날카로운 반어를 담아 말하고 가볍고 짧게 한숨을 쉬었다. 가쁘게 숨을 쉬고 꽉 죄는 옷을 입은 뚱뚱한 부인의 모습을 보면 시가를 집는 일이 그녀에게 엄청난 어려움과 결부된 일급 체조 기술이었다는 점을 알 수 있었다.

「하지만 양탄자는 이미 완전히 그을었죠.」 그녀가 얼마 후 말을 이었다. 「그리고 검게 탄 큰 얼룩이 생겼어요. 물론 이제 뎀바 씨와 계속 이야기할 기분이 아니었죠. 그렇잖아요. 그래서 그의 돈을 탁자 위에 놓았어요. 그런데 이제 재미있는 일이 일어나는 거예요. 뭘 거 같아요? 뎀바 씨가 돈을 가져가지 않는 거예요. 멀뚱멀뚱 보고만 있는 거예요. 내가 말했죠. 〈자, 여기 80크로네예요.〉 그는 고개를 젓고는 거의 불쌍하다 여겨질 정도로 좌절하고 불행한 얼굴을 하는 거예요. 〈자요, 선생님!〉 내가 말했어요. 〈양탄자값은 물어 주시지 않아도 괜찮아요. 화재 보험을 들었으니까요.〉 그는 돈을 쳐다보기만 하고 가져가지는 않더군요. 〈아니, 이게 웬 우스운 꼴이에요. 돈 가져가세요〉라고 내가 말했죠. 〈아닙니다. 아쉽지만 돈을 가져갈 수가 없군요.〉 그가 대답하고는 다시 얼굴이 새빨개졌어요. 그래서 이제 생각했죠. 그가 절대로 돈을 가져가지 않으려 한다면, 그래, 더는 실랑이하지 말자고. 80크로네를 받으라고 강요하지 말자고. 안 그래요? 그래서 말했어요. 〈선생님, 기어이 손해 배상을 하길 원하신다면, 터무니없는 일이긴 하지만, 뭐…….〉 그러면서 돈을 다시 집어넣으려 했죠. 그런데 내가 돈을 집자 그가 나를 이빨로 찢어발길 것처럼 험상궂고 맹렬하게 노려보지 뭐예요. 그렇게 쳐다보니 나는 바로 깜짝 놀라 돈을 그냥 두었죠. 그리고 속으로 생각했어요. 이 사람이 대체 왜 이럴까? 돈을 가지려는 걸까 말려는 걸까? 갑자기 그가 말했어요. 〈부인! 이렇게 골머리를 앓을 필요가 대체 뭐 있어요? 돈은 여기에 그대로 두시고 남편분께 가서 이 복잡하게 얽힌 법률 사건을 이야기해 드리세요. 남편분께서 보시기에 제가 양탄자에 대해 손해 배상을 하지 않아도 된다면 당

장 돈을 가져가겠습니다.〉

〈좋아요.〉 내가 말하고는 돈을 모아 집어넣었어요. 탁자 위에 돈을 그대로 두고 싶지 않았던 거죠. 하인들이 계속 방을 오가고, 뎀바 씨가 받는 수업료가 얼마인지 안나가 알 필요가 뭐 있어요? 안 그래요?」

「물론이죠, 여보.」 변호사가 말했다.

「그래서, 당신 생각은 어때요? 정말로 뎀바 씨한테서 이 80크로네를 받아야 할까요?」

「손해 배상을 해야 하는 건 그 가정 교사가 아니라 당연히 보험사지요.」 변호사가 말하고는 수염을 쓰다듬었다. 「그런데 그 뎀바 씨, 재미있는 사람이군요. 때로는 다름 아닌 비법조인에게서 얼마나 강한 법의식을 볼 수 있는지 정말 묘하단 말이야. 한번 직접 그 사람과 이야기를 나눠 봐야겠어요.」

살롱으로 갔을 때 변호사는 뎀바 씨를 만나지 못했다. 두 사람이 상의하는 시간이 그에게는 너무 길었던 모양이다. 방은 비어 있었다.

변호사는 망가진 양탄자를 살펴보았다.

「봐요.」 그가 말했다. 「물적 손해는 그다지 크지 않아요. 80크로네는 너무 지나친 액수예요. 이 양탄자는 싸구려 공장제니까. 레기네 숙모가 선물을 사는 데 30크로네 이상을 썼으리라고 상상할 수 있겠어요?」

「로베르트! 이게 뭐죠?」 히르슈 박사가 갑자기 소리치며 넋이 나간 채로 벽난로 장식 선반 아래 바닥의 깨진 도자기 더미를 가리켰다.

그것은 작은 우편배달부상이었다. 뎀바가 방에서 돈과 혼자 있게 되지 못한 데 격분한 나머지 분풀이를 한 것이었다. 우편배달부상이 저지른 죄는 오직 솔깃한 미소를 지으며 도자기로 된 큰 우편환을 그에게 내민 것이었다.

12

「폰 게겐바우어 씨!」 가정부가 외쳤다. 「폰 게겐바우어 씨, 좀 일어나 보세요! 밖에 한 신사분이 찾아오셨어요.」

프리츠 게겐바우어는 잠에 취해 소파에서 일어났으나 신사분이 찾아왔다는 말에 금세 잠에서 깼다. 그는 간밤에 한 지방 관리와 다툼이 있었고 이제 바지에 칼주름을 잡은 유명한 두 신사가 나타나기를 기다리고 있었다.

「한 명인가요, 두 명인가요?」

「한 명이에요.」 가정부가 말했다.

「제복을 입었던가요, 사복을 입었던가요?」

「사복요.」

「모습이 어떻죠? 세련됐나요?」

「아뇨.」 가정부가 전혀 숨김없이 확신하는 어조로 말했다.

프리츠 게겐바우어는 세면대로 가서 머리를 물속에 박았다. 그러고는 황급히 머리를 말리고 격렬한 빗질로 가르마를 정돈했다.

「그렇군요. 이제 들어오라고 하세요.」

그는 느긋한 자세로 흡연용 탁자에 몸을 기댄 채 한 손을 탁자 위에 대고는 거울을 쓱 들여다보며 자신이 자신만만함과 냉정한 침착함으로 닥쳐올 일에 맞설 남자처럼 보인다는 것을 확신했다. 그런데 이 모든 전투 태세는 헛수고로 돌아가고 말았다. 가정부가 열어 준 방문으로 들어온 것은 슈타니슬라우스 뎀바였기 때문이다.

「당신이었나요, 뎀바?」 프리츠 게겐바우어가 외쳤다. 「다른 손님일 거라고 생각했는데. 훨씬 덜 유쾌한 손님 말이죠.」

「혹시 내가 방해가 됐나요?」 뎀바가 물었다.

「천만의 말씀. 당신을 보니 기쁘군요. 앉아요, 친구.」

뎀바가 앉았다.

「무슨 일이죠? 우리가 겪은 불운을 드디어 머릿속에

서 털어 낸 건가요?」 게겐바우어가 물었다.

〈우리가 겪은 불운〉이란 게겐바우어가 3개월 전 박사 학위 구두시험에서 떨어진 일을 두고 하는 말이었다. 그에게는 그 결과가 물론 놀랍지 않았다. 그는 그것을 늘 예감하고 있었다. 그는 예감을 아주 중요하게 생각 했지만 그 예감은 구두시험 시간에는 그를 돕지 않았 다. 도무지 무슨 질문을 할지 예감할 수 없었기 때문이 다. 그리고 시험 준비를 도운 뎀바는 자신에게 가장 큰 책임이 있다고 여긴 모양이었고 몇 달 내내 끈질기게 게겐바우어를 피했다.

「담배 한 대 피워요, 뎀바.」 게겐바우어가 동료에게 권했다. 「전혀 새로운 게 있어요. 〈파이드라〉라고. 알제 리 담배 공사에서 나온 건데 한번 피워 봐요. 사촌 베시 가 비스크라에서 가져다줬어요. 목숨을 무릅쓰고 몰래 들여온 거죠. 피워 봐요!」

「아니. 괜찮아요.」 뎀바가 말했다.

「아니. 한번 좀 피워 봐요. 당신이 이 브랜드를 어떻 게 생각하는지 알고 싶어요. 전문가잖아요.」

「괜찮아요. 담배 안 피워요.」

「뭐라고요? 대체 언제부터죠? 늘 하루에 마흔 개비씩

피워 댔잖아요?」

「감기에 걸려서요.」템바가 말하고는 즉시 심하게 기침을 해대기 시작했다. 최후의 순간을 맞은 폐결핵 환자가 된 듯한 그의 명연기를 초인종 소리가 끊지 않았더라면 필시 그는 질식했을 것이다.

「이제 왔군요.」게겐바우어가 말했다.

「누가요?」템바가 물었다.

「신사 두 명요. 이례적이게도 타로 게임 말고 다른 볼일로 온 거죠.」

「그렇군요!」템바가 말했다.「간밤에 또 무슨 일을 저지른 거죠?」

「나도 어쩔 수 없어요. 봄이면 늘 공격적이 되거든요. 사람들이 그걸 미리 알고 좀 조심할 수 있을 텐데.」

그러나 이번에도 찾아온 것은 두 엄숙한 신사가 아니라 우편배달부였다. 배달부는 편지 한 통과 카드 한 장을 가져왔다.

「실례.」게겐바우어가 말하고 우편물을 읽기 시작했다.

템바는 앞서 게겐바우어네 초인종을 누르기 전에 원정 계획을 세웠다. 그냥 게겐바우어에게 돈을 빌리는 것, 그것은 원치 않았다. 그는 인생에서 결코 그러한 부탁을 입 밖에 내지 않을 터였다. 절대. 게겐바우어가 그에게 돈을 내놓고 억지로 주도록 만들어야 했다. 일전에 그는 게겐바우어에게 강의 노트를 빌려준 적이 있었다. 템바가 강의실에서 꼼꼼하게 속기해 아주 부지런하게 정서한 강의 내용. 그 노트들은 가치가 상당했고, 템바는 게겐바우어가 오래전에 노트를 잃어버렸거나 쓸모없는 것으로 보고 버렸을 것이라고 확신에 차 기대하고 있었다. 왜냐하면 게겐바우어는 결코 남에게 빌린 물건을 잘 간수하는 법이 없었지만 그 대신 자신이 끼친 손해에 대해서는 관대하게 보상할 용의가 늘 있었기 때문이다. 템바는 이 점에 근거해 계획을 짜둔 것이었다.

「사실 내가 온 건.」 게겐바우어가 탁자에 편지를 던질 때 템바가 이야기를 시작했다. 「단지 물어보러 온 거예요. 12월에 빌려준 노트가 아직 필요한지 하고요.」

「무슨 노트요?」 게겐바우어가 무심하게 물었다.

「로마 예술 서사시에 대한 슈타인뷔크의 강의…….」

게겐바우어는 생각에 잠겼다. 「갈색 노트 네 권과 표지 없는 노트 한 권 말인가요?」

「네. 맞아요.」

「그게 꼭 필요한가요?」

「네. 반드시 필요해요. 학생 하나를 다시 맡았거든요.」

「유감이군요. 사실 태워 버렸거든요.」

템바는 속으로 환호했다. 하지만 할 수 있는 한 비탄에 가득 찬 어조로 소리쳤다.

「뭐라고요? 태워 버렸다고요?」

「네.」 게겐바우어가 회한의 기색이라고는 조금도 없이 고개를 끄덕였다.

「말도 안 돼.」 템바가 외쳤다.

「어떤 식으로든 구두시험에 떨어진 일을 생각나게 하는 건 전부 불태워 버렸어요. 심지어 그때 썼던 실크해트도 불 속에 처박아 버렸죠.」

「맙소사, 이제 어쩌지!」 템바가 한탄했다.

「당신은 운이 없는 사람이군요.」 게겐바우어가 장담했다. 「사본은 없어요?」

「없어요.」

「괜찮아요.」 게겐바우어가 말했다. 「그 학생도 떨어질 테니까.」

「누구 말이죠?」

「당신이 받은 새 학생 말이에요.」

못된 무정함을 증명하는 이 말을 들은 템바는 지금이
야말로 실용적인 제안을 내놓을 최적의 때라 여겼다.

「뮐러한테도 노트가 있어요.」 그가 곰곰이 생각하며
말했다.

「누구요?」

「에곤 뮐러라고 있어요. 하지만 당최 빌려주려 들지
를 않죠. 돈을 받고 팔려고만 해요.」

「얼마나 달라는데요?」

「70크로네요.」

「그럼 다 해결됐네요. 왜 곧바로 말하지 않았어요, 이
불운한 사람아.」 그가 지갑을 꺼냈다.

「아뇨, 괜찮아요. 돈을 달라는 게 아니에요.」 템바가
서둘러 말했다.

게겐바우어는 지폐 네 장을 손에 닿을 듯 가까운 곳
에서 그에게 내밀었다.

「부탁인데, 괜히 번거롭게 굴지 마요. 노트를 마법으
로 짠 하고 불러낼 수는 없잖아요. 그러니, 받아요.」

「절대 그럴 수는 없어요.」

「왜요?」

「강의 노트를 가지고 거래를 할 수는 없어요.」

「하지만 이건 거래가 아니잖아요. 그냥 잃은 것을 보상해 주는 거죠.」

「부탁인데, 그 뮐러와 직접 이야기한 다음 내게 노트를 가져다줘요. 파츠마니텐 거리 11번지가 그의 집이에요.」 뎀바는 게겐바우어가 이 제안을 받아들여 돈을 다시 집어넣을까 하는 생각에 덜덜 떨었다.

「나는 그 사람을 몰라요. 그 사람과 직접 해결하세요.」 게겐바우어가 말했다.

뎀바는 한시름 놓았다. 하지만 그는 고개를 저었다.

이때 초인종이 울렸다.

「그들이 왔군요.」 게겐바우어가 말했다. 「이봐요, 뎀바. 당신은 명예와 관련된 모든 일에 민감하죠. 하지만 지금 나는 당신과 이러쿵저러쿵할 수가 없어요.」 그는 편지 봉투 하나를 책상에서 집어 그 안에 지폐를 넣은 뒤 뎀바의 망토에서 환영하듯 열린 주머니에 봉투를 집어넣었다.

「자.」 그가 말했다. 「나는 당신한테 돈을 줬어요. 이제 원하는 대로 해요.」

이게 바로 뎀바가 노린 것이었다. 돈은 그의 주머니 속에 있었다. 그는 돈을 받으려 손을 꺼내지 않아도 되었다. 그리고 이제는 질서 정연한 퇴각을 생각할 때였다.

「두 신사분이 밖에 와 있어요.」 가정부가 알리고는 명함을 탁자에 놓았다.

「블라디미르 리터 폰 텔취. 하인리히 에벤회흐 박사, 예비역 소위.」 게겐바우어가 읽었다. 「들어오시라고 해요.」

「자, 이제 자리를 떠야겠군요.」 뎀바가 서둘러 말했다. 「정말 고마워요. 이제 문제없어요.」

「잘 가요! 잘 가!」 게겐바우어가 무심하게 말했다. 「다음에 또 들러요.」

뎀바는 주머니 속에 전리품을 가지고, 현관에 서서 범접할 수 없는 분위기를 풍기며 어둡고 결연하게 바닥을 노려보는 프록코트 차림의 두 신사를 지나쳐, 그 집을 나왔다.

뎀바는 환호작약했다. 성공한 것이다. 전혀 힘들이지 않고, 거의 완전히 계획대로. 일단 첫 단추는 끼웠다. 70크로네야! 걸어가면서 뎀바는 한 걸음 디딜 때마다

귀한 돈이 든 봉투가 외투 주머니 속에서 바스락거리는 것을 느꼈다. 70크로네! 물론 이는 필요한 돈 중 작은 부분에 지나지 않았다. 하지만 그는 손 없이 돈을 벌 수 있다는 것을 자신에게 입증했다. 쉬운 일은 아냐, 뎀바는 생각했다. 하지만 가능해. 가능하다고! 주정 업계에서 중개인으로 일하는 어떤 사람 생각이 났다. 그 사람이 언젠가 자랑하는 소리를 들은 적이 있었다. 〈오늘 나는 손 하나 까딱 않고 5백 크로네를 벌었지!〉 손 하나 까딱 않았다니! 어떻게 그런 뻔뻔한 허풍을. 손으로 돈을 집고, 주머니에서 지갑을 꺼내고, 지폐를 포개어 주머니에 넣었을 게 뻔한데. 그러고 나서 영수증에 서명하고 거래선과 악수를 했을 테고. 그러면서 그런 소리를 하다니. 손 하나 까딱 않았다고. 어이없군. 손을 쓰지 않고 돈을 버는 일, 이것이 실제로 얼마나 어려운 일인지에 대한 생각이 좀 있었더라면 그런 소리는 못 할 텐데. 이건 정말로 어린애 장난이 아냐. 온갖 계략을 동원하고 우월한 정신력을 발휘하고 상황을 완벽히 활용하고 눈의 힘을 이용해 사람들로 하여금 자신이 그들에게 원하는 일을 하도록 강제해야 한다. 방금 그가 직접 받을 수 없는 돈을 게겐바우어로 하여금 들이밀게 한 것처럼 말이다.

뎀바는 자신을 지나쳐 가는 사람들을 바라보며 속으로 살짝 웃었다. 이 많은 사람 중 누군가에게 내 외투를 꿰뚫어 볼 수 있는 눈이 있다면! 가령 우아한 비단 양산을 든 저 노부인에게 말이야. 아니, 그렇더라도 저 부인이 내게 위험하지는 않을 거야. 부인은 비명을 지르며 어느 집 대문으로 달아날 테고 공포에 질려 10분간 아무 말도 내뱉지 못할 거야. 하지만 저기 저 신사, 저 사람은 기백이 넘쳐 보이는군. 마치 예비역 대위처럼. 저 신사라면 곧바로 내게 달려들 거야. 나는 그의 눈에서 벗어나려 애쓰겠지만 그는 소리를 지르겠지. 〈멈춰라! 멈춰!〉

거리 풍경이 한순간에 얼마나 달라질까. 엄청난 소동이 일겠지! 모두가 곧장 내 뒤를 쫓을 거야. 군중 속에서는 용기가 솟는 법이니까. 손에 수갑을 찬 사람과 맞서는 일이라 해도. 일두마차를 모는 저기 저 마부는 당장 마부석에서 뛰어내려 채찍을 들고 내게 달려들겠지. 그리고 마차에 탄 남자 또한, 아마 외국인 같은데, 동참하려 할 거야. 이런 일을 놓칠 수는 없는 법이니까. 그리고 저 제빵 수습공은 나를 향해 빈 바구니를, 저 음악원

학생은 바이올린 가방을 휘두를 테고, 그리고 저기 저 짐꾼은 내가 달려 옆을 지나갈 때 발을 걸겠지. 내 손에 달린 수갑을 본다면 온 세상이 동맹을 맺고 나와 맞서는 거야. 그리고 내가 의지할 수 있는 사람, 내 유일한 동맹자는 단 하나, 바로 슈테피뿐이야. 아니. 한 명 더 있지. 그 철물 수습공. 그 멍청이는 모르는 새에 나를 돕고 있어. 어쩌면 내가 자기 생각을 하는 지금 이 순간, 내 수갑을 풀 열쇠를 만들고 있을지도. 그리고 내게는 동맹자가 또 한 명 있어. 최고의 동맹자. 그건 바로 낡고 수수한 외투지. 이 외투는 나를 보호해 주고 있어. 마법의 외투처럼 나를 숨겨 주고 있어. 아무도 나를 볼 수 없어.

저기 저 경찰관을 봐. 가느다란 갈색 구레나룻을 기르고 얼마나 사람 좋고 멍청해 보이는가 말이야. 오로지 오가는 차량에만 신경 쓰고 있지. 자동차가 전차를, 삯마차가 이삿짐차를 들이받지 않도록 말이야. 그가 나를 꿰뚫어 본다면, 아니, 아주 작은 의심이라도 품는다면, 나는 끝장일 거야. 하지만 아무것도 눈치 못 채. 아무것도 눈치챌 수 없지. 재미 삼아 아주 가까이에서 지나가 봐야겠어. 그래! 그가 생각을 읽어 낼 수 있다면!

생각을 읽을 수 있는 사람, 천리안을 가진 사람만 경찰관으로 써야 해. 보드빌 극장에는 그런 사람이 널렸는데. 정말 좋은 생각이야. 누군가가 의회에서 안건으로 제출해야 해. 아니면 정부에 질의하는 거야. 각하께서는 고등 경찰국으로 하여금 다음과 같은 훈령을 공포하게 할 생각이 있으십니까? 앞으로는 가능하면…….

「거기, 신사분!」

슈타니슬라우스 뎀바는 화들짝했다. 마치 가슴을, 심장이 뛰는 바로 그 자리를 한 대 얻어맞은 듯했다. 무릎이 덜덜거렸다. 그는 천천히 겨우 마음을 다잡을 수 있었다. 맙소사, 어쩌면 이리도 쉽게 깜짝 놀랄 수 있는지. 우스꽝스러운 일이지. 경찰관이 나를 부른 것도 아닌데 말이야. 그냥 〈거기, 신사분!〉 하고 외쳤을 뿐인데 날 부른 거라고 바로 생각하다니. 누굴 부른 건지는 알 수 없지. 아마도…….

「거기, 신사분!」 경찰관이 다시 한 번 외쳤다.

뎀바는 마치 굳어서 돌이 된 것처럼 갑작스레 뚝 멈춰 섰다. 얼굴에서 핏기가 가셨다. 이가 맞부딪쳤고 심장이 심하게 쿵쾅거렸다. 아니. 착각일 리 없었다. 그를 부른 것이었다. 다른 사람을 부른 것이 아니라. 그리고 이제 경찰관이 느릿느릿, 아주 느릿느릿 그에게로 다가왔다…….

손발 하나 까딱 못 하고 창백한 잿빛 얼굴로 슈타니슬라우스 뎀바는 자신이 누리던 자유의 종말을 기다렸다.

그리고 이제 경찰관이 앞에 서서 그를 주시했다. 마치 때리기 전에 손을 쳐든 상태처럼 잠시 아무 말도 없었다. 뎀바는 곧 쓰러질 것 같은 느낌이었다. 그리고 이제, 이제 올 것이 왔다.

「뭔가 잃어버리신 거 같습니다만.」경찰관이 정중히 말했다.

뎀바는 바로 알아듣지 못했다.

「잃어버리신 게 아무것도 없습니까?」경찰관이 반복했다.

뎀바는 천천히 현실로 돌아왔다. 말은 할 수 없었고 다만 고개를 저었다.

「주머니에서 떨어진 게 아무것도 없습니까?」경찰관이 다시 한 번 물었다.

뎀바는 경찰관의 두 손에 들린 흰 봉투를 보았지만 그와 관련해 무슨 생각을 떠올리지는 못했다. 그는 오직 자신이 다시 호흡할 수 있다는 것만을 느꼈고 천천히 공기를 들이마셨다. 뭔가 육중한 압박감이 느슨해지고 심장 부근에서 물러났다. 그리고 이제는 경찰관의 손에 들린 봉투에 그 돈, 자신의 돈이 있다는 것, 자신이 봉투를 잃어버렸다는 것, 그것을 되찾아야 한다는 것을 깨달았다.

그는 〈당연히 제 거죠〉라고 말하려 했지만 바로 그 순간 끔찍한 염려가 불쑥 일었다.

그는 봉투를 받을 수 있었다. 그건 분명했다. 그는 손끝으로 능숙하고 무심하게 봉투를 집을 수 있었고 경찰관은 아마 아무것도 눈치채지 못할 터였다. 하지만 그게 끝이 아니었다! 아아, 그러고 나면 같이 경찰서로 가서 이름을 대고 진술을 하고 뭔가에 서명해야 할 터였다. 어쩌면 경찰서 책상 위에는 벌써 인상착의 기록이 있을지도 몰랐다. 오늘 아침 경찰 보고, 〈25세가량의 젊은이, 비교적 상류층으로 보임, 큰 키, 건장한 체격, 불그스름한 콧수염.〉 그리고 경감이 나를 주시했다가 다시 인상착의 기록으로 눈길을 던졌다가 다시 나를 바라보고……

슈타니슬라우스 뎀바는 결심이 섰다. 그는 자기 돈이

211

아니라고 말했다.

「제 게 아니에요.」그는 경찰관에게 말했고 목소리를 너무 떨지 않도록 노력했다.

「주머니에서 봉투가 떨어지지 않았다고요?」경찰관이 놀라서 물었다.

「제 주머니는 아니에요.」슈타니슬라우스 뎀바가 말했다.

경찰관은 고개를 저으며 봉투를 주시했다. 「그렇다면 저기 저 신사분이 잃어버린 거겠군요.」

경찰관은 슈타니슬라우스 뎀바 바로 전에 길을 건너 이제 넥타이 상점 진열창 앞에 서 있는 한 행인에게로 갔다.

경찰관이 경례를 했고 진열창 앞 신사는 뻣뻣한 영국식 모자를 정중하게 들어 올렸다. 경찰관은 그에게 봉투를 내밀고 몇 마디 말을 했고 낯선 신사는 주의 깊게 이야기를 들었다. 곧 뎀바는 그 우아한 신사가 말라가지팡이의 은손잡이를 팔에 끼고 경찰관의 손에서 봉투를 집어 지폐를 세는 모습을 보았다. 그가 주머니에서 가죽 장정 메모장을 꺼내 지폐를 세심하게 집어넣고 메모장을 가슴 주머니에 넣어 두는 모습을 보았다.

그러고 나서 신사는 감사의 표시로 모자를 들어 올리고 품위 있는 걸음으로 그곳을 떴다.

13

칼리스테네스 스쿨루디스 씨는 그라벤 거리의 큰 신사복 매장에 들어가 점원에게 넥타이를 보여 달라고 했다. 그는 점원이 앞에 늘어놓은 넥타이를 전문가적 감식안으로 세심하게 하나하나 살펴보았고 구색이 더 다양할 줄 알았다는 둥, 요즘에는 진짜 새로우면서 세련된 물건을 더 이상 볼 수 없다는 둥 하는 말을 내뱉고는 마침내 영롱하게 빛나는 묵직한 실크 재질의 오렌지색 넥타이를 사기로 했다. 그것을 그는 앞서 다른 가게에서 산 두 넥타이와 함께 박엽지에 싸달라고 했다.

그는 쇼핑에 완전히 만족하지는 못한 채 거리로 나섰다. 오늘 오후 스쿨루디스 씨가 방문하는 영광을 선사한 세 번째 가게였다. 그렇다고 그에게 넥타이가 특별히 다급하게 필요했다고는 생각하지 말길. 오, 그렇지 않다. 스쿨루디스 씨는 모든 스타일과 색조의 넥타이를 6백 점 가까이 거의 빈틈없이 모아 소장하고 있었다. 대표적으로는 단순한 예복용 흰색 나비넥타이에서 토파즈 벌새의 불타는 듯 현란한 색상을 띤 넥타이에 이르기까지 모든 형태를 보유하고 있었다. 하지만 아름답게 꾸민 진열창의 유혹에 항상 무기력하게 굴복하고 마는 약한 마음이 계속 새로운 물건을 사도록 그를 몰아갔다.

그는 거리에서 피가로 시가에 불을 붙이며 자신의 우아한 모습과 남들과 구별되는 몸가짐이 당연하게도 사람들의 이목을 끄는 것을 알아챘다. 멀지 않은 곳에 있는 인도에 서서 숨김없는 경탄에 찬 눈빛으로 그를 쳐다보는 한 청년은 특히 깊은 인상을 받은 듯 보였다. 그러한 무언의 열렬한 찬양은, 늘 그처럼 순진한 형태로 표현되지는 않았지만, 칼리스테네스 스쿨루디스 씨에게 새로운 일은 아니었다. 그는 자신이 인사할 때 팔을 굽히거나 손가락으로 지팡이를 쥐는 무심하면서도 매력적인 동작을 얼마 안 가 ─ 칼리스테네스 스쿨루디스 씨는 어디에 가든 잠깐만 머물렀다. 이는 그의 직업과 관련이 있었다 ─ 도시의 멋쟁이들이 따라 하는 것, 그리고 담뱃갑에서 담배를 꺼내 불을 붙이는 고상하면서도 무심한 몸짓을 상류계의 살롱에서 모범으로 여기는 것에 익숙했다.

하지만 칼리스테네스 스쿨루디스는 사회적 신분 차이에 대한 예민한 감각에 좌우되는 사람이었고 저기 젊은이는 외적 특징을 보건대 스쿨루디스 씨가 활동하는 세계에 속하거나 가까워 보이지 않았다. 그래서 그는 슈타니슬라우스 뎀바에게 더는 신경 쓰지 않고 산책을 계속했다. 왜냐하면 그가 파리, 페테르부르크, 부쿠레슈티, 카이로에서 순식간에 상류층 사회의 호감을 살 수 있게 해준 특징 중 가장 두드러지는 것은 분명 품위 있게 자제하는 태도였기 때문이다.

그는 꽃가게의 진열대를 구경하는 데 몰두하고 고급 식료품 가게에서 작은 청량음료를 마시고 난 후 길을 건너가 한 숙녀에게 인사했다. 그는 어떻게 그녀를 알게 되었는지 확실히는 몰랐는데, 아마 지중해에서 배를 타고 여행할 때 알게 된 여자 같았다. 대화하는 중에 다시 슈타니슬라우스 뎀바가 그의 눈에 띄었다. 슈타니슬라우스 뎀바는 몇 걸음 앞에 떨어져 가스 가로등에 몸을 기대고 그를 뚫어져라 쳐다보고 있었다. 스쿨루디스 씨는 사람을 기억하는 능력이 탁월했고 — 직업상 필요한 일이었다 — 넥타이 상점 앞에서 무언의 찬양을 보낸 젊은이를 곧바로 알아보았다.

그는 숙녀와 작별하고 헤어살롱에 들어갔다. 면도하고 가르마를 다듬고 15분 후 거리로 나섰다. 그리고 그가 처음 마주친 사람은 또 슈타니슬라우스 뎀바였다.

칼리스테네스 스쿨루디스 씨는 낯선 사람을 약간 불신하는 경향이 있었다. 그는 언제나 늘 비밀경찰 생각을 했다. 이는 그의 직업에 수반되는 일이었다. 하지만 지금 슈타니슬라우스 뎀바는 비밀경찰처럼 보이지는 않았다. 그럼에도 스쿨루디스 씨는 슈타니슬라우스 뎀바가 집요하게 드러내는 자신에 대한 관심이 불편했다. 그는 빈이 기본적으로 시골 도시에 지나지 않는다고, 어지간히 차려입은 이방인만 있으면 사람들이 바다 괴물을 보듯 놀라 쳐다보는 아프리카 마을에 불과하다고 생각하고는 산책을 일찍 끝마쳤고 어느 카페 앞뜰의 탁자에 자리를 잡았다.

곧이어 슈타니슬라우스 뎀바가 지나갔다. 그는 멈춰서서 조금 머뭇거렸고 뭔가를 골똘히 생각하는 듯했다. 다음 순간 그는 스쿨루디스의 탁자로 다가와 앉아도 되겠느냐고 물었다.

스쿨루디스 씨는 그 청에 눈에 띄게 언짢아하는 듯했다. 그도 그럴 것이 아직 빈 탁자가 여럿 있었고 그는 사람들에게서 떨어져 혼자 기분 좋게 차를 마시는 데 특별한 가치를 두었기 때문이다. 새로운 사람과 그가 관계를 맺는 것은 오직 기차역이나 정류장, 그리고 다른 번화한 장소에서였다. 그리고 그러는 것은 단지 직업상 필요하기 때문이었다.

「죄송합니다. 일행이 올 거라서요.」 그래서 그는 슈타니슬라우스 뎀바에게 이렇게 말했다.

「일행이 온다고요? 그럼 우리 일을 더 미루지 않고 처리하는 것이 좋겠군요.」 뎀바가 말하고는 앉았다.

스쿨루디스 씨가 화들짝 놀라 그를 쳐다보았다.

「내 말은, 우리의 작은 용건을 미리 처리하자는 거예요.」 뎀바가 다시 말했다.

〈용건〉이라는 말은 스쿨루디스 씨를 편안하게 했다. 그는 상대를 자세히 눈여겨보았다.

「내가 하는 다양한 사업 중에 어느 것에 관심이 있는 건지 여쭤봐도 될까요?」 그가 물었다.

「곧 알게 될 겁니다.」 뎀바가 말했다. 「여기까지 당신을 쫓아왔어요. 여기에서 비로소 남의 눈에 띄지 않게 당신과 단둘이 이야기할 수 있게 되었죠.」

〈남의 눈에 띄지 않게〉 그리고 〈단둘이〉, 이 두 표현은 스쿨루디스 씨에게 좋은 인상을 주었다. 그러한 표현은 상대가 비밀을 엄수하는 남자임을 증명해 주었고 비밀 엄수는 스쿨루디스 씨에게 무엇보다 중요했다. 그것은 그의 직업에서 본질적인 문제였다.

「한 시간쯤 전에 프라터 거리에 있었죠?」 뎀바가 물었다.

「아, 그래요.」 스쿨루디스가 말하며 고개를 끄덕였다. 이제 번뜩 떠오르는 것이 있었다.

한 시간 전에 그는 프라터 거리에서 친분 있는 보석상과 몹시 민감한 성격의 담판을 벌였다. 그는 되도록 쨍한 대낮에 노출하고 싶지 않은 유의 장신구를 보석상에게 팔려고 내놓았다. 하지만 거래는 불행히도 엎어졌고 스쿨루디스는 보석상의 사리사욕에 대해 쓴소리를 좀 내뱉고 자리를 떴다. 그런데 보석상이 직원 중 하나에게 그를 놓치지 말고 기회가 있을 때 다시 접선해 보라는 지시를 내렸음이 이제 드러난 것이다.

「전부 다 알고 있나요?」 스쿨루디스 씨가 물었다.

「물론이죠.」 뎀바가 말했다. 「제 눈으로 똑똑히 봤으니까요.」

「그래서 일이 아직 완전히 끝난 건 아니라는 건가요?」

「내 의견이 바로 그겁니다.」 뎀바가 격노하며 말했다.

「글쎄, 나는 그 일이 지금 전혀 급하지 않습니다만.」 스쿨루디스 씨가 말했다.

「그러니 나로서는 더더욱 급하지요.」 뎀바가 격하게 말했다.

「한 시간 전에는 어쩔 수 없는 상황이었죠. 돈이 꼭 필요했어요. 그쪽은 그 점을 이용하려 한 거고요. 이제는 상황이 나아졌어요. 당신 돈은 더 이상 필요 없습니다.」

「그렇다면 일이 굉장히 간단해지겠군요.」 뎀바가 반색하며 말했다.

「이제는 며칠 기다리면서 좀 더 유리한 조건을 들어 볼 수 있어요.」 스쿨루디스 씨가 설명했다.

「무슨 말인지 모르겠군요.」

스쿨루디스 씨는 가죽 장정 메모장을 꺼내 그만의 우아한 손동작으로 흰 봉투를 카페 탁자에 내려놓았다. 봉투를 통해 얇은 지폐가 비쳤다.

「이 봉투 안에 8백 크로네가 들었어요. 순조로운 거래였죠. 보다시피 당신네 사장이 이용하려던 나의 곤란한 상황은 일시적인 것에 그치고 말았어요.」 그가 의기양양하게 말했다.

슈타니슬라우스 뎀바는 사장은 뭐고, 곤란한 상황은 뭐며, 대체 무슨 거래를 말하는지 영문을 몰랐다. 그는 오로지 봉투에만 신경 쓰며 스쿨루디스를 흘겨보고 있었다. 그러나 봉투 안에 지금 8백 크로네가 들었다는 소리에 어리둥절했다.

「8백 크로네. 순조로운 거래였죠.」 스쿨루디스 씨가 반복했다.

「8백 크로네라고요?」 뎀바가 소리를 높였다. 「이 봉투 안에는 70크로네가 들었어요. 그 이상도 이하도 아니에요.」

뎀바의 장담에 스쿨루디스 씨는 굉장히 놀랐다. 그는 미신을 믿긴 했다. 하지만 프라터 거리의 장물아비 밑에서 일하는 사람에게 초자연적 힘이 있다니, 이에 그는 평정심을 잃었다.

「이 안에는 8백 크로네가 들었다고요.」 그가 꽤 불안한 어조로 말했다.

「20크로네 지폐 세 장, 10크로네 지폐 1장, 어디 내 말이 틀린가 봐요.」 템바가 목소리를 낮춰 탁자 너머로 쏘아 댔다. 「그리고 이제 부탁인데 돈을 돌려주시죠.」

「무슨 말인지 모르겠군요.」 스쿨루디스가 말했다.

「무슨 말인지 모르시겠다?」 템바가 퍼부어 댔다. 「자, 이제 알게 될 거예요. 당신은 당신 것이 아닌 이 돈을 경찰관한테 넘겨받았어요. 경찰관은 당신이 돈을 잃어버렸다고 착각했죠. 이제 무슨 말인지 아시겠어요?」

칼리스테네스 스쿨루디스는 고도의 재빠른 상황 판단 능력이라는 재능을 가진 사람이었다. 그는 변화한 상황을 번개같이 이해했다. 하마터면 상관없는 사람에게 자신의 사업 관계를 누설할 뻔했다는 생각에 경악했다. 하지만 그와 동시에 자신이 충분히 조심스럽게 처신했기에 아무 이름도 언급하지 않았고 자신이 어떤 사업을 하는지를 아주 일반적인 표현으로만 말했다는 것을 깨달았다. 이에 그는 다시 자신감을 얻었다. 무엇보다 중요한 것은 상대가 그에게 덫을 던진 비밀경찰, 또는 끄나풀이 아닌지 확인하는 일이었다. 다음 전략을 결정하려면 이 점을 확실히 해둬야만 했다.

「우리 툭 터놓고 이야기해 보는 게 어때요?」 그가 문고는 친근하게 뎀바를 향해 고개를 끄덕였다. 「지금 바로 신분증을 보여 주시죠. 그러면 상황이 분명해질 테니.」

「뭘 보여 달라고요?」 뎀바가 물었다.

칼리스테네스 스쿨루디스는 대답 대신 탁자 위로 몸을 숙이고 유유히 미소를 지으며 뎀바가 입은 망토의 단추를 풀기 시작했다. 그는 파란색 장정의 비밀경찰 신분증이 있으리라 추측되는 뎀바의 가슴 주머니를 찾고 있었다.

뎀바가 놀라 펄쩍 뛰었다. 「이봐요! 내 외투에 손대지 마요!」 그가 위협적으로 소리를 질렀다.

「그럼 직접 단추를 풀든지요! 왜 이렇게 번거롭게 구는 거죠?」 스쿨루디스 씨가 소리치고는 뎀바가 입은 망토의 맨 위 단추를 계속 풀었다.

「장난 집어치우라고요.」 뎀바가 말하고는 스쿨루디스 씨에게서 물러났다.

스쿨루디스는 다시 자신감을 잃었다. 경찰 요원이라면 이렇게 나올 리가 없었다.

「대체 내게 뭘 원하는 거죠?」 그가 물었다.

「당신이 가져간 내 돈을 돌려받고 싶어요. 한 시간 전부터 나는 내 돈을 돌려받으려고 당신이 가는 곳마다 따라다녔다고요. 아님 뭐 내가 당신이 어디에서 쇼핑을 하고 어디에서 면도를 하고 어떤 고급 창부와 교제하는 지 관심이라도 있어서 그랬다고 생각하는 건가요?」

이제 스쿨루디스는 똑똑히 알게 되었다. 가련하고 보잘것없는 사기꾼이 우연히 그때 일을 목격하고 그 점을 이용해 노획물을 일부 챙기려는 것이었다. 스쿨루디스는 그를 어떻게 하면 떼어 놓을 수 있을까 곰곰이 생각했다.

「그러니까 당신 말은 내가 부당한 방식으로 이 돈을 가지게 됐다는 말인가요?」 그가 날카로운 어조로 물었다.

뎀바는 움츠러들지 않았다. 「내 말이 바로 그거예요.」 그 역시 날카롭게 대꾸했다.

「그리고 더 나아가 이 돈이 당신 거라는 말이고.」

「그래요. 내 거예요.」

「그렇다면 우리에게 남은 유일한 방법은 근처에 있는 경찰관에게 이 미결 사건을 맡기는 일이군요.」 스쿨루디스 씨가 정중하게 미소를 지으며 말하고는 자리에서 일어났다. 담판이 교착 상태에 이르렀음을 넌지시 알린 것이다.

「그게 가장 좋겠군요.」 뎀바가 속뜻과는 완전히 반대로 말했다.

〈역시 비밀경찰이 맞군〉 하고 스쿨루디스 씨는 생각했다. 그의 위협은 절대 진심이 아니었다. 사실을 말하자면 그는 경찰관을 중재자로 끌어들일 마음이 거의 없었다. 경찰 간부 중에 몇몇 지인이 있었지만 — 이는 그의 직업에 수반되는 일이었다 — 그가 빈에 체류 중이라는 사실은 당분간은 그들에게 엄수해야 할 비밀이었다. 더군다나 그의 상의 주머니에는 금시계 두 개, 장신구 한 개, 넥타이핀 두 개, 다이아 반지 네 개가 — 최근에 빈-부다페스트 준급행 열차의 식당차에서 얻은 작은 수확물 — 있었고 그것을 현금화하는 일은 그에게 매우 중요했다. 이 거래에 경찰이 관여하는 것은 그에게는 무엇보다 거북한 일이 될 터였다.

「계산요!」 스쿨루디스 씨가 외치고는 악의적이게도, 뎀바가 자기 것이라 주장하는 봉투에서 지폐 한 장을 꺼내 음식값을 계산했다. 이러한 행동은 상상할 수 있는 최악의 인상을 뎀바에게 주었고 그를 굉장히 화나게 했다.

「맞춤한 때 이 돈이 당신에게 들어온 것 같군요.」 그가 비꼬며 말했다.

스쿨루디스 씨는 이 거친 말을 듣고 뎀바에게 상류계의 예의범절이 없다는 것을 아프게 깨달았다. 하지만 침착함과 자제력은 그의 직업의 일부였기에 상대를 경멸하는 눈빛으로 노려보는 데 만족했다.

오페라 극장 맞은편에 경찰관 하나가 서 있었다. 하지만 두 남자는 그야말로 자동적으로, 수백 보 거리 어디에도 경찰이 보이지 않는 방향으로 나아갔다. 두 사람은 머릿속으로 각자 어긋난 상황에 대해 새로운 돌파구를 마련할 기회를 엿보았다. 스쿨루디스 씨는 빈에서 이용 가능한 다양한 교통수단을 주도면밀하게 검토했고 그동안 뎀바는 무사히 퇴장하기 위하여 상대가 예상하지 못하게 모퉁이를 돌면 어떤 이점이 있을까 숙고했다.

이때도 다시 결단력과 일을 재빨리 실행에 옮기는 성향을 증명한 이는 바로 스쿨루디스 씨였다. 눈 깜짝할 사이에 그는 막 출발하는 시가전차로 뛰어올랐다. 뎀바가 그가 사라진 것을 알아챘을 때 시가전차는 이미 빠른 속도로 달리고 있었다.

템바는 잠시 동안 어안이 벙벙했다. 하지만 곧 깨달았다. 스쿨루디스 씨는 단념하고 만 것이다. 그리고 이 도주는 상대의 도덕적 붕괴를 뜻했다. 그러므로 70크로네를 되찾을 가능성은 커졌다.

그는 곧바로 전차를 뒤쫓았다. 스쿨루디스 씨가 경솔하게도 기분에 휩쓸려 지은, 승리감에 차 조롱하는 얼굴은 템바의 기분을 아주 심히 상하게 했고 그가 온 힘을 다하도록 박차를 가했다. 그는 숨을 헐떡이며 미친 듯이 전차를 쫓아갔다. 그리고 전차를 향해 점점 다가갔다. 그는 두 배로 힘을 내서 달렸고 전차와 팔 길이 정도 거리에 이르렀다. 그는 행인 두 명과 부딪쳤지만 계속 달렸고 전차를 따라잡았다. 헐떡헐떡하며 몇 초간 전차와 보조를 맞추다 전차가 커브에서 템포를 늦추자 대담하게 발판으로 뛰어올라 전차 위에 섰다. 녹초가 되어 씩씩거리고 헐떡거리면서도 득의양양하게 승리감을 만끽하며.

템바는 의기소침하고 낙담하고 부끄러워하고 한없이 당황한 모습의 상대를 만나리라 기대했다. 하지만 그와 마주 선 지금, 템바는 상대의 얼굴에 기이한 표정이 떠오른 것을 보았다. 그 얼굴에서는 두려움도, 짜증도, 회한도 읽을 수 없었다. 스쿨루디스 씨의 표정에 나타난 것은 한없는 당혹감, 어리벙벙하고 놀란 모습이었다. 그는 입을 벌린 채 뎀바를 쳐다보았고 뻗은 오른팔로, 아폴론 석상처럼 움직임 없이, 경악으로 굳어 뎀바의 손을 가리켰다.

손! 뎀바의 손을!

뎀바의 외투가 시가전차의 손잡이에 걸리는 바람에 그의 손을 온 세상이 볼 수 있게 되고, 그의 치욕이 모든 시선에 노출되고, 그의 끔찍한 비밀이 드러난 것이다.

하지만 그것은 한순간에 지나지 않았다. 그리고 전차를 빽빽이 채운 모든 사람 중에 오직 스쿨루디스 씨만이 뎀바의 손을 보았다.

바로 다음 순간 두 사람, 뎀바와 스쿨루디스는 전차에서 뛰어내렸다.

뎀바가 먼저였다. 이제는 그가 쫓기는 처지였다. 한 사람이 그의 비밀을 알았고 이제 그에게서 달아나야 했다.

뎀바는 주위도 살펴보지 않으며, 앞뒤 가리지 않고 절망적으로, 죽어라 뛰었다. 그리고 스쿨루디스 씨는 열심히 손을 흔들며, 몸짓을 하고 부르면서 그 뒤를 쫓았다.

곧 뎀바는 버스에 뛰어올라 추격에서 벗어날 수 있었다.

스쿨루디스 씨는 멈춰 서서 고개를 절레절레 젓고 애석해하며 뎀바가 떠나가는 모습을 바라보았다. 버스와 경주할 수는 없는 노릇이었다. 그는 이 경솔하고 어리석고 급박한 도주를 개탄했다. 처음에 뎀바에게 느꼈던 혐오는 이제 강한 공감에 자리를 내주었다. 마음속에 응어리진 적대감이 싹 사라졌다. 물심양면으로 기꺼이 그를 도왔을 텐데. 왜냐하면 스쿨루디스 씨는 뎀바에게서 자기 업계의 재능 있고 젊은 초심자를 발견했고 그는, 어찌 그리되었는지는 모르겠지만, 곤란한 상황에 처해 있었기 때문이다.

14

슈타니슬라우스 템바는 버스에서 내려 마리아힐퍼
거리를 천천히 걸어 내려갔다. 그는 곰곰이 생각에 잠
겼다. 슈타인뷔흘러 씨네는 어떨까? 아냐. 그건 안 돼.
슈타인뷔흘러 씨네에서 수업을 한 지는 세 달밖에 안
됐잖아. 그런데 벌써 가불을 부탁할 수는 없는 노릇이
지. 게다가, 그 집 사람들은 쪼잔하고. 슈타인뷔흘러 씨
나 그 부인이나. 내가 요구한 수업료에서 — 한 주 여섯
시간에 55크로네밖에 하지 않는데도 — 5크로네를 깎
았잖아. 어쩌다 공휴일에 수업을 한 번 빼먹거나 아이
가 아프면 수업료에서 제하지. 부유한 사람들이면서 말
이야. 남편은 우산 공장의 지배인이고 부인은 의상실을
운영하지. 하지만 1일이 지나고 내가 서너 번 이야기해
야 6일쯤에 돈을 내놓는단 말이야. 하녀한테도 급료가

밀리고. 아니, 슈타인뷔흘러 씨네에 가야 소용없어.

아직 베커 박사네가 남아 있어. 거기에서는 바로 돈을 받을 수 있어. 그 집 사람들은 품위 있고 우아하지. 내가 한마디만 해도, 넌지시 내비치기만 해도 돈을 줄 거야. 물론, 14일간 자리를 비운다고 하면 별로 탐탁지 않아 하겠지만. 그 집 아이는 지리와 물리 성적이 끔찍해. 그러니 자리를 비우는 데 대해 피치 못할 이유를 대야 해. 그 사람들에게 바로 와닿을 이유를 말이야. 자, 이유가 하나 금방 떠오를 거야. 도착하려면 아직 5분이 있잖아.

베커 박사 집은 콜마르크트에 있는 신축 건물의 5층에 있었다. 대문 옆 초인종 위에 문패가 걸려 있었다. Dr. R. 베커, 대학 강사, 2시부터 5시까지 진료.

슈타니슬라우스 뎀바는 승강기를 타지 않고 천천히 계단을 올랐다. 3층에 닿았을 때 그는 걸음을 멈췄다. 한 가지 생각이 떠올랐던 것이다.

그는 주위를 둘러보았다. 계단실은 비어 있었다. 아무도 보이지 않았다.

이제 뎀바는 두 손을 상의 주머니로 가져가 손수건을 꺼냈다. 이때 집 열쇠가 주머니에서 떨어졌고 그는 열쇠를 집으려 짜증스레 몸을 숙였다. 그 순간 승강기가 소리 없이 옆을 지나쳐 올라갔다.

뎀바는 즉시 두 손을 도로 외투 속에 넣었다. 겁에 질려 승강기를 바라보았다. 하지만 승강기 문이 불투명 유리로 된 것을 보고 안심했다. 안에 탄 사람이 수갑을 봤을 리가 만무했다.

이제 위에서 초인종 소리가 울렸다. 승강기는 빈 채로 다시 내려갔다. 뎀바는 4층 집 문이 열렸다가 다시 닫힐 때까지 기다렸다. 조심, 또 조심해야 했다. 자, 이제…….

빌어먹을! 바로 그 순간 누군가 계단을 내려왔다. 뎀바는 다시 손을 숨겼다. 시간이 얼마나 느릿느릿 기어 가는지! 하녀의 팔에 의지한 어느 노부인이었다. 노부인은 뎀바 바로 옆에 멈춰 서서 휴식을 취했다. 그리고 다시 계단을 내려갔다. 이제 됐다. 그런데 이때 또 다른 누군가가 계단을 올라왔다!

석간신문을 가져온 여자 신문 배달부였다. 그녀는 3층 문 앞에 신문 한 부를 놓고 4층으로 올라갔다. 그녀가 다시 내려가기 전까지는 아무것도 하면 안 돼. 그냥 기다려야 해. 뎀바가 생각했다. 그는 따분해서 발 옆 짚 매트 위에 놓인 신문을 내려다보다가 큰 활자로 인쇄된 헤드라인을 무심코 읽었다. 〈헝가리 총리 사임〉, 그러자 불현듯 어떤 생각이 머릿속을 스치고 지나갔다. 혹시 벌써……. 내가 창문 밖으로 도주한 일이 석간신문 같은 데 벌써 실렸으면 어쩌지. 어쩌면 모든 상황을 아주 세세하게 적은 장문의 기사가 이미 신문에 실렸을지도. 〈범인은 다락방 창문에서 뜰로 대담하게 뛰어내려 체포를 피했고〉라고 쓰여 있을지도. 그리고 〈부상은 입지 않은 것으로 보인다. 경찰이 도주자를 뒤쫓고 있다〉 아니면 심지어 이렇게 적혀 있을지도. 〈슈타니슬라우스 D.라는 대학생이 범행 용의자로 지목되고 있다. 체포를 눈앞에 두고 있다.〉

뎀바는 완전히 참을성을 잃고 극도로 흥분한 채 신문 배달부가 계단을 다시 내려가기를 기다렸다. 이제 비로소 그는 바닥에서 신문을 집을 수 있었다. 그는 신문을 조급히 대강대강 읽어 나갔다.

지역 단신. 지역 단신이 어딨지? 틀림없이 지역 단신에 실렸을 텐데. 여기 있군. 간략한 사건 사고 소식. 그의 눈이 그 난을 잽싸게 훑었다.

군악대 행사. ── 니더외스터라이히주 사냥 협회 총

회가 21일 화요일로 연기되다. — 거리에서 필름 화재 발생. — 상등 감독관 홀라바체크 사망. — 드문 기념일. — 자살 기도. 잠깐. 이게 뭐지? 실업 학교 교사 에르네스트 W.의 부인 카밀라 W.가 어제 바벤베르거 거리에 위치한 집에서 베로날을……, 아니군! 계속. 시영 시가전차의 주작업장에서 사고 발생. — 한 어머니의 범행. — 끝.

신문에는 아직 아무것도 실리지 않았다. 당연하지. 바로 알 수 있는 일인데. 경찰이 우스운 꼴을 당했는데 언론 보도를 서두를 리가 없지. 재밌군. 뎀바는 신문을 접어 조심스레 도로 문턱에 놓았다.

그러고 나서 그는 손수건을 펼쳤다. 손수건을 판판하게 폈다가 접어 압박 붕대처럼 보이게 했고 이어서 그것을 손끝만 보이도록 오른손에 네 번 감았다. 그는 망토 속에서 고정핀 두 개를 찾아 그것으로 응급 붕대를 고정했다. 손목을 맞댄 상태에서는 정말이지 쉽지 않은 일이었다. 자, 이제 끝났다.

손에 이렇게 붕대를 감다니, 훌륭한 생각이야. 기막힌 아이디어라고. 뎀바는 이 탁월한 아이디어를 생각해 낸 자기 자신을 경하했다. 「정말 근사한 생각이야.」 그

235

가 말하고는 창유리로 다가가 자신의 거울상을 향해 절했다. 「경의를 표합니다! 당신과 악수를 나누고 싶습니다만. 네? 원하시지 않는다고요? 제가 조심해야 한다고요? 붕대가 밀릴까 염려하시는 건가요? 암요! 암요! 아쉽네요! 훌륭한 아이디어를 낸 당신과 악수를 하고 싶은데!」

템바는 한 번 더 절하고 속으로 웃었다. 전보를 손에 쥐고 계단을 달려 올라가는 심부름꾼 소년이 멈춰 서서 템바를 이상하게 쳐다봤다.

「일석이조야.」 템바가 생각하면서 계단을 올랐다. 「내가 손을 사용할 수 없다는 걸 이제 모두가 알겠지. 이제 드디어 안심할 수 있어. 게다가 며칠간 오지 못하는 데 대한 구실도 생겼고. 손에 심한 화상을 입었는데 수업을 할 수는 없는 노릇이지. 아무도 내게 그러라고 할 수는 없어. 의사 부인이라면 아마 알겠지. 그럴 수밖에. 이제 전진! 꾸물거릴 시간이 없어!」

5층에서 템바가 초인종을 울렸다. 하녀가 문을 열었다.

「부인께서는 집에 계신가요?」

「아니요.」

「선생님은요?」

「진료 중이에요.」

뎀바는 대기실을 슬쩍 보았다.

두 숙녀와 한 신사가 그곳에 앉아 잡지를 읽고 있었다.

「부인께서 언제 돌아오시나요?」

「아가씨께 여쭤볼게요. 아실 거예요.」 하녀는 엘리 베커의 방으로 들어갔다. 뎀바는 몇 마디 왈츠 박자와 소녀들이 웃는 밝은 소리를 들었다.

이윽고 엘리 베커가 몸소 나왔다. 그녀는 심한 근시여서 손잡이 달린 안경을 통해 뎀바를 쳐다봤다.

「안녕하세요, 뎀바 선생님! 엄마를 찾으세요? 물건 사러 나가셨어요.」

「유감이군.」 뎀바가 말했다. 「어머님과 급한 볼일이 있는데. 오래 걸릴까?」

「밖에 벌써 비가 내리나요?」 엘리가 물었다.

「그래요.」

「그렇다면 제 생각에는 금방 오실 거예요. 그동안 우리랑 좀 계시지 않을래요?」

「손님이 있나 보군요, 엘리 양.」

「그냥 친구 둘뿐이에요. 소개시켜 드릴게요.」

「전혀 내키지 않는걸.」

「괜히 빼지 마세요!」 엘리가 방문을 열었다. 「손님이 한 분 더 있어!」 그가 안에다 대고 외쳤다.

「무용수야?」 두 어린 소녀 중 하나가 물었다.

「아쉽게도 아니에요.」 템바가 문에서 말했다.

「이분은 무용수가 아냐. 하지만 뭔가를 낭송해 주실 거야.」 엘리가 말하고는 소개했다. 「이쪽은 슈타니슬라우스 템바 박사님. 이쪽은 제 친구 비키, 제 친구 아니에요.」

비키 양도 그렇고 아니 양도 그렇고 템바를 알게 되어 몹시 기뻐하는 기색은 아니었다. 물론 비에 흠뻑 젖은 낡은 망토를 벗지 않고 입은 채로 있는 템바는 꼴이 가관이었다. 키가 크고 날씬하며 짧은 금발에 가운데 가르마를 탄 10대 소녀 비키는 그저 건성으로 고개를 까딱해 인사했다. 키가 작고 여위었으며 주근깨가 나고 안경을 쓴 소녀인 아니는 피아노 연주를 멈추지도 않았다. 템바는 소파에 자리를 잡았고 두 어린 소녀의 냉랭한 태도를 눈치채지 못했거나 아예 신경 쓰지 않는 듯했다.

반면 이 집 딸인 엘리는 기필코 뎀바를 위해 분위기를 띄워 주어야겠다고 느꼈다. 그래서 그녀는 친구 비키를 팔꿈치로 치고 속삭였다. 「선생님은 낭송할 때면 두 팔을 마구 휘둘러 대. 잘 봐봐, 재미있을 거야.」

　뎀바는 그 둘이 속삭이는 소리를 듣고 불안해졌다. 하녀가 샌드위치와 다과를 그의 앞에 놓았을 때 그는 더욱 심기가 불편했다. 그는 차를 봤다가 샌드위치 접시를 봤다가 하며 어찌할 바를 몰랐다. 게다가 이제 엘리가 그에게 음식을 들라 권하기 시작했다.

　「좀 드세요, 뎀바 선생님. 그리고 옷은 왜 벗지 않으세요?」

　이제 뎀바는 자신의 탁월한 아이디어를 처음으로 시험대에 올리기로 결심했다.

　「벗지 않는 편이 좋아서요, 엘리 양. 보기 좋은 모습도 아닐 테고.」

　「왜요?」

　「어깨까지 팔에 붕대를 감았거든요. 양팔에 화상을 입는 바람에 소매 없는 상의를 입고 다녀야 해요.」

　「맙소사! 무슨 일이 있었던 거예요?」

　「룸메이트가 어제저녁 양초를 들고 창문 커튼에 너무

가까이 가는 바람에 커튼 천이 불길에 사로잡혀 버렸어요. 우리는 불타는 커튼을 손으로 잡아뗐고 그 과정에서 화상을 입었어요. 봐요!」템바는 손수건 감은 손을 조심스레 외투에서 꺼냈다.

「손 그대로 둬요! 움직이지 마세요!」엘리가 걱정하며 말했다. 「기다려요. 제가 시중들어 드릴게요. 그냥 가만히 계세요.」

그녀는 오픈 샌드위치 하나를 집어서 먹을 수 있게 템바 입 앞에 대주었다.

뭔가 먹을 수 있는 기회가 온종일 두 차례밖에 없었고, 그것도 누군가가 지켜본다는 느낌 탓에 압박 속에서 몹시 황급하고 불편하게 음식을 먹어야 했던 템바는 이제 맛있게 샌드위치를 먹으며 자신의 실험이 성공한 데 유쾌한 만족을 느꼈다. 엘리가 입에 담배까지 물려 주자 그는 몹시 기분이 좋았다. 지독한 골초인 그는 이 익숙한 향락을 하루 종일 몹시 그리워하던 차였다.

「통증이 있나요?」엘리가 물었다.

「그럼.」그가 말했다. 손목이 아팠다. 강철 고리의 압박 탓에 쓸린 것이 분명했다. 부어오른 손가락 역시 수많은 바늘 끝이 살을 후비는 듯 따갑고 쑤셨다. 위팔의 묵직한 통증이 어깨까지 올라왔다.

아니와 비키가 다가와 관심 있게 뎀바를 관찰했다. 탁자 위를 치운 하녀 또한 뎀바의 감긴 손으로 동정 어린 눈길을 던졌다.

아니가 안경을 붕대 가까이로 가져갔다.

「이건 화상이 아냐.」느닷없이 그녀가 말했다.

뎀바는 입에 문 담배를 떨어뜨렸고 모기가 눈으로 날아든 양 얼굴을 찌푸렸다.

「나를 속일 수는 없어요.」아니가 말하고는 안경을 도로 바로잡았다.

뎀바는 문으로 시선을 던졌고 비상시 두 걸음 만에 밖으로 빠져나갈 수 있을지 헤아려 보았다.

「결투를 하신 거예요.」아니가 확신에 차 말했다.

「아, 그렇군.」뎀바가 눈에 띄게 안도하며 말했다.

「제 말이 틀렸나요?」아니가 물었다. 「저한테 이야기를 지어내선 곤란해요. 우리 오빠는 녹색의 알레마네[38]거든요.」

「그렇지만 오해예요. 정말 그냥 화상이에요.」뎀바가

38　대학생 조합의 회원을 가리키는 표현. 당시 이들은 결투를 벌이곤 했다.

단호히 말했다.

「손가락에 화상을 입으신 걸 수는 있겠죠.」비키가 냉소적으로 말했다.

「프림이었나요, 티에르스였나요?」엘리가 펜싱 대가같이 정통한 표정으로 물었다.

「식스트.」[39] 뎀바가 밝혔다.

「다 털어놓아 보세요!」셋이 일제히 입을 모아 외쳤다.

「안 돼요!」뎀바가 말했다. 「그냥 화상이에요. 룸메이트의 경솔함 때문에 피해를 본 거라고요.」

「금발인가요 갈색 머리인가요?」비키가 궁금해했다.

「누가요? 믹슈요?」

「룸메이트분의 경솔함 말이에요.」

셋 모두가 웃기 시작했다.

「나이가 많나요 젊나요? 그 경솔함 말이에요.」엘리가 물었다.

「너 못 들었니?」비키가 외쳤다. 「〈청년의 경솔함〉이라고 말씀하셨잖아.」

「자, 어땠나요, 뎀바 선생님.」엘리가 졸라 댔다. 「이

---

39 프림, 티에르스, 식스트는 펜싱의 방어 자세 종류이다.

야기해 주세요! 시작해 봐요. 우리 모두 귀 기울여 들을 테니. 그러니까, 나는 이렇게 서 있었고 내 칼을 이렇게…….」

템바는 소녀들이 정도 이상으로 자신의 개인 이야기를 화제로 삼는다는 것을 깨달았다. 그는 대화 방향을 일반적인 결투 쪽으로 돌리려 애썼다. 비키는 결투가 20세기 인간의 입장에서 볼 때 완전히, 정말 완전히 무의미한 관습이라고 이야기했다. 엘리는 그 점을 인정했지만 학우회 간 펜싱 대결은 스포츠로 받아들여야 한다고, 나름의 목적을 충족시키는 일이라고 의견을 말했다. 아니는 단 하루 만에 상대 세 명을 이겼다는 지인에 대해 길게 이야기를 늘어놓았고 그녀 자신이 그 사건의 애꿎은 동기였다는 점을 넌지시 비쳤다. 그녀는 그 대담무쌍한 검객의 이름을 말했고 템바가 그를 아는지 궁금해했다.

템바는 이야기를 귀 기울여 듣고 있지 않았다. 그는 엘리의 도움으로 샌드위치 그릇을 비웠고 마지막에는 양념이 강한 고기를 얹은 빵을 몇 입 먹었다. 이제 그는 갑자기 심한 갈증을 느꼈다. 그는 엘리 베커가 보여 주는, 수많은 서명과 헌사와 시구가 있는 부채가 세 소녀 모두의 주의를 끈 것을 기회 삼아 두 손을 조심스레 슬그머니 물컵으로 가져갔다. 바로 그 순간 문이 활짝 열리고 세인트버나드 한 마리가 느릿느릿 방으로 들어와 비에 흠뻑 젖은 털을 흔들었고 아니, 비키, 엘리의 열렬한 환영을 받았다. 곧이어 하녀가 와서 뎀바 씨에게 부인께서 돌아오셨다고 알렸다.

베커 박사의 아내는 자비심이 남다른 부인이었다. 그녀는 복지 단체에서 반은 간부로, 반은 회원으로 있었고 한 달에 여러 차례 부인 몇 사람을 집에 모아 소모임 회의, 사전 논의, 위원회 회의를 열었으며 산책길마다 행상꾼 아이들과 구걸하는 아이들을 집으로 데려오는 것이 습관이었다. 아이들은 처음에는 철저한 청결 작업에 겁을 집어먹었다가 나중에 커피, 과일, 빵으로 보상을 받았다. 오늘도 어린 두 남자아이가 걱정스러운 얼굴로 현관문 근처에 서 있었다. 아이들은 신발끈과 반창고를 아직 손에 들고 있었다. 또 다른 아이를 지금 막 씻기고 있는 모양이었다. 왜냐하면 째지는 비명 소리와 여자 요리사가 크게 꾸짖는 소리가 부엌에서 들려왔기 때문이다.

뎀바가 들어갔을 때 베커 박사 부인은 벌써 옷을 갈

아입고 그녀 방에 앉아 차를 마시고 있었다.

「와, 이게 웬일인가요!」 작고 활발한 부인이 뎀바를 향해 외쳤다. 「하녀한테 이미 이야기 들었어요. 대체 무슨 일이 있었던 거죠?」

「작은 사고였을 뿐입니다, 부인.」 뎀바는 양초와 불탄 창문 커튼에 대한 자신의 소설을 이야기했고 열기 때문에 창유리 몇 개가 산산조각 났다는 말을 지어내 덧붙였으며 마찬가지로 불길에 사로잡힌 짚 의자를 세세하게 묘사했다. 그는 카나리아를 새장과 함께 불길이 닿지 않는 곳으로 구해 냈다는 소리를 덧보탤까 생각했으나 결국 관두었다. 자신의 이야기에 감상적이고 낭만적인 요소를 넣지 않기 위함이었다.

「어떻게 그렇게 부주의할 수가 있죠?」 베커 박사 부인이 물었다. 「무사하신 데 대해 정말 하느님께 감사드려야 해요. 손 좀 보여 주세요.」

그것은 뎀바에게 탐탁지 않은 일이었다. 그는 마지못해 외투에서 손을 반쯤 꺼냈다.

박사 부인은 소스라치며 두 손을 맞부딪쳤다. 「그런데 이게 붕대인가요?」 그녀가 소리쳤다. 「의사가 둘러준 것일 리가 없어요!」

「제 룸메이트가 붕대를 둘러 줬습니다. 의대생이거든 요.」뎀바는 손을 다친 척하는 자신의 아이디어가 결코 그리 유리한 것이 아니라는 사실을 알자 짜증이 났다. 온 세상이 이제 오로지 그의 손에만 관심을 가졌다. 어 느 정도 안정을 취하며 조용히 떨어져 있게 해주려던 손에 말이다.

「이렇게 해요. 지금 저희 남편한테로 가서 붕대를 제 대로 감으세요.」베커 박사 부인이 결정했다.

뎀바가 백지장처럼 창백해졌다.

「그건 안 됩니다.」그가 말을 더듬거렸다. 「그렇 게는…….」

「제 남편이 룸메이트분보다 더 잘해 줄 거라고 생각 하시지 않나요?」

뎀바가 의자에서 몸을 꼬았다.

「그야 물론 그렇지만요.」그가 말했다. 「저는 다만 박 사님 시간을…….」

「아, 말도 안 돼요!」의사 부인이 그의 말을 끊었다. 「2분이면 끝날 거예요. 남편이 곧 봐줄 거예요.」

그녀는 남편의 진료실 및 부엌과 방을 연결하는 인터 폰의 수화기를 집었다.

「루돌프!」 그녀가 말했다. 「지금 뎀바 선생님을 보낼게요. 바로 한번 봐주세요. 손에 화상을 입었어요. ― 네. ― 금방 갈 거예요.」 그녀가 수화기를 내려놓았다. 「됐어요, 선생님.」

「사실 제가 온 것은 그저…….」 뎀바가 말을 삼키고 적당한 표현을 찾았다. 「부탁을 드리려고 왔습니다, 부인. 제 월급을 오늘 미리 주실 수 있는지, 아직 1일이긴 합니다만, 왜냐하면…….」

그는 어찌할 바를 모르고 말을 멈췄다. 부인은 조금 생각한 후 다시 수화기를 집었다.

「여보, 루돌프! 자, 선생님이 가시거든 월급을 주세요. 80크로네예요. 부탁해요, 알았죠? 지금 제가 지갑이 없거든요.」

뎀바는 완전히 낭패해서 방을 나왔다.

현관에는 아직 아이들 중 둘이 서 있었다. 한 아이는 연옥 같은 목욕을 이미 마치고 한 손에는 버터빵을, 다른 한 손에는 사과를 들고 있었다. 그 옆에 있는 작은 남자아이는 부엌 쪽으로 불안하게 귀를 기울였다. 다음은 그 애 차례일 게 뻔했다. 갑자기 아이가 신발 끈 다발 둘을 바닥에서 낚아채 잽싸게 현관문을 열고 줄행랑을 놓왔다.

그 뒤로 뎀바가 소리 없이 슬쩍 문으로 나갔다.

둘은 계단을 뛰어 내려갔다. 뎀바는 2층에서 멈춰 섰고 손수건을 손에서 벗겨 내 주머니에 쑤셔 넣으려 했다. 바로 잘되지 않자 그는 욕을 하며 손수건을 바닥에 내던졌다.

15

뢰잠 박사는 1등으로 도착했다. 오래 기다릴 필요는
없었다. 비가 억수로 쏟아졌고 다른 이들은 매일 저녁
벌이는 부키 도미노 게임에 평소보다 일찍 나타났다.
카페 투르프에 예약해 둔 작은 방에는 오늘 열한 명이
앉아 있었다. 커튼으로 세심하게 창문을 가렸고 수습
급사가 문을 지켰다.

빨간 머리의 우체국 직원이 또 와 있었다. 바로 전날
그는 오늘을 마지막으로 이 얼치기 사기꾼 패거리와는
한 탁자에 앉지 않겠다고 맹세한 바 있었다. 그리고 늘
돈은 있지만 2년 전부터 무직 상태인 출장원. 한 주 내
내 받은 팁을 쉬는 날 저녁 이곳에서 날려 버리는 프라
터 여관의 급사. 한때 아우가르텐 다리와 프라터슈테른
사이 지역에서 널리 이름을 날리던 전 결혼 중매인 주

쉬츠키 부인. 그녀는 이제 은밀한 용도로 쓸 수 있게 방을 빌려주는 일을 했는데, 짧은 만남을 알선해 주는 일도 완전히 마다하지는 않았다. 〈전하〉라 불리는 건물 중개인, 그가 그리 불리는 데는 뚜렷한 근거가 없었는데 왜냐하면 그는 잃은 돈을 내줄 때 전혀 대공처럼 굴지 않았기 때문이다. 자기 대신 다른 사람이 이기면 체코어로 상욕을 하는 경리 담당 상사(上士). 어느 신문사에서 일하냐고 물으면 항상 손사래를 치며 〈여기저기 다요!〉라고 답하는 〈편집자 선생〉. 개와 여자 친구를 데리고 나타난 은행원. 그는 수습 급사에게 일러 개에게는 소시지 껍질을, 여자 친구에게는 숱하게 읽어 닳은 잡지 몇 부를 가져다주게 했는데, 그러면 게임에 빠져 있는 동안 둘을 완전히 잊어도 되기 때문이었다. 그리고 마지막으로 아직 박사가 아닌 반건달 의대생 휘벨과 이미 오래전부터 더는 박사가 아닌 륍잠 박사.

륍잠 박사가 물주를 잡았고 당연히 또 이겼다. 게임이 시작될 때 그는 구겨진 10크로네 지폐 세 장을 지갑에서 꺼내 운영 자금으로 자기 앞에 놓았다. 승자에게 세 배의 돈을 줘야 하는 판에서는 턱없이 적은 금액이었다. 판이 시작될 때 그는 〈이 돈으로 오늘 6백 크로네

를 딸 겁니다〉라며 대놓고 도발했다. 「그보다 적으면 안
돼요. 딱 그만큼을 어제 경주에서 잃었거든요. 그 돈을
꼭 다시 벌충해야겠습니다.」 그리고 지금, 게임 중에 그
는 다른 이들의 판돈을 쓸어 담을 때마다 물었다. 「오늘
6백 크로네를 딸 거라고 내 미리 말하지 않았나요? 앉
으세요, 여러분! 앉아요! 앉아! 이 속도로는 오늘 내 돈
을 회수할 수 없겠어요!」

  우체국 직원, 상사, 주쉬츠키 부인은 부글부글 울화
가 끓어올랐다. 립잠 박사가 정말로 이겼기 때문이다.
그의 자리에 돈이 쌓였다. 이따금 그는 탁자에서 지폐
몇 장을 집어 주머니에 안전하게 넣어 두었다. 옆 의자
에는 그의 서류 가방과 걸리적거리지 않게 떼어 놓은
닳은 소맷부리 한 쌍, 그리고 시가와 금시계가 놓여 있
었다. 그는 때때로 금시계로 눈길을 던졌다. 그는 1분도
넘기지 않고 딱 저녁 8시까지만 게임을 할 참이었다. 저
녁 8시에는 〈회의에〉 가야 한다고 했다. 립잠 박사는 그
런 일정을 만들어 두는 일을 결코 잊는 법이 없었다. 이
런 식으로 그는 설욕하려 들이대는 사람들을 피했다.
설욕전에 말려들면 딴 돈을 지극히 쓸데없고 불필요하
게도 다시 게임에 걸어야 했기 때문이다. 설욕전뿐만

아니라 동시에 주쉬츠키 부인의 애원하는 소리도 면할 수 있었다. 그녀는 판이 끝날 때마다 감동적인 하소연으로 그가 노획한 돈의 일부를 뜯어내려 했다.

〈회의〉가 있다는 말은 물론 아무도 믿지 않았다. 유죄 판결을 받아 박사 학위와 변호사 활동 권리를 잃은 이후로 ── 그는 의뢰인 중 하나에게 공갈죄를 저질렀다 ── 그는 자신과 다른 사람들의 연금으로 살았고 서류 가방은 그저 옛 습관 때문에 가지고 다녔다. 이제 국가와 사회는 온갖 형태로 그의 생활비에 보탬을 주었다. 은행원은 가불받은 봉급을 딱딱 맞춰 제공했고, 출장원이 장모에게 지원받은 돈은 부키 도미노라는 에움길을 돌아 뢰잠 박사의 호주머니로 들어갔다. 경리 담당 상사의 수많은 부수입과 주쉬츠키 부인이 쾌락을 만끽하는 레오폴트슈타트의 부잣집 도련님들에게 부과한 세금 역시 마찬가지였다. 국가와 국고, 상업과 향락 세계가 함께 일치단결해 뢰잠 박사에게 신분에 걸맞은 생활을 보장해 주었다.

도미노 패가 달그락거렸고 격분해 탁자로 던진 은화가 쨍그랑거렸으며 비가 유리창을 때렸다. 그리고 벽에 건 외투와 우산에서는 빗물이 가는 개울로 흘러내려 바닥에서 작은 연못으로 하나가 되었다. 룁잠 박사는 여러 요소가 만들어 내는 소요 속에서도 몹시 만족한 표정을 지었다. 그를 반대하는 분위기가 차츰 격앙되었지만 6백 크로네가 이제 멀지 않았다. 그는 점점 더 자주 금시계로 눈길을 던졌다.

수습 급사가 문으로 머리를 들이밀었다.

「누가 박사님을 찾으시는데요.」

「누구? 나?」 이제 막 도미노 패를 나눠 주던 박사는 영업시간 중에 방해를 받는 것이 몹시 달갑잖았다.

「아뇨. 휘벨 박사님요.」

키 큰 의대생이 일어났다. 그는 10크로네 지폐를 손가락 사이에 끼고 있었고 마지막 남은 이 현금을 한 번에 걸어야 할지 고민하던 차였다.

「누가 날 찾는다고?」 그가 멍하니 물었다.

「네. 밖에서 기다리고 계세요.」

「방금 떠났다고 말해 줘요.」 그가 만일의 경우를 대비해 말했다.

「박사님이 여기 계시다고 이미 말했는걸요!」

「멍청이 같으니!」 휘벨이 고함을 질렀고 온통 나쁜 예감에 사로잡혀 밖으로 나갔다.

예감이 맞았다. 슈타니슬라우스 뎀바가 밖에 서 있었다.

「안녕, 뎀바.」 휘벨이 그다지 반기지 않으며 말했다. 「내가 여기 있는 걸 어떻게 알았나?」

「자네 집에 갔었지. 집에 없더군. 여기 오면 자네를 찾을 거라 생각했어.」

「자네의 통찰력은 경탄할 만하군. 하지만 제발 지나친 희망은 품지 말게.」 그가 구겨진 10크로네 지폐를 보여 줬다. 「봐, 이 모양이라고. 내가 가진 건 이게 다야.」

뎀바가 창백해졌다. 「오늘 돈을 준다고 약속했잖아!」

「한 시간 일찍 왔어야지. 내가 게임 탁자에 앉기 전에 말이야. 이제 내 숙식은 이미 륍잠 박사 손에 달렸네. 자네가 제때 오지 않은 탓이야.」 휘벨이 분위기를 장난스럽게 끌고 가고자 미약하게나마 애쓰며 말했다.

「그 돈을 기다렸다고!」 뎀바가 말하며 굳은 눈빛으로 바라봤다.

「내가 얼마 꿨지?」 휘벨이 기가 죽어 물었다.

「40크로네.」 뎀바가 말했다.

「유감이군!」 휘벨이 말했다. 「나는 운이 없었네. 어쨌든 이 10크로네를 가져가게. 그러지 않으면 저 타짜 륍잠 박사가, 아니면 안에 있는 다른 선수들 중 하나가 먹어 버릴 테니.」

템바는 〈타짜〉가 사기 도박꾼을, 〈선수〉가 직업 노름꾼을 뜻한다는 것을 이해할 만큼 부키 노름꾼의 은어를 알았다.

그는 고개를 끄덕였으나 돈을 가져가지는 않았다. 「10크로네로 뭘 어쩌라는 거야!」 그가 음울하게 말했다. 「10크로네라니! 나는 훨씬 많은 돈이 필요하다고!」

휘벨은 어쩔 줄을 몰랐다.

「자네 친구들한테 좀 빌려다 줄 수는 없을까?」 템바가 문으로 시선을 던지며 말했다.

「저 사람들한테?」 휘벨이 소용없다는 손짓을 했다. 「저 사람들을 잘 몰라서 하는 소리야. 여기에서는 누구도 다른 사람에게 돈을 빌려주지 않아.」

「이제 어쩌지?」 템바가 속수무책으로 말했다.

「이럼 어떨까?」 휘벨이 외쳤다. 「게임을 한번 해봐. 어쩌면 자네가 나보다 운이 더 좋을지도 몰라.」

템바는 격하게 고개를 저었다.

「부키에서는 모든 게 그냥 운이라고.」 휘벨이 장담했다. 「10크로네가 쉽게 1백 크로네가 될 수 있고 그 이상도 가능해.」

「아니.」 뎀바가 말했다. 「나는 카드는 건드리지도 않네.」

「카드가 아니야. 부키는 도미노 패로 하는 게임이라고, 이 답답한 친구야.」

「어떻게 하는지도 모른다고.」 뎀바가 말했다.

「알고 자시고 할 것도 없어.」 휘벨이 열렬하게 설명했다. 「평범한 도미노야. 도미노는 알잖나. 네 명의 선수에게 돈을 걸 수 있어. 경마처럼 말이야. 전혀 게임을 같이하지 않아도 돼. 그냥 돈만 걸면 된다고.」

뎀바가 주저주저했다.

「어제 주쉬츠키 부인은 손가락 하나 까딱 안 하고 1백 크로네를 땄다고.」 휘벨이 이야기했다.

손가락 하나 까딱 안 하고! 이 말이 뎀바를 결정적으로 움직였다.

「사실 전부터 늘 한번 이 게임을 보고 싶었다네.」 뎀바가 말했다.

「그럼 오라고!」 휘벨이 말하고는 그를 문 안으로 밀었다.

뎀바의 등장은 처음에 별 주목을 끌지 않았다. 〈부키〉

게임에서는 낯선 얼굴들을 몹시 꺼리긴 했지만 뎀바는 휘벨이 데려왔으므로 문제가 되지는 않았다. 뎀바를 게임에 끼워 주기 위한 형식적 절차는 아주 간단했고 원활히 진행되었다.

「쩐이 있는 겁니까?」 륍잠 박사가 물었다.

휘벨은 손을 오므려 뎀바에게 돈이 충분하다는 신호를 주었다. 「차고 넘치죠.」 휘벨이 덧붙였다.

「그럼 좋습니다.」 륍잠 박사가 말했다. 이제 된 것이었다.

「불운! 불운이여! 빌어먹을 비참한 불운이여!」 이 순간 우체국 직원이 소리를 질렀다. 그는 네 번째로 판돈을 잃었고 더는 가진 돈이 없어 이제 전투 불능 상태가 되었다.

「내 귀에는 음악 소리 같군요.」 륍잠 박사가 흡족해하며 돈을 쓸어 담았다. 「앉으세요, 여러분. 앉아요, 앉아! 김이 새겠어요.」 그는 손을 문지르고는 뎀바에게 눈을 찡긋하고 물었다. 「들어왔나요, 젊은 양반?」

뎀바가 그를 쳐다봤다. 그는 륍잠 박사의 털이 수북한 손에서 검지와 중지가 기형인 것을 보고 뭔가 심기가 불편했다.

「박사님은 돈을 걸었느냐고 묻는 거네, 뎀바.」휘벨이 설명했다. 「누구한테 걸까?」

「자네 마음대로 하게.」뎀바가 말하고는 그를 무섭고 불안하게 하는 박사의 손가락을 줄곧 몸서리치며 바라보았다.

「한 번에 다 걸까?」

「응. 한 번에 다 걸게.」

도미노 패 네 줄이 탁자 위에 놓여 있었다. 그것들은 게임에 사용되지 않았다. 각 줄은 게임 참가자 중 한 명을 나타냈다. 휘벨은 두 번째 줄과 세 번째 줄 사이 칸에 10크로네 지폐를 밀어 넣음으로써 〈빵가루〉, 다시 말해 뺨과 턱에 숱하게 난 누르스레한 여드름 덕에 이 별명을 얻은 급사의 승리에 돈을 걸었다. 게임이 개시되었고 모두가 긴장한 가운데 〈편집자 선생〉이 첫 번째 패를 시작했다.

뎀바는 몸을 돌렸다. 자신의 돈이 어떻게 되는지 알고 싶지 않았다. 그는 보지도 듣지도 않기 위해 신문이나 화보 같은 뭔가 읽을거리를 찾았다. 하지만 『오스트리아 카페』 신문 한 호만이 벽에 걸려 있었다. 뎀바는 그 신문을 읽기 시작했다.

광고들. 바로 1면에. 누군가가 여관 정원용 녹색 의자 150개를 내놨다. 다음 사람은 1급 화주를 판매했다. 또 다른 사람은 오케스트리온을 사라고 했다. 결정빙! 종이 냅킨 10만 장! 시가 라이터! 실용적! 현대적! 신문 난에서 울리는 새된 소리들. 모두가 돈을 벌려 했고, 모두가 아우성을 쳤고, 모두가 앞으로 밀고 나갔고, 세상은 화주로 얼룩진, 시가 재로 더러워진, 녹색 보가 덮인 크고 둥근 게임 탁자였고, 은화가 쨍그랑거렸고, 지폐가 팔랑거렸고, 세상에서 굴러가는 모든 굴덴 뒤로 수천의 탐욕스러운 손이, 기형 손가락에 털이 수북한 손이, 그럼에도 물건을 잡을 줄 아는 손이, 두족류의 촉수처럼 뻗쳤다. 그리고 조급함, 최대한의 이익을 위한 흥정, 탐욕, 폭리, 사기가 뒤엉킨 이 온갖 아수라장 속에서 뎀바는 감히 자신의 몫을 향해, 그것을 두고 다른 수천의 주먹 쥔 손이 서로 드잡이하고 그를 떼밀고 옆으로 밀치는, 시시한 한 줌 돈을 향해 소심하게 손을 뻗은 것이었다. 갑자기 뎀바는 용기를 잃고 낙담했으며 모든 것을 포기했다. 자신의 가련한 시도가 너무도 수치스러운 나머지 남몰래 슬쩍 문밖으로 나가 버리려 했다.

이때 갑자기 게임 탁자 쪽에서 야단스럽고 소란스러

운 소리가 들려왔다. 주쉬츠키 부인이 뢰잠에게 〈훈수를 둔〉 한 게임 참가자를 상스러운 사기꾼이라 불렀다. 편집자가 외쳤다. 「이제 다 알겠어!」〈빵가루〉는 쉼 없이 고함을 질러 댔다. 「내 돈을 되찾고야 말겠어!」그리고 뎀바 옆에는 의대생이 서서 손에 돈을 들고 말했다.

「봐, 뎀바. 내가 뭐라고 했나? 자네가 땄어.」

「얼마나?」 뎀바가 고개를 들지 않고 물었다.

「30크로네. 세 배 금액이야.」

뎀바는 침묵했다.

「이제 어쩔까?」 휘벨이 물었다.

「계속 걸어.」 뎀바가 말했다.

「전부?」

「그래.」

「여러분, 조용!」이제 뢰잠 박사가 외쳤다. 「조용!」 휘벨이 거들었다. 소란은 점점 잦아들었다. 주쉬츠키 부인만이 한동안 더 한탄과 의혹을 늘어놓았지만 게임은 계속 진행되었다.

여전히 뎀바는 그쪽을 보지 않으려 자제했다. 그는 신문을 뚫어져라 보았고 무슨 뜻인지도 모르고 단어와 행을 읽어 나갔다. 그러면서 게임 탁자 쪽으로 귀를 쫑

굿 세웠다. 도미노 패가 달그락거렸고 출장원은 시끄럽게 블랙커피를 홀짝거렸다. 별안간 주쉬츠키 부인이 기도하듯 진지하고 엄숙하게 말했다.

「할룸드랄룸.」

「웬 할룸드랄룸?」 우체국 직원이 항의했다. 「양쪽에 8이 있습니까? 오른쪽은 7이잖아요!」

〈할룸드랄룸이 누구지?〉 하고 템바가 묘하게 흥분해서 생각했다. 할룸드랄룸이 누구더라? 머리가 고통스레 쑤셨다. 그는 불현듯 깨달았다. 타타르의 군신(軍神). 그리고 그의 눈앞에 키 작은 배불뚝이 남자, 노란 여드름이 겹겹이 뒤덮인 납빛 얼굴에 부푼 입술과 멍한 눈을 한 남자의 모습이 나타났다. 그는 알록달록한 누더기를 몸에 걸치고 서 있었다. 손은 털북숭이였고 땋은 머리가 목에 드리워 있었다. 할룸드랄룸, 타타르의 군신. 아냐! 저들 모두, 저기 있는 다른 이들이 경배하는 돈 그 자체의 신. 그 신은 그곳에 서서 히죽이며 그를 바라보고 말했다. 내 돈을 원하나, 이 얼간아? 뭘 내놓을 건데? 결정빙? 정원 의자? 종이 냅킨? 아무것도 안 내놓는다고? 아무것도? 그럼 내 앞에서 절해. 절하라고, 이 난쟁이 녀석! 더 푹 숙여! 더 푹!

그러자 슈타니슬라우스 뎀바는 아무것도 없는 벽 앞에서 돈을 위해 순순히, 굴종적으로 몸을 푹 숙여 절을 했다. 벽에는 자신의 그림자와 누르스름하게 바래고 찢어진 벽지 조각 말고는 아무것도 없었다.

「저 끝났어요!」 그 순간 급사가 외쳤고 곧 소란이 일었다. 모든 것이 뒤섞여 소리를 질렀다. 주쉬츠키 부인이 새된 목소리로 외쳤다. 「말도 안 돼! 당신 차례가 아니잖아요!」

「농간이야!」 우체국 직원이 포효하며 주먹으로 탁자를 쳤다.

「하지만 박사가 〈계속〉이라고 했잖아요.」 급사가 하소연했다.

「사기야! 사기!」 우체국 직원이 부르짖었다.

「조용!」 뢥잠 박사가 그보다 큰 소리로 외쳤다. 「누가 사기라고 그럽니까? 내 돈도 잃었다고요!」

뎀바 옆에 또다시 휘벨이 서 있었다. 그가 소매를 당기며 말했다.

「또 이겼네.」

「그래?」 뎀바는 놀라지도 어안이 벙벙하지도 않았다.

「90크로네야. 계속 걸까?」

「그래.」뎀바가 끄덕였다.

「얼마나?」

「전부.」

「미쳤어?」휘벨이 물었다.

「그래.」

「그건 도박이야!」

「이미 오늘 내내 그래 왔는걸.」

「난 관계없네. 하지만 세 번 연달아 따지는 못할 거야.」

그는 게임 탁자로 돌아갔다. 난잡한 광분과 실망의 물결은 지나갔다. 새 게임이 시작되었고 사람들은 다시 판돈을 걸었다. 륍잠 박사는 민숭민숭한 머리를 손으로 초조하게 쓸었다. 그는 지난 판에서 가진 돈의 절반 이 상을 잃었다.

「어쩔 겁니까?」그가 물으며 뎀바의 돈을 가리켰다.

「그대로 갈 겁니다.」뎀바가 말했다.

「그러니까, 올인!」륍잠 박사가 말했다.「부디 알아듣 게 말해 주세요!」

「네. 올인요.」휘벨이 확인해 주었다.

「그럼 좋습니다.」전직 변호사가 말했다.「그저 알고

263

싶었을 뿐입니다…….」 그가 패 하나를 탁자 한가운데에 놓았고 게임이 시작되었다.

「어디 끝장을 봅시다.」 주쉬츠키 부인이 말하고는 패를 밀어 옮겼다.

「나는 전부 가지고 있습니다.」 편집자가 자신이 가진 도미노 패를 두고 말했다.

게임은 계속되었다. 이번에 템바는 긴장하고 잔뜩 들떠서 게임을 지켜보았다.

저기 도미노 패 두 줄 사이에 그의 90크로네가 끼워져 있었다. 그리고 이제 이기면 270크로네를 그가 갖게 된다. 수백 명의 지저분한 손을 거친 닳고 구겨진 종이, 그럼에도 그것은 ─ 프로테우스[40] 같은 돈! ─ 탁자 위로 몸을 숙이고 서서 탐욕스러운 눈으로 그것을 탐내는 저기 모든 이에게 또다른 유혹적인 모습으로 나타났다. 어떤 이에게는 내내 흥겹게 즐기고 진탕 술을 마시는 밤이었고, 다른 이에게는 오래전부터 밀린 집세였다. 저기 저 사람에게는 한 달 내내 실컷 먹을 수 있다는 것을 뜻했다. 또 저 사람은 밤마다 뒷골목 창녀에게로 그것을 가져갈 테고, 여기 이 사람은 경주나 주식에 탕진

40   그리스 신화에 나오는 해신 중 하나. 자유자재로 모습을 바꾼다.

할 테고, 저 여자는 침대의 짚 매트리스 아래 그것을 숨길 터였다. 그렇다면 그에게, 뎀바에게 그것은 무엇일까? 그는 그것을 자세하게 상상해 보려 노력했다. 그는 아득히 오래된 탑을, 대성당 정문을, 그리고 바이올린이나 류트를 연주하는 석조 천사를 상상하려 했다. 자신이 조냐와 팔짱을 끼고 어느 이탈리아 도시의 좁고 구불구불한 골목을 거니는 모습을 상상하려 했다. 하지만 이상하게도 이러한 장면 중 아무것도 좀처럼 떠오르지 않았다. 도시도, 탑도, 바이올린을 연주하는 천사도 떠오르지 않았다. 모든 것이 무색으로 흐릿하게 남아 있다가 녹아서 사라져 버리고 말았다. 그 대신 다른 영상들이 떠올랐다. 다른 이들이 품은 소원, 욕망, 희망의 환영이 그의 머릿속에서 형체를 드러냈다. 륍잠 박사는 집시 음악을 들으며 샴페인 병을 앞에 두고 뚱뚱한 여자 둘과 앉아 웃고 있었다. 그리고 갑자기 빈방이 나타났다. 다른 가구 하나 없이 달랑 침대 하나만, 엄청나게 큰 침대 하나만 있었다. 침대 속 공간은 온 도시의 공기가 다 들어갈 정도였다. 주쉬츠키 부인이 매트리스 아래에서 남몰래 돈을 꺼내 사랑스레 어루만졌다. 우체국 직원은 식탁보를 깔지 않은 식탁 위에 빵, 소시지, 치즈가 든 도기 접시를 두고 굶주린 눈으로 뺨이 불룩하도록 하나하나 음식을 집어 삼켰다. 다른 이들의 소원과 욕망이 눈앞에서 화려하게 생기를 얻는 반면 그의 소원과 욕망은 그렇지 않자 뎀바는 돈을 잃을까 덜덜 떨고 걱정하기 시작했다. 그는 돈이 날아가고 이 순간 이미 더는 자신의 것이 아니라 륍잠이나 주쉬츠키 부인의 것이 되리라는 절망적인 확신에 빠졌다.

「막혔네!」 갑자기 편집자가 외쳤고 그와 동시에 주쉬츠키 부인이 비명을 질렀다.

「막혔어요! 이제 나는 패 세 개가 남았고 더는 패를 뗄 수가 없어요.」

「막혔다고? 누가 그래요?」 급사가 의기양양하게 외치고는 자신의 패 두 개를 하나는 오른쪽에, 하나는 왼쪽에 냈다. 「하나는 금요일, 하나는 월요일! 저는 끝입니다!」

「와! 자네는 행운아야! 또 이겼네. 270크로네야!」 휘벨이 뎀바 귀에다 대고 소리쳤다.

변호사가 자리에서 일어났다. 방 안이 조용해졌다.

「자. 전부 드리겠습니다.」 그가 조금 잠긴 목소리로 말하고 주머니에 손을 넣었다.

「저한테는 60크로네를 주셔야 해요.」상사가 외쳤다.

「저는 45크로네!」건물 중개인이 소리쳤다.

「저도 45크로네. 빨리 주셨으면 좋겠는데요.」출장원이 말했다.

「다 드린다고요.」뢰잠 박사가 외치고는 민숭민숭한 머리를 손으로 쓸었다.「하지만 그럼 다른 분이 물주를 잡아야 합니다. 저는 더는 부키를 볼 수가 없습니다. 완전 빈털터리가 됐어요.」

그가 지갑을 꺼내 돈을 주기 시작했다.

「이제 다른 분이 물주를 잡아야 해요. 저는 이제 돈이 없습니다. 여러분 중 하나가 호의를 베풀어 제게 1백 크로네를 빌려주시지 않는다면요.」

그의 당찮은 기대에 대한 대답은 비웃음이었다.

「부탁입니다. 담보를 드리죠. 제 시계를요.」이제 무슨 일이 있어도 게임을 계속하고 싶은 뢰잠 박사가 격앙해서 말했다.「제 시계는 툭 까놓고 이야기하건대…….」

그는 의자 위에 놓아두었던 시계를 집으려 했으나 시계는 그곳에 없었다.

「내 시계가 어디 갔죠?」그가 묻고는 초조하게 주머니를 죄다 뒤졌고 의자를 옆으로 옮겼다.

「여러분! 이런 건 유쾌하지 않습니다만.」그가 억지로 불안감을 숨기려 애쓰면서 말했다. 「부탁인데 제 시계를 가지고 장난 그만두세요.」

그는 주위를 둘러보았고 흥분해서 한 사람 한 사람을 바라보았다.

「자, 장난은 다 그만두시죠.」아무도 대답이 없자 그가 말했다. 「같이 어울려 드릴 기분이 아닙니다. 당장 시계를 돌려주셨으면 합니다.」

「저한테는 없어요.」우체국 직원이 장담했다.

「저한테도요. 나는 그런 장난 안 쳐요.」편집자가 말했다.

「저는 시계를 가지고 계신 것도 몰랐는걸요.」상사가 외쳤다.

「마지막에 어디 두셨죠?」빵가루가 물었다.

「주머니 속을 찾아보시죠, 박사님. 거기 넣어 두셨을 거예요.」건물 중개인이 외쳤다.

뢉잠 박사는 불안한 나머지 샛노래진 얼굴로 모든 주머니를 한 번 더 뒤집었고 그런 뒤 성냥을 켜 탁자 밑을 비추어 보았지만 아무것도 발견하지 못하고 찾기를 포기했다.

「이건 스캔들이에요!」주쉬츠키 부인이 외쳤다.

륍잠 박사가 이제 문가에 서서 선언했다.

「제 시계를 다시 찾기 전에는 아무도 문밖으로 못 나갑니다. 백주대낮에 어떻게 이런 일이 가능한지…….」

「저는 자리에서 일어나지도 않았습니다!」편집자가 외쳤다. 「직접 보셨지 않소, 박사?」

「난 아무것도 못 봤습니다!」륍잠 박사가 격노해서 말했다. 「이제 아무도 못 나가요!」

「8시까지는 반드시 편집국에 가야 합니다.」

「그러든 말든 저한테는 상관없습니다. 제 시계를 다시 찾을 때까지는 모든 것이 여기 그대로 있어야 합니다.」

「제가 당신 시계를 훔쳤다는 말입니까?」은행원이 항의했다.

「여러분! 제안이 하나 있습니다!」휘벨이 외쳤다. 「우리 모두에게 중요한 건 우리 중에 도둑이 없다는 것을 확인하는 일입니다. 그래서 제안을 드리는데 우리 한 사람씩 차례로 륍잠 박사님께 몸수색을 받는 게 어떨까요? 부탁드립니다.」뒤엉켜 싸우는 목소리들 속으로 그가 우렁차게 말했다. 「아무도 그걸 모욕으로 받아들여

선 안 됩니다. 저부터 시작하지요.」

그는 상의를 벗고 주머니를 뒤집었다. 뤼잠 박사는 그를 조사했다. 아주 꼼꼼히 조사하지는 않았다. 그는 특정인을 의심하고 있었다. 왜냐하면 주쉬츠키 부인이 게임 중에 한 번 한참 동안 그의 뒤에 서 있었기 때문이다.

뎀바는 방 안에서 벌어지는 모든 일에 관심을 두지 않았고 아무것도 듣지 못했다. 그의 판돈이 놓여 있던 게임 탁자에는 이제 상당한 수의 지폐와 그에 더해 은화가, 다시 말해 270크로네가 흩어져 있었다. 그리고 그 돈은 그의 것이었다. 뎀바는 고양이처럼 탁자 주위를 맴돌았다. 돈이 손과 주머니 안으로 들어오게 하려면 어떻게 해야 할까! 가장 좋은 기회를 엿보고 번개처럼 손을 뻗는다. 아주 쉬워 보이는 일이었다. 하지만! 뎀바는 감히 실행에 옮기지 못했다.

이제 은행원 차례였다. 그의 주머니를 조사한 결과 주머니칼, 카를스바트 두석(豆石)으로 만든 담뱃갑, 콘돔 두 개와 소책자 『한담을 나누고 대화를 이어 가는 법』이 발견되었다. 이어서 급사 〈빵가루〉의 차례가 되었다. 하지만 나온 거라곤 그가 어느 늙수그레한, 사랑에 홀딱 빠진 얼굴을 한 부인과 팔짱을 끼고 있는 카비네판 사진 몇 장뿐이었다. 이제 륍잠 박사는 슈타니슬라우스 뎀바에게로 몸을 돌렸다.

「실례해도 되겠습니까?」 그가 정중히 물었다.

뎀바가 소스라쳤다. 「왜 이러시죠?」

「물론 그저 형식적인 절차일 뿐입니다.」 륍잠 박사가 말했다. 「저는 범인이 누군지 분명히 확신합니다만 그래도…….」

「대체 왜 이러시는 겁니까?」 방해를 받은 뎀바가 짜증스레 물었다. 돈을 안전하게 수중에 넣을 방법이 이 순간 막 떠오른 참이었다. 그는 휘벨에게 돈을 잠시 맡아 달라고 부탁하려 했다. 그러면 이후의 방법은 쉽게 찾을 수 있을 터였다.

「부탁드립니다. 외투 먼저 벗어 주시지요.」 륍잠 박사가 말했다. 「말씀드렸듯이 그러셨다고는 생각하지 않습니다만 그래도…….」

뎀바는 그를 빤히 쳐다보았고 자신이 뭔가 잘못 알아들었다고 믿었다.

「무슨 말씀이죠? 제 외투가 뭐 어쨌다고요……?」

「네. 외투를 벗어 주십시오.」 륍잠 박사는 참을성을

잃었다.

「그럴 수는 없습니다.」 뎀바가 말했다.

「그게 무슨 뜻인가요?」 뢰잠 박사가 물었다. 「벗지 않으신다고요?」

「말도 안 됩니다.」 뎀바가 말했다. 「날 좀 내버려 두십시오.」

「몹시 의심스러워!」 우체국 직원이 외쳤다.

「아하!」 주쉬츠키 부인이 소리쳤다.

「정말로, 매우 이상하군요.」 출장원이 말했다.

「그런 거였군요.」 뢰잠 박사가 말했다.

「뎀바!」 휘벨이 외쳤다. 「시계가 자네한테 있나?」

「무슨 시계?」 뎀바가 당황해 물었다.

「박사님 시계 말이야.」

「제가 당신 시계를 가져갔다고 생각하시는 건 아니겠죠?」 뎀바가 분개해 외쳤다.

「아닙니까?」 뢰잠 박사가 놀라서 백 퍼센트 확신에 차지는 않은 어조로 물었다. 「장난일 거라고 생각했습니다…….」

「말도 안 돼요!」 뎀바가 단언했다.

「그럼 몸수색을 받으시죠.」

「안 됩니다.」뎀바가 소리를 내질렀다.

「그렇지만 뎀바. 그냥 형식적인 절차일 뿐이야. 모든 분들이…….」

「안 돼!」뎀바가 부르짖고는 도움을 간청하는 눈빛으로 의대생을 바라보았다.

「그렇군요.」륍잠 박사가 말했다.「몸수색을 안 받으시겠다는 거군요. 그렇다면 제가 할 일은 정해졌습니다.」

그는 뎀바에게서 등을 돌리고 탁자로 다가갔다.

「더 이상 언쟁하지 않겠습니다.」그가 아주 평온히 말했다.「그럴 필요가 뭐 있겠습니까.」

그러고는 탁자 위에 놓인 돈을 휙 하고 집어 갔다.

그의 돈이 륍잠 박사의 손에 들어가자 뎀바는 백지장처럼 창백해졌다. 절망에서 온 격한 분노가 갑자기 그를 엄습했다. 안 돼. 이럴 수는 없어! 저 인간이 돈을 가진다니 있을 수 없는 일이야. 자, 그에게로 달려들고, 손을 풀고, 돈을 낚아채는 거야! 분명 사슬을 끊을 수 있을 거야! 쇠라고 해서 못 할 건 없지. 강철도 부술 수 있어. 그는 안간힘을 다해 사슬에 항거했다. 근육이 팽창하고 혈관이 부풀었다. 극도의 궁지 속에서 그의 두 손은 반항하는 두 거인이 되었다. 사슬이 삐걱거렸다…….

그러나 쇠사슬은 끄떡없었다.

「하지만 제 시계는 다시 찾아야겠습니다. 도울 수 있는 일은 도와주시지요.」 뤼잠 박사가 말했고 조금은 양심에 거리낌을 느끼며 템바의 돈을 주머니에 집어넣었다. 「다른 도리가 없습니다. 궁지에 몰리면 쇠도 부수는 법이지요.」

16

이제 슈타니슬라우스 뎀바는 거리에 서 있었다. 우롱
당한 채, 좌절한 채, 속아서 돈을 가로채이고 마지막 희
망을 빼앗긴 채.

비가 내렸다. 그는 타는 목마름을 느꼈다. 손, 특히 손
목과 손가락이 아팠다. 그는 풀이 죽었고 너무도 피곤
한 나머지 이제 집에 가 이불에 고개를 묻고 아무것도
생각하지 않고 자고 싶을 따름이었다.

그는 손에 수갑을 차고도 돈을 위해 일상의 소용돌이
속으로 과감히 들어갔다. 그러나 미쳐 버린 이날 하루
는 그를 가차 없이 내내 몰아댔고 무력한 호두 껍데기
처럼 이리저리 내던졌다. 이제 슈타니슬라우스 뎀바는
지쳤고 싸움을 포기했으며 자고 싶었다.

〈만일 내가 저녁에 탁자에 돈을 내놓지 못한다면, 바

이너랑 같이 가도 좋아〉라고 그는 아침에 말했다. 그리고 이제 상황이 그렇게 되었다. 그는 돈이 없었고 더는 돈을 구해 보려는 시도를 하고 싶지 않았다.

「그녀는 떠나겠지.」그가 걸어가며 혼잣말을 하고는 어깨를 으쓱했다. 「나는 막지 않을 거야. 그녀는 오늘 저녁 8시까지만 나를 기다릴 의무가 있어. 그때까지만. 페어플레이야. 나는 할 수 있는 일을 했지만 성공하지 못했어. 간교한 우연들의 단단한 조직, 악랄한 사건들의 연합이 나를 가로막았어. 이제 조냐는 자유의 몸이야. 그렇게 결정된 거야. 나는 약속을 지키는 거고. 페어플레이야.」

페어플레이란 말에 어떤 만족감이 밀려왔다. 길을 걸으며 그는 얼굴 한 번 찌푸리지 않고 이제 막 상당한 액수의 신용빚을 갚으려는 경마 클럽 회원의 태도를 취했다.

「앞으로 일이 어떻게 되어 갈지에 대해 다행히도 나는 아무 관심이 없어.」템바가 조용히 말하며 발걸음을 재촉했다. 「전혀 관심이 없다고.」이 말이 마음에 들었다. 그래서 그 말을 한 번 더 사용했다. 「이로써 나의 무관심을 선언합니다.」그 말을 하며 파급력 큰 중요한 선언을 발표하는 노련한 외교관의 얼굴 표정을 지었다. 그는 멈춰 서서 가볍게 절함으로써 자신이 앞으로의 일에 전혀 관심이 없다는 것을, 보이지 않는 상대에게 알렸다.

「아무렴. 전혀 관심이 없지.」 그가 다시 말했다. 모든 것에서 위로와 평온을 얻게 해주는 기묘한 능력을 지닌 듯한 이 말에서 헤어날 수 없었기 때문이다. 그는 조냐 하르트만이 내일 다른 남자와 여행을 떠나고 자신은 홀로 남으리라는 생각을 거의 한 점 증오도 분노도 아픔도 느끼지 않고 해낼 수 있었다.

「나는 내 말을 지킬 수 없었어. 그러니 이제는 결과를 받아들여야 해.」 그가 자신에게 확인시켰다. 그는 진열창 앞에 서서 유리에 비친 제 모습을 찾았다. 자기가 얼마나 냉정하고 흔들림 없고 모든 것에 결심이 선 모습으로 결과를 받아들이는지 꼭 보고 싶었기 때문이다.

「더는 돌이킬 수 없어. 그렇게 된 거야.」 그가 말하고는 지금 처한 상황의 필연적 성격을 자신에게 확신시키려 했다. 길모퉁이에서 막 셔터를 내리던 상점 일꾼과 가득 찬 맥주 조끼를 들고 대문에 선 하녀, 그들 모두는 고개를 숙이고 어깨를 으쓱하고 자기 자신을 열심히 설득하며 서둘러 거리를 지나는 기이한 인물을 의아한 눈으로 쳐다보았다.

「이제 집에 가자!」뎀바가 말하고 멈춰 섰다. 「그런데 도대체 내가 어디로 가고 있는 거지? 집에 갈 시간이잖아! 믹슈는 벌써 나갔을 거야. 마음 편히 집으로 갈 수 있어. 7시 30분이군. 슈테피가 곧 올 테고 그러면 드디어 수갑에서 해방되는 거야.」

그는 리히텐슈타인 거리로 접어들었다. 도대체 왜 자신이 그 바이너 씨 때문에 집으로 가는 지름길을 멀리해야 하는지 도무지 알 수 없었기 때문이다. 그 바이너 씨가 바로 이 리히텐슈타인 거리에 산다고 해서 길을 빙 돌아갈 이유는 없었다. 일분일초가 소중했다.

비가 거세졌다. 뎀바는 외투를 몸에 꼭 둘렀다. 어둠이 깔렸고 깜빡거리는 가스 불빛이 물웅덩이에 비쳤다.

「이 일에 좀 지나치게 열을 올렸어.」뎀바가 자신에게 이야기하고는 생각에 잠겼다가 웅덩이를 밟았다. 「열을 식힐 때가 됐어.」이 표현 또한 묘하게 그의 기분을 좋게 했다. 사무적으로 냉정하고, 상업적으로 이해타산을 따지는 느낌을 주는 이 표현은 지금 울리는 모든 말 뒤에 어설프게 숨겨진 감정들, 다시 말해 아픔, 질투, 불타는 열망을 부정해 버렸다.

그는 게오르크 바이너가 사는 건물 앞에 멈춰 섰고 3층 발코니 옆 창문에 불이 켜진 것을 확인했다.

「그렇군.」 그가 말하고는 계속 걸었다. 「그가 집에 있고 그녀가 함께 있군. 그래서 뭐 어쩌겠어? 멈춰서 시간 낭비할 건 아니지. 나와는 상관없어. 나는 다른 일로 바쁘다고.」

그는 한숨을 쉬었고 한순간 불타오르는 무력한 분노를, 이어 가볍게 쑤시는 아픔을 느꼈다. 그는 멍한 눈으로 불 켜진 창문을 바라보았다. 하지만 그는 이 감정을 이겨 냈고, 자신의 아픔을 달래 줄 달콤하게 들리는 말들의 품속으로 달아났다.

「그녀와의 일은 다 좋게 좋게 정리됐어.」 그가 웅얼거렸다. 「우리는 완벽한 합의하에 헤어지는 거야.」

그는 가던 길로 걸음을 옮기다 이내 다시 멈춰 섰다.

「그래.」 그가 말했다. 「바이너는 아주 좋은 곳에 사는군. 아침 해가 들고 리히텐슈타인 공원이 내다보이고. 지금 할 수 있는 말은 이게 전부야. 그 밖에 확인할 수 있는 건 아무것도 없어. 자, 가자!」

하지만 그는 가지 않고 계속 창문을 올려다보았다.

「그런데 시간이 좀 있네. 아직 7시 30분이 안 됐어. 슈테피가 벌써 왔을 리는 없어. 내가 집에 있든 여기 좀 더서 있든 아마 상관없을 거야. 상관없어.」 그가 다시 힘주어 반복했고 이 말의 울림은 그 자신으로 하여금 사물을 외부자의 눈으로 관찰할 줄 아는 냉정한 평가자의 자세를 취하게 했다. 「그녀가 그의 집에 있어. 앞으로 무슨 일이 벌어질까? 그것에 관심을 가지는 건 내가 극장에서 무대를 볼 때와 크게 다르지 않아. 낯선 이들 사이의 일이지. 재미있을 수도 지루할 수도 있어. 하지만 결코 중차대한 일은 아냐. 아마 —」

그가 소스라쳤다. 그의 심장이 한순간 멎었다가 곧 격하고 맹렬하게 뛰기 시작했다. 귀가 윙윙거리고 웽웽거렸고 목을 죄는 공포가 숨을 가쁘게 했다.

저기 위 창문의 불이 갑자기 꺼진 것이다.

게오르크 바이너의 방 불이 꺼졌다.

저기에서 무슨 일이 벌어지기에! 이게 무슨 의미인가!

힘겹게 세운 냉정한 평정심의 건물이 산산이 무너졌다.

저기 위 방에서 이제 조냐가 게오르크 바이너의 품에

안겨 누워 있었다. 불을 끈 것은 그녀고 이제 그녀는 그의 것이다. 세상 사람들이 아무것도 알아서는 안 되는 시간이 이제 저 위 두 사람에게 시작되고 있었다. 무언의 동의, 승낙, 실현, 이것이 꺼진 불의 의미였다. 그런데 뎀바는 달콤한 말들에게 버림받은 채로 아래에 가련히 서 있었다. 그는 아픔과 분노에 맞서 그 말들로 스스로를 무장했지만 이제 그것들은 시들어 버린 이파리처럼 바닥으로 떨어졌다. 절망에 잠겨, 깊은 불행에 빠져, 고통과 증오로 전율하며, 질투로 뒤흔들려, 거의 울 지경이 되어 뎀바가 길에 서 있었다.

그들 단둘이 있으면 안 된다! 그녀가 그의 품에 안겨 누워 있어선 안 된다! 그들 둘이 뎀바와 온 세상 앞에서 숨을 수 있다고 믿어서는 안 된다.

위로 올라가야만 했다. 위에서 무엇을 할지 또는 무슨 말을 해야 할지는 몰랐다. 그는 문을 열어젖히고 어떤 비난처럼, 어떤 고발처럼, 어떤 위협처럼, 어떤 비상호출처럼 갑자기 방 안에 서 있으려 했다.

그래서 그는 숨을 헐떡이며 주먹을 꽉 쥐고 그럼에도, 가슴속은 불안으로 가득 찬 채, 그렇게 대문으로 다가갔다.

하지만 그때 갑자기 젊은 남자가 대문에서 나왔다. 게오르크 바이너였다. 그는 혼자였다.

그는 인도가로 가서 오른쪽과 왼쪽, 거리 위쪽과 아래쪽을 둘러보고 손짓으로 마차를 불렀다.

한순간 뎀바는 화들짝 놀라 라이벌을 바라보았다. 그러고는 몹시 안도하며 숨을 내쉬었다.

게오르크 바이너는 완전히 혼자 집에 있었던 것이다. 그렇다. 조냐는 그와 함께 있지 않았다. 그들은 어둠 속에서 서로 포옹도, 키스도 하지 않았다. 바이너는 그저 집을 나서려고 방의 불을 끈 것이었다.

어제 그녀가 그의 집에 있었더라도, 내일 또 오더라도 상관없어! 그것은 전혀 중요치 않았다. 조냐가 지금, 바로 지금, 뎀바가 무력한 분노 속에서 창을 노려보던 때 위에 없었다는 것, 이 사실에 뎀바는 행복했다. 갑작스레 불이 꺼진 것이 단지 게오르크 바이너가 집을 나선다는 의미였다는 점, 이 사실에 뎀바는 감사하고 만족했다.

그리고 안정을 되찾은 지금, 그는 미사여구의 무장 뒤로 다시 달아나려 애썼다. 하지만 달콤한 말들은 위안을 주고 기만하는 힘을 잃어버렸다.

아니. 아무 소용이 없었다. 그는 이제 집으로 갈 수 없었다. 그녀가 떠나기 전에 한 번 더 봐야 했다. 한 번 더 그녀와 마주 서고 그녀를 바라보고 그녀가 말하고 웃는 소리를 듣고, 그녀와 말없이 작별을 고해야 했다.

게오르크 바이너가 마차를 불러 올라탔다. 서두르는 듯 보였다.

그녀에게 가는 모양이군. 뎀바가 생각했다. 이제 그는 내가 어딜 가야 그녀를 찾을 수 있는지 말해 줘야 할 거야.

「안녕하세요!」 뎀바가 말하면서 어둠 속에서 나왔다.

게오르크 바이너가 몸을 돌렸다.

「안녕하세요, 뎀바!」 그가 냉담히 말했다.

「어디 가세요?」 뎀바가 물었다. 가슴이 두근두근했다.

「레지덴츠켈러요!」 바이너가 말했다.

「레지덴츠켈러라고요? 그곳 음식이 맛있죠, 안 그래요?」

「먹을 만하죠.」

「거기 음식은 아주 훌륭해요!」 뎀바가 열렬히 말했다. 「같이 가면 좋겠군요.」

17

 문을 열었을 때 슈타니슬라우스 템바는 짜증스러웠
다. 별실로 들어가려면 통과해야 하는 어두운 현관에서
정강이를 의자에 아프게 부딪혔던 것이다. 그는 방으로
바로 들어가지 않고 모자와 외투들이 잔뜩 걸린 옷걸이
에 반쯤 몸을 가린 채 열린 문에 멈춰 섰다.
 작은 방은 지나치게 난방이 되어 있었다. 템바는 불
빛에 눈이 부셨지만 조냐가 이곳에 없다는 것을 바로
알 수 있었다. 하지만 그녀 친구들이 앉아 있었다. 최근
몇 주간 거의 늘 그녀와 함께 있던 사람들이었다. 두 젊
은 아가씨는 연극 학교 학생이었다. 문 맞은편에는 푸
르만 박사가 앉아 있었다. 얼굴은 짜증 난 불독 같고 왼
뺨엔 칼자국이 난 우락부락한 사람이었다. 목소리는 자
동차 경적 소리처럼 날카롭고 쩌렁쩌렁해서 늘 그가 말

을 시작하면 다들 서둘러 옆으로 피하려 했다. 탁자 반대쪽, 게오르크 바이너의 맞은편에는 에밀 호르바트가 앉아 있었다. 그는 자욱한 담배 연기에 휩싸인 채 한결같고 의미 없는 미소를 입술에 띠고 있었다. 템바의 심기를 몹시 불편하게 하는 상황이었다.

템바는 호르바트 생각만 하면 분통이 터졌다. 그가 베커네에서 수업할 때면, 그 집에 드나드는 호르바트가 이따금 방으로 들어왔다. 그는 인사도 하지 않고, 템바가 아이들에게 불규칙 동사를 설명하는 것을 너그러운 미소를 띠며 듣다가 우월감에 찬 미소를 지으며 다시 나가곤 했다. 뻔뻔한 인간 같으니! 그는 들어와 템바는 안중에도 없이 아이들에게 악수를 청하고 한 아이 귀를 잡아당기고 다른 아이를 찰싹 치고는 〈엘라〉가 집에 있는지 물었다. 〈엘라!〉 그는 베커 양을 그냥 〈엘라〉라 불렀다. 하지만 호르바트 씨는 가정 교사인 템바에게는 악수도 청하지 않았다! 가정 교사는 한 달 70크로네와 간식을 제공받는 고용인이었고 호르바트 씨에게는 공기 같은 존재였다. 자기는 뭐 그리 특별하다고! 관리 직원 주제에. 고작 석유 주식회사의 관리 직원이면서. 대학도 안 나오고, 국가시험도 안 치고, 그런 사람이! 대체 왜 내게는 악수를 청하지 않는 건지. 품위 없는 짓이지! 템바는 화가 나 피가 거꾸로 솟는 것을 느꼈다.

아니, 아냐. 그냥 얌전히 있는 거야. 상냥하게 친절하게 공손하게 있으면서 화를 내비치지 않는 거야. 호르바트가 무슨 상관이야? 아무 상관 없지. 템바에게는 준비해 둔 계획이 있었다. 그는 저기 젊은이들 쪽에 가서 앉아 마치 매일 그들과 함께 앉았던 듯 행동하려 했다. 같이 환담을 나누고 재미있는 일화를 이야기하고 즐겁게 있으면서 젊은 아가씨들에게 명민하고 호감 가는 말을 하려 했다. 그러다 조냐가 오면, 그가 환영받는 손님으로서 그녀 친구들 무리 속에서 활기찬 대화를 나누는 모습을 보는 것이다.

템바는 문을 완전히 열고 옷걸이 뒤에서 나와 사방을 향해 고개를 숙였다.

「안녕하십니까, 신사분들! 인사 올립니다, 숙녀분들!」 그는 능란한 처세가이자 저항할 수 없는 매력으로 여자를 사로잡는 남자처럼 굴며 탁자를 향해 다가갔다. 「오늘 저녁 즐겁게 보내시길. 함께하게 되어 영광입니다.」

세 신사가 대화를 멈추고, 흙이 튄 바지에 흠뻑 젖은 망토를 입고 빗물을 뚝뚝 흘리며 방 안에 선 템바를 어리둥절해서 바라보았다. 그는 불청객이었다. 낯선 손님이 지금 그들만의 시간을 방해한 것이다. 두 숙녀가 메뉴판에서 눈을 떼고 호기심 어린 눈으로 뎀바를 쳐다보았다.

「안녕하십니까!」 마침내 호르바트가 말했다. 「어떻게 오셨죠?」

「바람 좀 쐬고 기분 전환을 조금 하려고요.」 뎀바가 가볍게 말했다. 「하루 일과가 끝나고 사람들과 좀 어울리는 거죠. 앉아도 되겠습니까? 아니면 혹시 제가 방해가 됐나요?」

「앉으세요.」 게오르크 바이너가 몹시 차갑게 말했고 뎀바는 잠시 머뭇머뭇 주위를 둘러본 후 소심하고 어색하게 옆 탁자에 앉았다. 푸르만 박사가 기침과 헛기침을 한 후 게오르크 바이너 쪽으로 소리 없이 의자를 돌렸다.

「이봐, 저 사람 누구야?」 그가 거침없이 물었다.

「조냐의 몰상식한 지인 중 하나야.」 바이너가 나지막이 대답했다.

「딱 그래 보이는군.」 푸르만 박사가 말하고는 맥주잔을 비웠다.

뎀바는 두 사람이 속삭이는 소리를 듣고 얼굴이 새빨 개졌다. 둘이 지금 무슨 이야기를 하는지 그는 아주 똑 똑히 알았다. 물론 바이너는 뎀바가 조냐 뒤를 쫓아다 닌다는 것, 조냐가 뎀바에게 아무런 관심이 없다는 것 을 상대에게 다 말했고 이제 둘은 그 일을 비웃고 있었 다. 아니, 그가 조냐 때문에 이곳에 왔다는 생각을 그들 이 결코 하게 해서는 안 되었다. 그 거짓된 주장에 당장 아주 단호히 대응해야 했다. 조냐 때문이라고? 웃기고 있네! 정말 말도 안 되는 소리였다. 존경하는 바이너 씨, 우연이라고요! 친애하는 호르바트, 순전한 우연이라고 요! 그건 그렇고, 당신을 여기에서 만나다니 기쁘군요, 친애하는 호르바트……

뎀바가 일어났다.

「여러분과 이곳에서 함께하게 되어 기쁩니다. 이 음 식점에 대한 소문이 자자하더군요. 음식이 훌륭하다고 요.」 그가 게오르크 바이너 쪽으로 몸을 돌리고 학생 부 모들과 상대할 때 사용하곤 하는 미사여구를 써가며 말 했다. 「저는 불가피하게 외식을 자주 하거든요. 그렇습 니다, 직업상 불가피하죠.」 그가 힘주어 말했고 그러면 서 마치 그쪽에서 이의를 제기할까 염려하는 듯, 싸울 태세로 호르바트를 쳐다보았다. 「어딜 가도 이 음식점의 음식과 술에 대한 칭찬이 자자합니다. 정말로 훌륭한 명성을 누리고 있어요.」 그가 푸르만 박사에게 장담했다.

푸르만 박사는 우선 두 친구를 본 후 뎀바를 바라보고 고개를 절레절레 저었고 어깨를 으쓱하며 석간신문에 몰두했다. 바이너와 호르바트는 뎀바의 장광설에 뭐라 응답해야 할지 몰라 난처하게 미소를 지었다. 연극학교 학생들은 접시에다 대고 키득거렸다.

하지만 뎀바는 자신이 결코 조냐 때문이 아니라 단지 훌륭한 음식 때문에 이곳에 왔다는 것을 모든 이에게 확신시켜야겠다고 단단히 결심한 상태였다. 그는 모두에게 이 점을 기필코 분명히 주지시키려 했고 고집스레 계속 말했다.

「이곳에서 내놓는 음식의 훌륭한 질은 여러 주 전부터 도처에서 화제가 되고 있어요. 사방에서 그저 칭찬만—」

그가 느닷없이 말을 멎었다. 급사가 그의 앞에 서서 메뉴판을 내민 것이다.

「식사를 하시겠습니까?」

「이따가요! 이따가!」템바가 몹시 당황해 더듬거렸고 깜짝 놀란 시선을 게오르크 바이너에게로 던졌다. 「이따가 와요. 나는 저녁 9시 전에는 절대 저녁 식사를 안 하니까요.」

템바는 허공을 응시했고, 손을 전혀 쓰지 않아도 음식을 접시에서 바로 입으로 운반해 주는 전기 기중기를 발명하는 일이 얼마나 시급한지에 대해 절실하게 생각했다.

「마실 걸 드릴까요? 맥주를 드시겠습니까, 포도주를 드시겠습니까?」급사가 물었다.

마실 거라! 그래, 맹세코, 이제 뭔가를 꼭 마셔야 했다. 혀가 입천장에 쩍쩍 달라붙고 목구멍이 불처럼 타들어 갔다. 아, 맥주 한 모금이라도, 단 한 모금이라도, 조금이라도 한 모금만! 하지만 불가능한 일이었다. 사람들이 전부 이쪽을 바라보고 있었다. 언젠가 보드빌 극장에서 본 광대가 떠올랐다. 그 광대는 가득 찬 맥주잔을 이로 물어 공중으로 들어 올린 뒤 한 방울도 흘리지 않고 비워 버렸다. 그 모습이 눈에 선했고 심지어 박수갈채도 기억났다. 모든 객석에서 박수를 보내는 소리, 브라보, 브라보, 브라보! 그 또한 시도해 봐야 하지 않을까. 어쩌면 장난을, 내기를 가장해 —〈여러분께 작은 묘기를 선보여도 괜찮겠습니까. 가득 찬 맥주잔을 가지고 하는 묘기입니다. 자, 이렇게요.〉 — 브라보, 브라보, 브라보! 모두에게 박수갈채를 받는다.

아니. 그건 안 돼. 감히 그러지는 않았다. 하지만 목마름은 견딜 수 없었다. 그는 도움을 청하는 눈빛으로 주위를 둘러보았다. 저기에서 푸르만 박사가 막 잔을 입으로 가져가고 있었다. 그는 단숨에 잔을 비웠다. 얼마나 맛있을까. 푹 숙성된 빛깔이야. 그런데 그는, 뎀바는 가만히 앉아 바싹 마른 목구멍으로 그 모습을 지켜보아야 했다.

갑자기 반짝하고 생각이 떠올랐다.

왜 진작 이 생각을 못 했을까! 이렇게 간단한 생각을! 그러고 하루 종일 목이 말라 괴로워하다니!

「급사!」 뎀바가 외쳤다. 「빨대 꽂은 맥주 한 잔 가져다줘요.」

「네?」

「빨대를 꽂은 맥주 한 잔요!」 뎀바가 외쳤고 급사가 말귀를 바로 이해하지 못하자 몹시 성을 냈다. 「가서 맥주 좀 가져다 달라고요! 빨대 꽂은 맥주를 주문한 사람

292

이 지금껏 한 번도 없었던 듯 구는군!」

급사는 절레절레 고개를 저었고 인간 동족의 별나기 그지없는 요구에 익숙해 더는 놀라지 않는 사람의 체념한 얼굴로 맥주를 가져왔다.

뎀바는 앞에 놓인 맥주를 보고 엄숙하게 바로앉아 빨대를 빨기 시작했다. 성공이야! 맥주가 올라와 그의 목을 적셨다. 그는 짧게 짧게 서둘러 맥주를 빨았고 잠시 멈췄다 다시 마셨다. 브라보, 브라보, 브라보! 그는 스스로가 보드빌 극장의 광대인 동시에 관객인 양 자기 자신에게 박수갈채를 보냈다.

「맥주 한 잔 더!」 그가 목마름과 흥분 탓에 완전히 쉰 목소리로 급사에게 지시했다.

뎀바가 맥주를 마시는 기이한 방식은 저쪽 바이너의 탁자에서 주의를 끌었다. 두 아가씨가 서로 속닥거리고 키득거리고 옆자리 사람을 툭툭 치며 이상한 술꾼을 넌지시 가리켰다.

호르바트는 단안경을 눈에 끼운 후 조롱조로 웃으며 뎀바를 보고 물었다.

「뎀바! 지금 그게 무슨 짓이죠?」

「아주 독창적이야! 아주 독창적이야!」 푸르만 박사가

반어적으로 말했다.

뎀바는 빨대를 입에서 떼었다. 이제 자신의 행동을 변호할 때가 되었다. 그가 일어났다. 입술에는 거품이 묻어 있었지만 그것을 훔쳐 낼 수는 없었다.

「실례지만.」뎀바가 몹시 단호한 어조로 말했다.「전혀 독창적인 일이 아닙니다. 이런 걸 처음 보시는지? 그렇다면 여러분 중 그 누구도 파리에 가본 적이 없다고 봐야겠군요.」그가 언짢아하며 의기양양하게 얼굴을 찌푸렸다. 유감스럽게도 아직 한 번도 파리에 가본 적 없는 사람들과 상대해야 했기 때문이다.

「오호!」호르바트가 이의를 제기했다.「저는 2년 동안 파리에서 살았지만 빨대로 맥주를 마시는 모습은 아직 한 번도 못 봤습니다.」

뎀바는 이 기이한 관습의 무대를 최대한 빨리 바꾸는 것이 좋겠다고 생각했다.

「페테르부르크입니다!」그가 격렬하게 외쳤다.「그곳에서 빨대 없이 맥주를 마시려 한다면 사람들이 아주 좋다고 할 겁니다. 맥주를 바로 입에 갖다 대는 건 완전히 예의범절에 어긋나니까요!」

하지만 그에게는 페테르부르크도 충분히 먼 곳 같지

않았다. 여기 사람들 중 누군가가 그곳에 가보았을 가능성이 다분했다. 아가씨 중 하나는 짧게 자른 머리를 보건대 거의 러시아 여자 같아 보였다. 그는 지체 없이 기이한 빨대 의식의 장소를 더 멀리 옮겨 이번에는 틀림없이 검증 범위를 벗어나는 지역을 골랐다.

「원래 이 관습은 바그다드에서 온 것입니다.」그가 설명했다. 「바그다드와 다마스쿠스에 가면 길모퉁이마다 그리고 모스크 앞에서 빨대로 맥주를 마시는 아랍인을 숱하게 볼 수 있습니다.」

이 순간 뎀바는 자신의 주장이 진실이라는 생각에 완전히 빠져 있었다. 그는 호전적으로 한 사람 한 사람을 바라보았다. 누구든 감히 의혹을 제기하거나 한다면 싸울 태세가 되어 있었다. 한 터키인이 머리에 터번을 쓰고 가게에서 상품 더미 사이에 웅크린 채 긴 터키 담뱃대 대신 한가로이 빨대를 뻐끔대는 모습이 머릿속에 실제로 그려졌다.

「아랍인들이 맥주를 마신다고요? 참 훌륭해요!」호르바트가 웃으며 말했다. 「민족지학 성적: 에프.」

그의 가정 교사 직업을 넌지시 암시하는 이 말에 뎀바는 몹시 격분했다. 그는 눈을 가늘게 뜨고 적개심에 차 호르바트를 바라보며 독살스레 말했다.

「그리고 말입니다. 그곳에서는 남의 방에 들어갈 때 인사를 합니다. 아시겠나요? 알아 두세요.」

「네? 뭐라고요?」호르바트가 깜짝 놀라며 물었다.

뎀바는 경악을 금치 못했다! 또 무슨 짓을 저지른 것인가. 여기 있는 모든 사람에게 공감을 얻기 위해 겸손하고 정중하고 호감 가는 모습을 보이겠다고 결심하지 않았던가. 그런데 지금 그는 호르바트를 격분시켰고, 조냐가 온다면 모두와 싸워 사이가 틀어지고 뒷전으로 밀려나고 모든 대화에서 배제된 그의 모습을 보게 될 터였다. 안 돼. 그는 자신의 경솔함을 돌이켜야 했고 일어나 사과해야 했다.

그가 일어났다.

「사과드립니다, 호르바트 씨. 용서해 주시기 바랍니다. 당신을 두고 한 말이 아니었습니다. 급사를 두고 한 말입니다.」

뎀바는 자만심에 찬 호르바트의 미소에 조금 당황하여 침묵했다. 작은 방의 열기가 견딜 수 없어졌다. 가스 불꽃이 단조로운 소리로 그를 괴롭혔다. 담배 연기가 기침을 일으켰다. 뎀바는 신경질적으로 급히 몸을 돌려 급사를 찾았다. 하지만 급사는 더 이상 방 안에 없었다.

「급사가 어떻게 그리 예의 없이 구는지 어처구니가 없군요!」 템바가 열을 올렸다. 「그걸 그냥 두고만 보시다니 놀라울 따름입니다! 방에 들어올 때 절대 인사를 안 하잖아요. 어디 간 거죠? 방금 전까지만 해도 있었는데.」

템바가 빨대로 빨아들인 맥주가 효과를 내기 시작했다. 관자놀이 맥박이 뛰고 가벼운 현기증이 일었으며 귀가 윙윙거리고 속이 매스꺼웠다. 그는 자리에 앉을 수밖에 없었다.

호르바트는 여전히 침묵하며 미소를 지었고 템바는 혼란에 빠진 가운데 멈추지 않고 말을 이었다.

「제 비난이 당신을 두고 한 것이라고 생각하지 않으시길 바랍니다, 호르바트 씨. 오해예요. 당신한테 한 게 아니에요. 저는 조금도…….」

「됐습니다.」 마침내 호르바트가 말했고 템바는 즉시 입을 닫았다.

「돌았군.」 푸르만 박사가 아주 큰 소리로 말하고 집게손가락으로 이마를 가리켰다.

「취했어.」 게오르크 바이너가 말했다.

「우리 갈까요?」 두 아가씨 중 하나가 걱정스레 물었다.

「조냐를 기다려야죠.」 바이너가 말했다.

「대체 조냐는 오늘 어디에서 이리 오래 있는 거지?」 호르바트가 물었다.

「분명히 곧 올 거야.」 바이너가 말했다.

뎀바가 귀를 쫑긋 세웠다. 물론! 다시 그를 겨냥해 하는 소리였다. 바이너는 〈분명히 곧 올 거야〉라고 말하며 그를 바라보았다. 실례지만, 조냐가 온다고 해서 나와 무슨 상관이죠? 내가 그녀 때문에 여기에 왔나? 아주 좋아요! 분명히 곧 올 거야. 별것 아니면서 신랄한 말이군요, 그렇죠? 나를 겨냥한 말이죠, 안 그래요? 하지만 착각하는 거예요, 바이너 씨. 큰 착각을 하는 거예요. 나는 완전히 다른 이유로 이곳에 왔어요. 어떤 중요한 이유인지 여러분께 말씀드려야겠군요…….

뎀바가 헛기침했다.

「사실 제가 여기서 여러분과 만난 것은 우연입니다.」 그가 말했다. 「평소에는 이곳에 잘 오지 않죠. 필시 여러분은 어째서 오늘 제가 여기 있나 싶으셨을 거예요.」

푸르만 박사가 신문에서 눈을 들었다. 바이너는 입에

서 시가를 떼고 뎀바를 바라보았다. 호르바트는 미소를
지었다.

「자, 아주 간단히 설명할 수 있는 일입니다. 제가 바
로 오늘 여기 온 데에는 특별한 이유가 있습니다. 몹시
중요한 일련의 이유가요.」

「그렇군요.」 푸르만 박사가 말하고는 다시 신문을 읽
기 시작했다.

「여러 가지 이유가 있습니다.」 뎀바가 말한 후 시간을
벌기 위해 기침을 하고 머리를 굴렸다. 하지만 궁색한
상황에서 여러 가지 이유 중 단 하나도 좀체 떠오르지
않았다.

「뭔고 하니, 다른 음식점은 아예 고려 대상이 아니니
까요. 이 음식점은 굉장히 목이 좋은 덕에 말하자면 이
미 그 자체로 훌륭한 거죠. 모두가 쉽게 찾아올 수 있으
니까요.」 뎀바가 숨을 내쉬었다. 이제 드디어 뭔가가 떠
올랐다.

「저는 이곳에서 아주 민감한 사안 때문에 두 신사를
기다리는 중입니다.」 그가 비밀스럽게 속삭였다. 「명예
가 걸린 일이지요. 벌써 짐작하시겠지만. 몹시 심각한
일입니다. 지독하게 심각하죠! 원래대로라면 벌써 와

있어야 하는데 말입니다. 21엽병연대 장교들이죠.」

그가 일어나 불안정한 걸음으로 문으로 갔다.

「급사!」 그가 외쳤다. 「두 신사가 와서 나에 대해 묻지 않던가요? 뎀바, 슈타니슬라우스 뎀바에 대해 말이오. 제복에 녹색 단이 있는 소위와 중위예요.」

급사는 아는 것이 없었다.

「아직 안 왔다고요?」 뎀바가 물었고, 그 신사들이 없는 데 정말로 놀라고 실망하며 성을 냈다. 「이상하군요. 장교들이란 이런 일이 있을 때면 정시에 오는 법인데.」

그는 초조해지기 시작했고 문 쪽을 보고 발을 굴렀다. 두 장교는 오지 않았다. 뎀바는 이 난처한 상황에 대해 푸르만 박사에게 조언을 구하기로 결심했다.

「제가 그들을 얼마나 오래 기다려야 하는 거죠?」 뎀바가 물었다.

「날 좀 가만히 내버려 두세요!」 푸르만 박사가 거칠게 말하고는 계속 신문을 읽었다.

「뭐라고요?」 뎀바가 날카롭게 말했다. 명예가 걸린 일에 갑자기 그리고 전혀 예상치 못하게 휘말린 지금, 그는 자신에 대한 아주 사소한 모욕도 용납하지 않을 작정이었다. 그는 푸르만 박사에게 다가가 그를 노려보고 해명을 요구했다.

「즉시 해명해 주시길 요구할 수밖에 없군요.」

「집에 가서 술이 깨게 푹 주무십시오!」 푸르만 박사가 크게 소리쳤다. 「취하셨어요! 당신을 대리인으로 내세운 얼간이가 누군지 보고 싶군요.」

뎀바는 박살이 난 채 자리로 돌아왔다. 그는 취하고 지치고 머리가 무거운 상태로 멍하니 생각에 잠겼다.

취했다니. 저 사람은 내가 취했다고 여겼다. 면전에 대고 바로 말했다. 뎀바는 씁쓸하게 웃음을 터뜨렸다. 나를 제대로 보지도 않고 말했어. 내가 취했다고. 신문에서 눈조차 떼지 않고 간단히 말했어. 내가 취했다고. 일단 증명이 되어야겠지요, 존경하는 선생님. 만약 제가 한마디 보탤 수 있다면, 만약 이 문제를 판정하는 일이 부디 제게 허락된다면, 맹세코 지금처럼 정신이 말짱했던 적은 결코 없습니다. 무슨 일이 일어나는지 전부 알고 있고 모든 걸 아주 똑똑히 보고 있습니다. 하나도 놓치지 않고요. 바로 증명해 드리지요. 파리 한 마리가 당신 접시에 앉았군요, 존경하는 선생님. 봐요, 하나도 놓치지 않는다니까요. 모든 걸 아주 정확히 보고 있다니까요. 저기 저건 바이너의 외투군요. 주머니에서 신문이 빼꼼 고개를 내밀고 있군요. 두 번 접혔고. 전부 보고 있습니다. 맨 아래 조끼 단추를 풀어 놓기를 좋아하시는군요, 호르바트 씨. 숙녀들과 함께 있는 자리에서는 적절치 않죠. 저는 전부 보고 있습니다. 그런데도 제가 취했다면 아마 일단 증명이 되어야겠지요. 여러분께 분명히 밝혀 둬야겠습니다. 취했다니! 한번 제 의견을 거침없이 말해 보죠. 어때요, 존경하는 선생님! 어떠냐고요, 존경하는 선생님! 취했다! 그렇다면…….

뎀바가 일어나 옆 탁자로 다가갔다. 그는 정확히 오른쪽 탁자 모서리를 목표로 삼아 조심스레 한 걸음 한 걸음 옮겼고 실제로 무사히 푸르만 박사 옆에 도착했다.

「신문 읽으시는 데 방해해서 죄송합니다.」그가 말을 시작하며 푸르만 박사에게로 몸을 숙였다. 「어차피 신문에는 아무것도 없습니다. 사냥 협회의 총회. 군악대 행사. 드문 기념일. 바벤베르거 거리의 자살 사건. 전부 아는 거죠. 전혀 들여다볼 필요가 없습니다. 신문에 모든 일이 나오는 것도 아니고요.」뎀바는 기분 좋게 속으로 웃었다. 신문에 항상 모든 일이 실리는 게 아니라는 생각이 굉장히 재미났다.

「또 뭘 하려는 겁니까?」 푸르만 박사가 물었다.

「저는 그저……」 뎀바는 헛기침을 하고 다시 말하기 시작했다. 「제가 가치를 두는 것은 확인……」 속에서 다시 매스꺼운 기운이 느껴졌다. 그는 귀가 윙윙대고 관자놀이가 지끈거리는 것을 느꼈고 머리 위에서 가스관이 불안하게 흔들렸다. 그는 자신이 불안정하게 서 있다는 것을 깨닫고 안락의자에 등을 단단히 기댔다. 됐다. 이제 나아졌다.

「제가 다만 확인하고 싶은 건……」 뎀바가 다시 말을 시작했지만 그 순간 의자가 뒤로 밀려 넘어졌다. 여자 배우의 핸드백이 바닥에 떨어졌고 숱한 잡동사니들, 동전, 메모장, 연사(撚絲) 실패, 작은 거울, 담배, 별갑 빗, 연필 두 자루, 작은 테디베어가 마루 위로 흩어졌다.

뎀바는 용케 넘어지지 않았다. 그는 튼튼한 탁자판에 몸을 의지했다. 취했다고? 말도 안 되는 소리. 그는 전부 보았다. 모든 것을 지켜보았다. 저기 메모장이 있었다. 5크로네 동전은 옷걸이 뒤로 굴러갔다.

「무슨 바보 같은 짓을!」 바이너가 소리쳤다. 「온 방을 난장판으로 만들겠군요.」

「집에 가서 술이 깨게 푹 주무시라고 말하지 않았습

니까!」 푸르만 박사가 소리를 질렀다.

「거울이 깨졌어요!」 여자 배우가 하소연했다.

바이너와 호르바트가 벌떡 일어나 바닥에서 물건을 줍기 시작했다. 뎀바는 이 구조 작업에 함께하지 않았다. 다만 주의 깊게 관심을 두고 그 모습을 지켜보았고 쉼 없이 유용한 힌트를 주며 기여했다.

「5크로네 동전이 옷걸이 뒤로 굴러갔습니다.」 그가 말했다. 「그리고 그곳에 연필이 있어요. 오른쪽! 오른쪽요, 바이너 씨!」 취했다고? 웃긴 소리. 그는 전부 보았다. 하나도 놓치지 않았다.

호르바트가 일어서서 어리둥절하게 뎀바를 바라보았다.

「이것 참 뻔뻔하기 짝이 없군.」 그가 격분해 외쳤다. 「물건을 전부 바닥에 내던져 놓고 한가로이 서서 남이 고생하는 모습을 지켜보다니.」

그가 뎀바에게 바짝 다가섰다.

「혹시 내던져 놓은 물건을 주워 주시겠는지요. 빨리요!」

뎀바는 테디베어를 향해 몸을 숙였으나 골똘히 생각하고는 다시 몸을 일으켰다.

「하실 겁니까, 안 하실 겁니까?」호르바트가 외쳤다.

뎀바가 고개를 가로저었다. 「안 하겠습니다.」그가 말했다. 「안 하는 편이 낫겠어요.」그는 그런 일을 요구받는 것이 굉장히 부당하다고 생각했다.

이제 푸르만 박사가 끼어들었다.

「이건 정말이지, 도가 지나치군. 에밀, 뭘 기다리는 거야? 잔으로 머리통을 갈겨 버리라고.」

뎀바가 얼굴이 빨개져 비난 가득한 눈길로 푸르만 박사를 쳐다보았다.

바이너는 재미있어하며 미소를 지었다.

「이봐요! 지금 하는 말 잘 들어요.」호르바트가 말했다. 「우리는 그런 도발을 그냥 놔둘 수 없습니다. 이제 셋까지 세겠습니다. 셋 셀 때까지 물건을 전부 주워 놓지 않으면 뭐……! 어찌될지 두고 보시죠.」

「그만둬요, 게오르크. 벌써 직접 줍고 있는걸요.」물건 주인인 젊은 아가씨가 겁을 먹고 부탁했다.

「하나.」호르바트가 말했다.

뎀바는 이마를 찌푸리고 몸을 돌려 불안정한 걸음으로 자기 탁자로 돌아갔다.

「둘.」호르바트가 셌다.

「저보고 어쩌라는 겁니까!」 뎀바가 외쳤다. 「날 좀 가만히 내버려 두십시오.」

「셋!」 호르바트가 외쳤다. 그의 인내심은 한계에 다다랐다. 그는 포도주잔을 집어 그 내용물을 뎀바의 얼굴에 부었다. 「자. 이렇게 되는 겁니다.」

아가씨가 소리를 질렀다.

뎀바는 펄쩍 뛰었다. 그는 사색이 되었고 포도주가 얼굴에 흘러 눈을 제대로 뜰 수 없었다. 그는 불쌍하면서 우스꽝스러우면서 끔찍해 보였다.

차가운 포도주에 그는 단번에 정신이 번쩍 들었다. 그는 모든 것을 아주 똑똑히 깨달았다. 화끈거리는 수치심이 일었다. 내가 무엇을 한 것인가, 무엇을 예상했단 말인가! 어떻게 이런 일이! 어떻게 저녁 내내 저들에게 바보 노릇을, 어릿광대 노릇을 했단 말인가! 그들은 그를 조롱하고 자극하고 개 취급했는데도 그는 조냐를 보려고 그것을 감내했고 이제 모두의 웃음거리가 되어 이렇게 서 있었다.

하지만 더는 참을 수 없었다. 온종일 묵묵히 꾹 억눌렀던 모든 원한, 모든 분노, 모든 실망. 이 모든 것이 이제 분출했다. 이제 그는 저기 세 사람에게 달려들려

했다.

그들은 웃고 있었다! 그를 비웃고 있었다! 그들 모두가 웃고 있었다. 이제 주먹맛을 보게 되리라. 우선 바이너의 턱 없는 낯짝. 이어서 푸르만 박사의 불독 같은 얼굴. 그리고 호르바트.

뎀바는 그들에게로 나아갔다. 노여움과 수치와 후회로 아무 말도 할 수 없었고 다만 셋 모두의 목을 맨손으로 조르겠다는 생각만 했다.

하지만 그는 갑자기 멈춰 섰고 신음을 뱉으며 이를 꽉 물었다. 손에 수갑이 채워져 있었다! 그의 손은 쓸모가 없었다. 그의 손은 계속 숨겨지고 감춰져야 했다.

그는 신을 향해 무기를 달라고 절망적으로 외쳤다. 그리고 신은 그에게 무기를 주었다.

뎀바는 격분해 헐떡이고, 복수심에 치를 떨고, 살기에 차 이를 갈면서, 그럼에도 무방비 상태로, 무력하게, 모두의 조롱거리가 되어 세 사람 앞에 서 있었다. 그들은 그를 비웃었고, 목청껏 웃음을 터뜨렸고, 그의 무기력한 분노를 비웃느라 몸을 흔들었다.

바이너는 다들 재미를 보는 데 빠질 수 없어 포도주 잔을 들고 외쳤다. 「한 잔 더 드릴까요? 열 좀 식혀

야죠!」

이때 갑자기 문에서 조냐의 새된 목소리가 울려왔다.

「맙소사! 게오르크! 조심해! 그 사람 손에 리볼버가 쥐여 있다고!」

18

다음 순간 방 안이 온통 아수라장이 되었다. 술 취한 남자가 리볼버를 가지고 있다. 모두가 급작스레 서둘러 산산이 흩어졌다. 너무나도 공포에 질리고 너무나도 혼란에 빠진 탓에 누구도 출입문을 찾지 못했다. 바이너가 잔을 떨어뜨렸고 잔이 산산조각 나 포도주가 바닥에 쏟아졌다. 호르바트는 정신없이 도망가다 조냐와 부딪쳐 비틀거렸고 의자를 넘어뜨렸다. 뎀바의 시선이 그에게 이르자 즉시 그는 넋을 놓고 멈춰 섰고 달아나려는 생각을 전부 포기했다. 두 아가씨는 창문 벽감으로 달아나 커튼 주름 뒤에서 서로 꼭 붙어 공포에 찬 눈으로 뎀바를 내다보았다. 뎀바는 끔찍한 짓을 저지를 각오를 하고 말없이 위협적으로 방 한가운데 서 있었다.

「슈타니! 뭘 어쩌려는 거야?」 조냐가 몹시 불안해하

며 물었다. 그녀는 바이너가 목숨을 잃을까 심히 걱정스러웠다.

뎀바는 대답하지 않았고 이 침묵은 그를 더욱 무섭게 만들었다. 하지만 사실 그는 놀라움과 당혹스러움이 뒤섞인 감정으로 영문을 알 수 없는 소동을 바라보았다. 왜 조냐가 소리를 지르는 거지? 그리고 다른 사람들은 뭘 하는 거고? 나를 놀리려는 건가? 모두가 미리 짠 건가? 방금 전까지 내게 치던 장난의 일부일까?

그는 일어서서 미동도 않고 기다렸다.

「슈타니! 이건 미친 짓이야! 리볼버 이리 내!」 조냐가 당황한 얼굴로 부탁했다.

리볼버라고? 제기랄, 어째서 조냐는 내게 리볼버가 있다고 생각하는 거지? 진지하게 하는 소리인가? 그는 시험해 보아야 했다.

푸르만 박사는 정신을 완전히 놓지 않은 유일한 사람이었다. 그는 위험을 알지 못하는 척했다. 아무것도 모르는 듯 자연스레 행동했으며 여유로이 포도주잔을 비우고 모자로 손을 뻗었다.

「자, 여러분, 갑시다!」 그가 태연한 듯한 어조로 제안했다. 「뭘 더 기다릴 게 있나요? 밖에서도 계산할 수 있습니다.」그가 문으로 가려 했다.

「돌아오십시오!」템바가 외쳤다. 그는 몇 번 망설인
끝에 아주 소심하게 그 말을 외쳤다. 왜냐하면 당연히,
이제 장난은 끝날 것이고, 모두가 전처럼 떠들썩하게
웃기 시작할 테니까. 템바는 〈돌아오십시오〉라고 외친
것을 후회했다. 자신의 따귀를 때려 주고 싶었다.

하지만 아니! 아무도 웃지 않았다. 그리고 — 이 얼마
나 기이한 일인가 — 저기 저 사람은 템바의 말에 순순
히 따랐다. 푸르만 박사는 멈춰 섰다. 채찍을 본 개처럼
한 발 한 발 돌아왔다. 그렇다, 정말이었다. 그는 총을,
실탄이 장전된 6총신 리볼버를 두려워했다.

아니, 모두가 그저 희극을 하는 것이다. 나를 다시 바
보로 만들고 조롱할 수 있도록 잘 짜내고 영리하게 꾸
민 희극이다. 아닌가? 저기 창문 벽감에 있는 아가씨들
의 눈은 온통 겁을 집어먹었군. 꾸며 낸 것일 리 없어.
그리고 저기 저 사람은 덜덜 떨고 있군. 그래, 손이 덜덜
떨리고 있어.

푸르만 박사가 그를 몹시 두려워한다는 놀라운 사실
은 취기와 증오보다도 더 템바를 혼란스럽게 했다. 그
는 자신이 발사 준비가 된 총을 손에 쥐었다는 생각에

몰두하고 빠져들었으며 다른 이들을 주무르도록 자기에게 주어진 힘을 우선 머뭇머뭇 소심하게 시험해 보았다.

그는 호르바트에게로 몸을 돌렸고 여전히 바닥에 놓여 심기를 언짢게 하는 별갑 빗과 깨진 거울을 발로 찼다.

「이제 이것 좀 주우실래요? 아니면 지금 셋까지 셀까요?」

호르바트와 바이너가 동시에 달려와 바닥에 흩어진 물건들을 줍느라 부산을 떨었다. 푸르만 박사 또한 자기가 거드는 것이 좋겠다고 여겼다. 템바는 취했고 리볼버를 가지고 있었다. 그들은 그의 손아귀 안에 있었다. 그가 요구하는 모든 일을 하는 것 외에는 방법이 없었고 그것이 최상일 터였다. 그리고 그를 위험하지 않게 만들 기회가 오기를 기다려야 했다.

템바는 그들이 열심인 모습에 기뻐했다. 이제 그는 보상을 받았다. 앞서 받은 치욕스러운 대우를 완전히 보상받았다. 그들이 그의 앞에서 몸을 숙이고 고개를 박고 숨으려 애쓰는 모습이란! 자신의 힘에 대한 의식은 그를 우쭐하게 했고 그의 생각을 어지럽혔다. 그렇다. 그는 다른 두 사람은 살려 주려 했다. 그는 그들을 사면해 주었다. 하지만 조냐를 훔쳐간 바이너, 그 바이너는 그의 총을 피할 수 없었다. 아무리 몸을 숙이고 고개를 박아도 소용이 없었다. 이제 바이너의 차례였다.

「바이너!」 뎀바가 불길한 예감을 주는 목소리로 외쳤다.

바이너는 못 들은 척하고 바닥에서 계속 동전과 연필을 찾았다.

「바이너!」 뎀바가 포효했다. 그는 바이너가 좀체 들으려 하지 않자 화가 치밀었다.

바이너는 깜짝 놀라 일어났고 멍한 눈으로 뎀바를 쳐다보았다. 그는 뎀바의 외투 속에서 피에 굶주려 살인 임무를 처리할 준비가 된 리볼버가 움직이는 것을 보고 경악에 사로잡혔다. 그는 서서 기다렸다. 마치 유죄 판결을 받은 수감자가 자신을 감방에서 끄집어낼 형리를 기다리듯.

조냐는 남자 친구를 도우려 조마조마하게 한 가지 시도를 했다.

「급사!」 그녀가 갑자기 큰 소리로 외쳤다. 「급사!」

하지만 어느새 뎀바가 그녀 앞에 서 있었다.

「조용!」그가 명령했다.「얌전히 있어. 안 그러면……」

조냐가 입을 다물었다. 템바는 몸을 돌려 바이너에게로 갔다.

「나한테 뭘 원하는 겁니까?」바이너가 불안스레 외치고 한 걸음 물러났다.「나가게 해줘요.」

「내가 뭘 원하는지는 당신이 잘 알잖아요.」템바가 말했다.

「나한테 뭘 원하는 겁니까? 나는 당신에 대해 아는 것도 거의 없다고요!」바이너가 고함을 질렀다.

「어젯밤에 조냐와 함께 있었죠?」템바가 쏘아붙였다. 그의 얼굴은 일그러져 있었고 분노, 질투, 고통이 그의 머릿속을 온통 뒤흔들어 놓았다.

「어젯밤 조냐와 함께 어디에 있었는지 알고 싶습니다!」

그러자 리볼버 총구가 자신의 몸을 향했다는 것을 느낀 바이너 — 손가락을 한 번 까딱하기만 하면 총알이 그의 가슴을 파고들 터였다 — 이 순간 자신의 목숨이 완전히 미치광이의 손아귀 안에 들었다는 것을 깨달은 바이너는 스스로를 구하기 위해 모든 책임을 조냐에게 돌렸고 그녀를 비난했으며 주저 없이 그녀를 템바의 불타는 복수심에 내맡겼다.

「당신 때문이야, 조냐!」 그가 외쳤다. 「모든 일에 대한 책임은 오직 당신한테 있어. 내가 골백번 말했잖아……」

그가 말을 중단하고 뎀바에게로 몸을 돌렸다.

「내 말 좀 들어 봐요. 맹세컨대 어젯밤까지 나는 당신이 그녀와 사귀었다는 걸 전혀 몰랐습니다. 생각도 못했다고요. 그녀가 아무 말도 안 했으니까요. 이게 사실이야 아니야, 조냐?」

조냐는 아무 대답도 하지 않았다. 하지만 뎀바가 자신이 맹세하는 말을 믿지 않으리라 염려한 바이너는 멈추지 않고 계속 말했다.

「그녀한테는 전혀 신경도 안 썼습니다. 그런데 그녀가 하루에 몇 번이고 전화를 걸었죠. 내게 편지와 카드를 썼고요. 한 번은 열두 장짜리 편지를 보냈어요. 네. 사실이 그래요.」

조냐는 얼굴이 벌게져 입술을 앙다물고 바닥을 쳐다보았다. 바이너는 두려움에 빠져 둘 곳을 몰라 흔들리는 눈으로 반은 그녀를, 반은 뎀바를 바라보았다. 하지만 뎀바의 얼굴은 가차 없고 잔혹한 표정을 띠었다. 혐오와 경멸이 속에서 치솟았고 뎀바는 그런 소리를 하는 이 겁쟁이를 쏴버리기로 결심했다.

「사실이 그렇지 않아?」 위험이 가까이에 있는 것을 느낀 바이너가 외쳤다. 「매일매일 나를 괴롭혔잖아. 당신한테 오라고. 둘이서 연주를 하자고. 내가 강의를 들을 때 학교로 오지 않았어? 지금 이 상황은 오로지 당신 때문이야.」

「그만!」 템바가 외쳤다. 말없이 서서 바이너의 비난을 감내하는 조냐에게 그는 갑자기 동정을 느꼈다.

하지만 바이너를 멈출 수는 없었다.

「사실이 그렇지 않아? 당신이 내 뒤를 졸졸 따라다녔잖아…….」

「그래, 맞아.」 조냐가 말했다. 「그리고 이제 우리 사이는 끝이야.」

「당연하지. 이제 우리는 끝이야. 당연한 일이야. 끝이라고.」 바이너가 노여움에 차 외쳤고 그의 목소리가 갑자기 높아졌다. 「그리고 이제…….」

「그리고 이제…… 여기 당신 돈이니까 가져가.」 조냐가 조그만 녹색 악어가죽 가방을 홱 열고 폭이 좁고 붉은 기가 도는 노란색 묶음을 바이너의 얼굴로 내던졌다.

「도로 가져가!」 그녀가 외쳤다. 「이 겁쟁이! 이 겁쟁이! 홍, 이 겁쟁아.」

베네치아 여행을 위한 승차권 묶음이 바닥에 떨어졌다. 그리고 이 순간 뎀바는 뭔가 무거운 것, 마음을 짓누르는 것으로부터 풀려난 느낌이었다.

이 승차권을 손에 넣은 후 갈기갈기 찢어 내던져 버리려는 열망이 하루 온종일 그를 쫓고 내몰았다. 너무 늦으리라는 두려움, 이 승차권이 그에게서 조냐를 낚아채 가리라는 두려움이 하루 온종일 그를 괴롭혔다. 그는 이 승차권을 손에 넣어 없애도록 해줄 돈을 찾아 하루 온종일 숨 가쁘게 뛰어다녔다. 그런데 그 돈은 하루 온종일 온갖 술수를 동원해 교활하게 모습을 숨겨 왔다. 그리고 이제, 저녁이 되어, 그가 풀이 죽은 채 빈손으로, 실패자이자 패배자의 꼴을 하고 이곳에 기어든 지금, 바닥에 이 승차권이, 그가 증오하고 두려워하던 승차권이 바닥에 놓여 있었고 그는 그것을 발로 차 옆으로 치워 버릴 수 있었다. 승리는 저절로 찾아왔다. 그는 하루 온종일 원하던 바를 이루었다. 노력 없이, 싸움 없이 그것을 이루었다. 외투 속에 손을 숨겼다는 이유만으로.

그리고 이제 그의 승리를 완벽한 것으로 만들기 위해 조냐가 그에게로 왔다. 왜냐하면 그녀는 모순된 감정 속에서 다시 그에게로 끌렸기 때문이다. 뎀바는 바이너처럼 비겁하게 목숨에 집착하지 않고, 그녀를 위해 미쳐 날뛰었으며 살인이라도 저지를 태세가 되어 있었으니까.

「자, 슈타니! 가자.」 그녀가 나지막이 말했다. 「그래, 당신 말이 맞았어. 저 사람은 시시한 사람이야. 자, 겁쟁이는 놔두고! 가서 얼굴 좀 씻어.」 그녀는 탁자에서 냅킨을 집어 그의 얼굴에서 포도주를 닦아 주었다.

뎀바는 조냐를 바라보았고 매우 놀랐다. 뭐에 씌었기에 이 여자를 위해 하루 내내 미친 듯이 날뛰었단 말인가, 그녀를 위해 거짓말을 하고 도둑질을 하고 동냥질을 했단 말인가? 그녀가 그의 앞에 서 있었지만 그는 그녀에게서 자신을 기쁘게 하거나 슬프게 할 수 있는 그 어느 것도, 그 어느 것도 볼 수 없었다. 그녀는 그의 것이었으나 그는 아무것도 느끼지 못했다. 자부심도, 소유에 따르는 황홀한 불안도, 그녀를 잃을까 하는 두려움도 느끼지 못했다.

그는 그녀에게 싫증이 났다.

여기에서 더 뭘 어쩌려는 거지? 여기에서 볼일이 또 뭐가 있어? 그는 떠나기 위해 몸을 돌렸지만 자리를 뜰 수 없었다. 사랑은 죽었다. 죽은 것이 아니다. 오, 아냐. 데져 버렸다. 병들고 추한 짐승처럼. 하지만 증오는 살아 있었다. 증오는 순순히 묻히지 않았다. 증오는 크고 강력했으며 그로 하여금 복수를 완성하도록 강요했다.

뎀바가 자기 손에 쥐고 있다고 믿는 무기는 그를 노예로 만들었다. 힘에 대한 도취가 그를 지배했으며 살인욕이 그를 사로잡고 놓아 주지 않았다. 그는 이곳을 뜨고 저기 저자들을 살려 주어야 할까? 만약 그가 문으로 나가면 그들은 앞서처럼 다시 그를 비웃거나 조롱할까? 아니, 웃어서는 안 된다. 아무도 살아서 이 방을 나가서는 안 된다. 아무도. 그는 머릿속에서 자신이 리볼버를 치켜들고 세 사람 앞으로 다가가 사색이 된 얼굴들에 한 발 한 발 총을 쏘는 모습을 보았다.

뎀바는 탁자 위로 몸을 숙였다.

「지금은 8시 30분입니다. 여러분께 5분 시간을 드리죠.」그가 말했다. 그의 목소리는 얼음장처럼 차갑게 울렸고 잔혹한 결연함으로 가득했기에 그 자신도 순간 두려워 등골이 오싹했다. 「좋을 대로 시간을 보내십시오.」

「뎀바! 미쳤어요? 뭘 하려는 겁니까?」호르바트가 외쳤다.

「정말로 더는 시간이 없습니다. 유감이지만, 날 기다리는 사람이 있어서요.」뎀바가 말했다. 사람들이 발칙하게도 그의 시간을 빼앗으려 했기에 그는 이내 짜증이 일고 기분이 상했다. 「안 됩니다. 나갈 수 없습니다. 돌아오십시오!」그가 명령했다. 「아니면 쏠 겁니다!」

세 사람은 움직이지 않고 굳은 채 서 있었다. 저 취한 남자는 진지했다. 장전된 리볼버에서 그들을 구해 줄 수 있는 것은 없었다. 그들은 가만히 서서 움직일 엄두를 못 냈다. 가스 불꽃만이 단조로운 소리를 냈고 시계가 똑딱거렸다. 시곗바늘은 목적지를 향해 가차 없이 기어갔다.

뎀바는 한 사람 한 사람을 쳐다보았고 누구를 먼저 겨냥할지 검토했다. 시간이 되었다. 곧 종소리가 시간을 알릴 것이다. 그리고 그는 호르바트를 겨냥하기로 결정했다.

호르바트. 그렇다. 그가 첫 번째여야 했다. 항상 그가 싫었다. 뎀바는 머릿속에서 호르바트와 마지막 말다툼을 벌이기 시작했다. 이 콧대 높은 망나니 같으니! 엘라가 집에 있느냐고? 아니, 엘라는 집에 없어. 하지만 내가 여기 있지. 안녕하십니까, 호르바트 씨. 제가 있는 걸 미처 모르셨나 보죠? 자, 이제…… 8시 30분.

웬 소리가 뎀바의 귀를 쫑긋하게 했다.

발소리가 다가오고 급사가 방으로 들어왔다.

뎀바가 몸을 돌렸다.

「그 사람 붙들어요!」 푸르만 박사가 외치고는 뎀바에게로 달려들었다.

19

「잡았어요!」

「꽉 붙잡아요!」

「손! 손을 붙들어요!」 바이너가 급사에게 소리쳤다.

「놔!」 뎀바가 고함을 지르고는 미친 사람처럼 날뛰며 자신을 얽어맨 팔들에 저항했다.

「조심해요! 총에 맞아요!」

「리볼버를 가지고 있어요!」

「팔! 바이너, 팔을 붙들어!」

「조심!」

뎀바는 풀려나는 데 성공했다. 그는 사방을 치고 발길질했으며 격노해서 황소처럼 머리로 급사를 향해 달려들었다.

「꽉 붙잡아요! 꽉 붙잡아!」

「잡았어요!」

「박사님! 다리를 붙드세요!」

「놔!」 뎀바가 날뛰며 발길질했다.

「나 맞았어!」 바이너가 울부짖으며 의자로 쓰러졌다.

두 연극 학교 학생은 큰 소리로 날카롭게 비명을 지르며 양손을 얼굴 앞으로 가져갔다. 조냐는 어느새 바이너 곁에 서 있었다.

「게오르크! 어떻게 된 거야?」 그녀가 걱정에 차 소리쳤다.

「나 맞았어! 도와줘!」 바이너가 신음했다.

「어디를? 맙소사!」 모든 불화는 잊었고 공포로 사색이 된 조냐는 흐느끼는 바이너를 돌봤다.

「놔요! 숨이 막혀 죽겠어요!」 뎀바가 헐떡댔다. 급사가 두 손으로 그의 목을 조르고 있었다.

「리볼버를 뺏어!」 푸르만 박사가 지시했다.

「잡았어! 손을 잡았어!」 호르바트가 득의양양해서 외쳤다.

「놓으라고요! 팔이 부러지겠어요!」 뎀바가 붉으락푸르락한 얼굴로 꾸르륵거렸다.

「리볼버를 잡았어.」

「조심해! 장전되었으니까.」

짧고 필사적인 마지막 싸움.

곧 뎀바가 비명을 내질렀다. 호르바트가 손 관절을 꺾은 탓이었다.

「여기 있어.」 그리고 호르바트가 득의양양하게 외투 속에서 뎀바의 손을 꺼냈다. 사슬로 불쌍하게 한데 묶인, 박복하고 무기력하고 가엾기 그지없는 두 손을.

한순간 모든 것이 멎었다.

곧이어 뎀바는 풀려나는 데 성공했다.

그는 거칠게 주위를 둘러보고 나지막이 신음하고 숨을 깊이 들이마시고는 문 밖으로 달려 나갔다.

어둠 속에서 의자와 탁자, 빈 옷걸이 사이에서 그가 우당탕거리는 소리가 몇 초간 들렸다.

처음으로 다시 말문을 연 사람은 푸르만 박사였다.

「뭐였죠?」 그가 여전히 숨을 헐떡이며 물었다.

「다들 봤나요……?」 호르바트가 힘겹게 드잡이하느라 기진맥진해서 헐떡였다.

「어디에서 도망쳐 온 게 분명해요.」 급사가 고개를 저으며 말했다.

「뒤쫓아야 해요.」 푸르만 박사가 외쳤다.

「경찰서에 신고해야 해요! 경찰서에!」바이너가 외치고는 정강이를 문질렀다.

모두가 허깨비에, 거짓말에, 총의 환영에 속아 넘어가고 공포에 빠졌다고 생각하자 그들은 분노했다. 바이너가 바닥에서 승차권 묶음을 집어 들고 한 장 한 장의 먼지를 세심하게 털어 냈다.

「가장 가까운 경찰서에 신고하는 게 제일 낫겠군요.」푸르만 박사가 결연히 말했다. 「저놈이 어디 사는지 아는 사람 없나요?」

「제가 알아요.」조냐가 단호한 목소리로 말했다. 그녀는 뎀바를 배신하기 위해 모두의 냉소와 조롱하는 눈빛과 경멸을 떠안았다. 「어디 사는지 알아요.」

20

슈타니슬라우스 템바가 천천히 계단을 올랐다. 집 문 앞 어둠 속에 슈테피 프로코프가 서서 기다리고 있었다.

「슈타니?」 그녀가 그를 향해 나지막이 외쳤다. 「왔군요! 드디어 왔네요! 드디어! 9시가 다 됐어요. 늦었잖아요!」

「오래 기다린 거야?」

「한 시간 됐어요. 아까 심부름꾼이 와서 집주인 아주머니가 문을 열었어요. 나는 창문 벽감에 몸을 숨겼고 아주머니는 나를 보지 못했죠. 심부름꾼이 편지를 가져왔더군요. 당신한테 온 편지 같아요.」

「그렇군.」 템바가 말했다. 그는 저 아래 세상으로부터 더 이상 아무런 소식도 기다리지 않았다.

「우리 들어가지 않을래요?」 슈테피가 청했다.

「그래. 내 외투 오른쪽 주머니에서 열쇠를 꺼내 문을 따. 조용히. 조용히 해야 돼! 내가 집에 왔다는 걸 아무도 알아선 안 되니까.」

그들은 방으로 들어갔다. 뎀바가 방문을 잠그고 열쇠를 뽑았다.

「여기가 당신 집이군요.」 슈테피가 작은 소리로 말했다. 「친구분은 어디 있죠? 집에 없나요? 잠깐, 불을 켜야겠어요.」

「안 돼! 방에 불이 켜지면 대번에 주인 아주머니가 올 거야. 저기 협탁 위에 양초가 있어. 촛불은 켜도 돼. 열쇠는 가져왔어?」

「네. 그런 것 같아요.」

「그런 것 같다니? 그게 무슨 소리지?」

「열쇠를 가져왔어요. 분명히 열쇠를 가져왔어요.」 슈테피가 말했다. 「손을 이리 내요. 봐요, 편지가 있네요.」

뎀바는 봉투를 뜯었다. 휘벨이 보낸 편지였다. 휘벨은 뢴잠 박사가 금시계를 되찾았다고 알렸다. 주쉬츠키 부인이 범인이었다. 뢴잠 박사는 거듭 사과했고 270크로네 돈을 도로 내놓았다. 그는, 그러니까 휘벨은, 그중

50크로네를 빌린다고 했다. 정말 고맙고 다음 달 1일에
틀림없이 갚는다고.

뎀바는 편지와 지폐를 탁자 위로 던졌다. 이제 와서
이 돈이 뭐란 말인가! 그것은 색칠한 종잇조각 몇 장에
지나지 않았다. 너무 늦었다.

「슈타니, 나 시간이 많지 않아요. 집에 가야 해요.」슈
테피 프로코프가 재촉했다.「손을 이리 내요. 이 열쇠로
풀리는지 한번 해볼게요.」

「한번 해본다고?」뎀바가 물었다.

「물론, 틀림없이 풀릴 거예요. 확실해요.」슈테피가
말하고는 열쇠를 꺼냈다.「빛이 더 필요해요.」그녀는
탁자 모서리로 양초를 밀었다. 그녀의 눈빛이 지폐로
떨어졌다.

「웬 돈을 이렇게 많이!」그녀가 말하고는 열쇠 구멍
을 찾았다.「저 많은 돈으로 뭘 할 거죠?」

「아무것도. 저 돈은 이제 필요 없어. 너무 늦었어.」

「너무 늦다니요? 왜죠?」

「이유는 상관없어.」뎀바가 힘없이 말했다.「열쇠가
딱 맞춰 왔어. 제발, 제때 손이 풀려나게 되길.」

슈테피가 불안해하며 눈을 들었다.

「제때라뇨?」 그녀가 물었다.

「그들이 다시 내 뒤를 쫓고 있어.」 템바가 말했다.

「누가요, 슈타니? 대체 누가요?」

「곧 이곳에 올 것 같아.」

「누군데요, 슈타니? 경찰요?」

「응. 하지만 괜찮아. 나는 두렵지 않아. 수갑이 풀리면 경찰은 무섭지 않아. 손을 자유롭게 만들어야 해. 수갑을 풀어야 해!」

「그래요. 수갑을 풀어야 하죠.」 슈테피가 더듬거렸다. 「수갑을 풀어야 해요! 풀어야 해요! 슈타니, 안 맞아요! 너무 커요.」

「뭐가? 열쇠가?」 템바가 소스라쳤다.

「그럴 것 같았어요. 불안했어요.」 그녀는 손을 털썩 무릎에 떨어뜨리고 도움을 청하듯 템바의 얼굴을 들여다보았다.

「어떻게 이럴 수가!」 템바가 내뱉었다.

「내 잘못이 아니에요.」 슈테피가 눈으로 용서를 구하며 훌쩍댔다. 「그 멍청이가!」

「어떻게 된 일인데?」

「그 멍청이 같으니! 들어 봐요. 오후에 내가 사무실에 있는 동안 그 철물 수습공이 엄마한테 간 거예요. 이웃에 사는 그 사람 말이에요. 그는 납형을 잃어버렸다며 엄마한테 내 일기장을 달라고 했어요. 슈타니, 이 열쇠로는 수갑을 열 수 없어요. 그 사람은 일기장 열쇠를 만들어 줬다고요!」

「좋아.」 뎀바가 스스로에게 조용히 말했다.

「슈타니! 우리 이제 어쩌죠?」

「앞으로 어쩔지는 알고 있어.」 뎀바가 한숨을 내쉬며 말했다.

「슈타니!」 슈테피가 말하기 시작했다. 「내 말 잘 들어요. 이건 당신을 생각해서 하는 소리예요. 자요, 경찰서에 가서 모든 걸 털어놓는 게 제일 좋지 않겠어요? 분명 아주 가벼운 형만 받을 거예요. 몇 주, 아마도 2~3주 정도만요. 그리고 나서 밖으로 나오면 당신은 자유의 몸이에요. 자, 슈타니, 그럼 자유의 몸이라고요! 자유예요, 슈타니…….」

「수갑을 빼면 말이지.」 슈타니슬라우스 뎀바가 말했다.

「수갑이라뇨?」

「그래. 나는 평생 동안 수갑을 지니고 다니는 거야.

감방에서 나온 사람이라면 누구나 수갑을 지니고 있지. 모르겠어, 슈테피? 정의가 내리는 형벌은 항상 종신형이야. 감방에서 나온 사람은 자신의 손을 감춰야 해. 그의 손은 영원히 더럽혀졌으니까. 그는 어느 누구에게도 거리낌 없이 자유롭게 손을 건넬 수 없어. 양손을 불안하게 숨긴 채 한평생 조심조심 살아야 해. 내가 오늘 열두 시간 동안 외투 속에 손을 감춘 것처럼……. 가만! 벌써 누가 왔어.」

초인종이 울렸다.

슈테피가 벌떡 일어나 뎀바의 목에 팔을 감았다.

「들어오면 안 되는데! 내가 여기 있는 걸 들키면, 슈타니, 내가 여기 있는 걸 들키면 어떡해요!」

한 번 더 종이 울렸다. 집 문이 열렸다. 남자들의 발소리, 쾅쾅 방문을 두 번 두드리는 소리. 「법의 이름으로 명합니다. 문을 여십시오!」

「내가 여기 있는 걸 들키면.」 슈테피가 한탄했다.

뎀바는 신음을 뱉었다. 한 줄기 바람이 창으로 들어와 양초를 꺼버렸다. 하지만 방 안은 어두워지지 않았다. 밤이 아니었다. 흐릿하고 차가운 어스름이 깔려 있었다.

「오늘 아침.」 템바가 말했다. 「다락방 창가에 있었을 때 나는 네 생각을 했어, 슈테피. 네 생각을 했고 걱정됐고 한 번 더 너를 보고 싶었어. 내가 죽을 때 네가 내 곁에 있기를 바랐지. 그런데 지금 너는 여기에 있고, 난 기쁘지가 않아. 너를 나의 불행에 끌어들였으니 말이야. 이제는 네가 여기에서 멀리 떠나갔으면 좋겠어.」

그의 목을 감은 팔의 힘이 서서히 약해졌다. 마치 이 말을 기다린 듯 슈테피의 모습이 무너져 내렸고 안개구름이 되어 사라져 버렸다.

문을 치고 두드리는 소리가 그쳤다. 사람들은 단단한 도구를 가지고 나무 문짝을 열려 하고 있었다.

「어떤 이들은 자유에서 행복을 느끼지 않아, 슈테피. 지치기만 할 뿐.」 템바가 말했다.

대답은 없었다.

「나는 자유를 원했어. 온몸의 세포 하나하나가 자유를 원했다고, 슈테피. 그런데 나는 그저 지쳤을 뿐이고 이제 내가 원하는 건 단 한 가지, 편안히 쉬는 거야.」

대답은 없었다.

「어디 있니, 슈테피?」

정적.

문짝만이 삐걱거리고 우지끈거렸다.

템바가 일어섰다. 다락의 들보에 머리를 부딪혔다. 그는 두 걸음 앞으로 나아갔고 둘둘 말린 양탄자에 걸려 비트적거리다 빨랫줄에 머리를 부딪히고 짚 매트 위로 쓰러졌다. 먼지가 뿌옇게 인 좁은 골방의 공기가 그의 폐를 답답하게 했다. 그는 힘겹게 일어나 천창으로 다가갔다.

제기랄! 맥아 냄새잖아! 그 끔찍한 맥아 냄새가 어떻게 여기까지 왔지? 시계탑의 종이 울리네. 9시야! 아침인가? 밤인가? 내가 어디에 있는 거지? 어디에 있었던 거지? 벌써 얼마나 오래 여기 서서 종소리를 듣고 있는 거지? 열두 시간 동안인가? 열두 시간?

문이 활짝 열렸다. 멀리 축음기에서 「오이겐 공」 노래가 들려왔다. ─ 이제 ─ 슬레이트 지붕이 아침 햇살을 받아 아주 경쾌하게 번쩍이고 ─ 깜짝 놀란 제비 두 마리가 둥지에서 쏜살같이 날아갔다…….

두 경찰관이 아침 9시가 조금 지나 클레텐 골목에 있는 골동품상의 뜰에 당도했을 때 슈타니슬라우스 템바는 아직 숨이 붙어 있었다.

그들은 템바 위로 몸을 굽혔다. 템바는 깜짝 놀라 일

어나려 했다. 그는 달아나려 했다. 잽싸게 모퉁이를 돌아 자유를 향해…….

그러나 금세 다시 쓰러지고 말았다. 그의 사지는 으스러져 있었고 뒤통수의 상처에서 피가 흘러나왔다.

오직 그의 눈만이 떠돌고 있었다. 그의 눈은 살아 있었다. 그의 눈은 시내 거리를 초조하게 방황했고, 여러 뜰과 광장을 돌아다녔고, 소용돌이치는 존재의 혼돈 속으로 가라앉았고, 층계를 내달려 올랐고, 방들과 싸구려 술집들을 미끄러지듯 지났고, 끝없이 온갖 우여곡절로 가득한 그날의 갈팡질팡하는 삶에 한 번 더 꼭 매달렸고, 승부를 걸었고, 간청을 했고, 돈을 위해 사랑을 위해 드잡이를 했고, 행복과 아픔, 환희와 실망을 마지막으로 맛보았고, 몹시 지친 채 감기고 말았다.

수갑은 추락할 때 받은 충격으로 부서져 있었다. 그리고 템바의 손, 두려움에 떨며 숨고, 울분에 차 분개하고, 노여움으로 주먹을 쥐고, 불만을 참지 못해 저항하고, 은신처에서 격정을 못 이겨 말없이 부들부들 떨고, 좌절에 빠져 운명을 원망하고, 사슬에 맞서 굴하지 않고 반항하던 손, 슈타니슬라우스 템바의 손은 마침내 자유가 되었다.

레오 페루츠 그리고 『9시에서 9시 사이』

레오 페루츠: 프라하가 낳은 또 한 명의 거장

현재 독일어권 문학에서 가장 중요한 작가 중 하나인 다니엘 켈만은 자신에게 가장 깊은 인상을 남긴 선배 작가로 토마스 만과 더불어 레오 페루츠를 꼽는다. 토마스 만이라면 절로 고개를 끄덕이며 납득할 만하다. 문학에 관심이 좀 있는 사람은 누구나 잘 아는, 20세기를 대표하는 훌륭한 작가이니까. 그런데 레오 페루츠라고? 우리에게는 한없이 낯선 이름이다. 여기에서는 일단 이 낯선 작가를 여러분에게 소개해 보려 한다.

레오 페루츠는 1882년 프라하의 부유한 유대인 집안에서 태어났다. 1901년 가족과 함께 오스트리아 헝가리 제국의 수도 빈으로 이주했고, 그곳에서 학교 친구들과 문학 모임을 결성해 활동하며 문학에 대한 관심을 키웠다. 대학에서 수학, 통계학 등을 공부한 뒤 보험 회사에서 보험 수학자로 근무하면서 틈틈이 글을 썼다. 1915년에 첫 장편소설 『세 번째 탄환 *Die dritte Kugel*』을 발표했고 1916년에는 친구인 극작가 파울 프랑크와 함께 쓴 소설 『망고나무의 비밀 *Das Mangobaumwunder*』(한국어로 소개된 페루츠의 유일한 작품이다)로 좋은 반응을 얻었다. 제1차 세계 대전 후 10여 년 동안 페루츠는 발표하는 작품마다 대중과 비평계의 호평을 받았으며 여러 작품이 번역되고 영화와 연극으로 만들어졌다. 『9시에서 9시 사이 *Zwischen neun und neun*』(1918), 『볼리바르 후작 *Der Marques de Bolibar*』(1920), 『심판의 날의 거장 *Der Meister des Jüngsten Tages*』(1923) 등이 이 시기 대표작이다. 하지만 이후 아내를 잃은 충격으로 힘든 시절을 보냈고, 나중에 히틀러가 권력을 장악하자 결국 오스트리아를 떠나 팔레스타인으로 망명했다. 망명 중에 페루츠는 독일어권 독자와 동료 작가들과는 단절되어 버리고 말았다. 제2차 세계 대전 후 다시 오스트리아를 오가며 글을 썼지만 전처럼 큰 주목을 받지는 못했다. 홀로코스트의 기억이 아직 생생한 시기에 유대인 작가의 작품이 널리 읽힐 수 있는 분위기가 아니었기 때문이다. 페루츠는 죽기 전까지 장편 두 편을 더 완성했고 그중 한 편인 『밤에 돌다리 밑에서 *Nachts unter der steinernen Brücke*』(1953)가 생전에 출간되어 평단의 호평을 받았다. 그리고 1957년에 오스트리아의 바트 이슐에서 사망했다. 전후 문단에서 거의 잊힌 작가였던 페루츠는 1980년대 말부터 연구자와 독자에게 다시 본격적으로 주목받기 시작했다. 그 과정에서 많은 작품이 재출간되어 오늘날까지 널리 읽히고 있다.

저 유명한 프란츠 카프카와 비교하면 페루츠라는 낯선 작가에게 접근하는 데 어느 정도 도움이 될 것이다 (다음 비교는 한스하랄트 밀러가 쓴 페루츠 전기를 일부 참고했다). 우선 공통점이다. 두 사람은 비슷한 연배 (페루츠가 한 해 늦게 태어났다)에 프라하 출신 유대인이고 활동 시기도 겹친다. 더군다나 둘 다 보험업계에 종사했으며 한때는 (근무지는 달랐으나) 같은 보험 회사 소속이기도 했다. 작품에 감도는 환상적, 비현실적 분위기도 공통된다. 그래서 일찍이 동시대 작가 프리드리히 토어베르크는 페루츠에 대해 〈프란츠 카프카와 애거사 크리스티 사이에서 태어난 사생아 같다〉는 평을 남기기도 했다.

이번에는 차이점이다. 카프카에게 글쓰기는 삶과 떼어 놓을 수 없는 것이었고 그의 작품에는 자기 표현이나 전기적 요소가 많이 반영되었다. 반대로 페루츠는 자신의 삶과 작품을 철저히 분리했으며 글쓰기는 그가 열정을 쏟은 여러 대상 중 하나였다. 카프카가 살아생전 크게 주목받지 못했고 사후에 뒤늦게 재조명을 받은 반면 페루츠는 1910~1920년대 빈에서 유명 작가로 성공을 누렸으나 히틀러 정권이 들어선 후 망명길에 오르며 서서히 세상에서 잊혀 갔다. 페루츠의 문학은 수십 년 후 본격적으로 연구가 이루어지며 비로소 다시 주목받는다. 카프카의 작품이 파격적이고 시대를 앞선 것이어서 당대에 제대로 평가받지 못했다면, 페루츠의 작품은 오늘날로 치면 〈베스트셀러〉라 할 정도로 동시대에 널리 읽혔다.

아이러니하게도 전성기의 대중적 인기 탓인지 페루츠는 문학성 면에서 온전히 평가받지 못했다. 게다가 페루츠의 작품을 수식할 때 사용되는 〈역사 소설〉, 〈환상 소설〉, 〈추리 소설〉, 〈범죄 소설〉 같은 표현에서 알 수 있듯 그는 오늘날의 장르 소설 느낌이 강한 작품을 많이 썼고 따라서 정통 문학의 관점에서는 흔한 통속 작가 취급을 받기 쉽다. 물론 페루츠 스스로는 가령 그의 소설을 가벼운 범죄 소설로 취급한 발터 벤야민의 언급을 두고 〈나는 절대 범죄 소설을 쓰지 않았다〉라고 항변하는 등 자신의 작품을 특정 장르로 한정 짓는 것을 거부했다. 어찌되었든 페루츠의 작품이 세월에 완전히 묻히지 않고 부활해 다시 읽히는 데에는 그만한 이유가 있다. 무엇보다도 재미있다. 독특한 소재, 치밀한 플롯, 흥미진진한 전개는 타의 추종을 불허한다. 페루츠는 특히 우연이라는 요소를 기가 막히게 활용한다. 뛰어난 보험 수학자이기도 했던 그는 철저히 계산되고 꽉 짜인 이야기를 만들어 낸다. 처음에는 단순한 우연으로 보이던 사건들이 마지막에 필연으로 드러나고 독자에게 깊은 여운 또는 충격을 남긴다.

『9시에서 9시 사이』: 열두 시간 동안 숨 가쁘게 펼쳐지는 한 남자의 자유를 향한 투쟁

『9시에서 9시 사이』는 레오 페루츠의 두 번째 장편소설(공저인 『망고나무의 비밀』을 포함하면 세 번째)로 1918년에 출간되었으며 당시 큰 성공을 거뒀다. 이 작품은 1930년까지 영어, 핀란드어, 노르웨이어, 러시아어, 폴란드어, 스웨덴어, 헝가리어 등으로 번역되었고(그 외 현재까지 프랑스어, 이탈리아어, 일본어, 스페인어, 바스크어 등으로도 번역) 유니버설 필름과 MGM에 영화 판권이 팔렸으며 연극으로도 제작되었다.

『9시에서 9시 사이』는 어느 날 오전 9시부터 저녁 9시까지 총 열두 시간 동안 한 남자가 겪는 그로테스크하며 희극적이고, 공포스러우면서 슬픈 모험을 그린 작품이다. 가정 교사 일과 통속 소설 번역으로 생계를 꾸리는 가난한 대학생 슈타니슬라우스 뎀바는 수상쩍은 행동거지를 보인다. 식료품점에 아침거리를 사러 가서는 머뭇머뭇 계산을 안 하다가 주인이 자리를 비운 사이 돈을 두고 사라져 버리는가 하면, 무슨 일이 있어도 길고 남루한 외투를 벗지 않는다. 뭔가 곤란하고 답답한 상황에 처한 듯한데, 설상가상으로 여자 친구인 조냐는 뎀바에게 결별을 고하며 다른 남자와 베네치아로 여행을 떠난다고 선언한다. 하지만 뎀바의 망토 속에 숨은 〈무언가〉를 발견한 조냐가 만약 여행비를 구해 온다면 계획을 바꾸겠다고 약속하자, 돈을 구하러 나선 뎀바는 온 도시를 사방팔방 누비기 시작한다. 그리고 그 여정의 끝에서 독자는 충격적인 결말이 기다리고 있는 저녁 9시에 이른다.

페루츠가 원래 이 소설을 구상할 때의 제목은 〈자유〉였다. 뎀바는 빼앗긴 자유를 되찾기 위해 하루종일 도처를 누비며 분투하지만 결국 좌절하고 만다. 뎀바의 비극을 통해 페루츠는 자유를 박탈당한 인간이 현대 사회에서 얼마나 무력하게 파멸해 가는지를 그린다. 이와 관련하여 알프레드 히치콕은 유명한 영화 「하숙인」의 수갑 장면이 『9시에서 9시 사이』의 영향을 받은 것이라고 언급한 적이 있다.

『9시에서 9시 사이』는 당대 대도시 빈의 풍속을 스케치한 작품이기도 하다. 뎀바의 동선을 따라가다 보면 20세기 초 옛 오스트리아 헝가리 제국(1918년에 해체)의 수도이자 유럽의 정치, 문화, 경제 중심지였던 대도시 빈의 다양한 풍경과 학자, 상인, 도둑, 도박꾼, 의사, 회사원, 부유한 시민 가족 등 다채로운 인간 군상이 파노라마처럼 펼쳐진다. 특히 도박장 장면에서는 모두가 탐욕스러운 아귀처럼 돈과 이익을 위해 달려드는 자본주의 사회의 세태가 매우 생생하게 풍자적으로 묘사된다.

꿈과 현실, 우연과 필연, 비논리와 논리를 뒤섞는 실
험적 방식은 페루츠의 전형적인 작법이다. 따라서 페루
츠의 소설에는 〈환상 소설〉이란 수식어가 자주 붙으며
카프카의 그로테스크한 소설과 비교되기도 한다. 『9시
에서 9시 사이』에서도 그러한 특징이 여실히 드러난다.
총 20개 장 중에서 19장까지는 마치 오늘날의 추리 소
설이나 범죄 소설처럼 〈현실〉 세계에서 뎀바가 겪는 모
험이 일직선으로 죽 진행된다. 하지만 마지막 장에서
독자를 기다리는 것은 앞선 열두 시간에 걸친 모험 전
체를 뒤엎는 강력한 반전이다. 이것을 어떻게 이해하고
해석할지는 전적으로 독자에게 맡겨져 있다. 장담하건
대 『9시에서 9시 사이』는 두 번, 세 번 거듭 읽을수록 더
더욱 맛을 느낄 수 있는 소설이다. 다시 읽으면서 군데
군데 결말을 암시하는 실마리와 단서들을 찾아본다면
이야기를 엮고 구성하는 페루츠의 솜씨를 제대로 만끽
할 수 있을 것이다.

레오 페루츠는 현실과 환상의 경계를 능수능란하게
넘나들면서 자기만의 개성적인 작품 세계를 구축한 작
가이다. 『9시에서 9시 사이』는 그 세계의 한 부분에 지
나지 않는다. 아무쪼록 이 책의 출간을 계기로 페루츠

의 훌륭한 작품들이 앞으로 한국에 더 많이 소개되었으면 한다.

2019년 11월
신동화

옮긴이 **신동화** 서울대학교 독어독문학과를 졸업하고, 같은 과 대학원에서 석사 학위를 받았다. 출판사에서 편집자로 일했으며, 한국 문학 번역원 번역 아카데미 특별 과정을 수료했다. 현재 프리랜서 번역가로 활동 중이다. 옮긴 책으로는 『실패한 시작과 열린 결말/프란츠 카프카의 시적 인류학』, 『무용수와 몸』, 『괴테와 톨스토이』가 있다.

9시에서 9시 사이

발행일 2019년 11월 30일 초판 1쇄

지은이 레오 페루츠
옮긴이 신동화
발행인 홍지웅 · 홍예빈
발행처 주식회사 열린책들

경기도 파주시 문발로 253 파주출판도시
전화 031-955-4000 팩스 031-955-4004
www.openbooks.co.kr

이 도서의 국립중앙도서관 출판예정도서목록(CIP)은 서지정보유통지원시스템 홈페이지(http://seoji.nl.go.kr)와 국가자료공동목록시스템(http://www.nl.go.kr/kolisnet)에서 이용하실 수 있습니다.(CIP제어번호:CIP2019038763)